Shirley Seul
Die Diva

Shirley Seul

Die Diva

Offensive Krimi

Frauenoffensive

Dies ist eine erfundene Geschichte.
Eventuelle Ähnlichkeiten
mit lebenden Personen oder realen Gegebenheiten
sind zufällig und unbeabsichtigt.

Ich bedanke mich bei meinen Testleserinnen
Johanna, Martina, Sandruschka, Sybille und Susa
und bei meiner musikalischen Beraterin Margit.

1. Auflage, 2003
© Verlag Frauenoffensive, 2003
Metzstr. 14 c
81667 München
www.verlag-frauenoffensive.de

ISBN 3-88104-363-2

Druck: Clausen & Bosse, Leck
Umschlaggestaltung: Erasmi & Stein, München

Dieses Buch ist gedruckt auf Papier aus chlorfrei gebleichtem Zellstoff.

Die Personen

Laura Rose . . . . .Inhaberin eines Bauchtanzstudios
Socke . . . . .Lauras Pflegehündin
Margot . . . . .Freundin von Laura
Helga . . . . . . .Mitbewohnerin und ehemalige Liebe Lauras
Helene Rosenbaum . . .weltberühmte ehemalige Operndiva
Maria Habicher . . . . .ihre Freundin
Albert Haller . . . . .ihr ehemaliger Gatte
Margarete Winter . . . . .ihre ehemalige Managerin
Wassili Zlatko . . . . .ihr ehemaliger Klavierbegleiter
Kreszenz Knödlseder . . . . .Bäuerin
Herbert und Robert Ringmaier . . . . .Brüder

            Die Fans:
            Die Dicke
          Die Handtasche
            Die Lippe
           Das Halstuch
              Twiggy
        Die Fotoausrüstung
           Die Hausfrau
            Der Dutt
         Die Unglückliche
     Die angezogene Bremse
      ihre Freundin Babyface
      und noch einige mehr.

1

„Sie ist fast zwanzig Jahre älter als du!" rief Laura.

„Na und!"

„Findest du das nicht ein bißchen alt?" formulierte Laura vorsichtig.

„Ich finde sie sehr begehrenswert!" schwärmte Margot. „Das Alter ist mir egal!"

„Ich habe noch nie darüber nachgedacht, aber ehrlich gesagt kann ich mir das kaum vorstellen mit einer Frau, die um so viele Jahre älter ist als ich", gab Laura zu. „Und dabei weiß ich nicht, ob es an der körperlichen Anziehung liegt oder daran, daß sie mir soviel Lebenserfahrung voraus hätte. Wir könnten die Lebenstreppe sozusagen nicht mehr zusammen hochklettern, sie wäre mir ewiglich uneinholbar entwischt."

„Papperlapapp", machte Margot resolut. „Wenn du sie siehst, wirst du mich verstehen oder ihr ebenso verfallen."

Laura schüttelte ihre dunkle Lockenmähne. „Wetten, daß nicht!" entfuhr es ihr so laut, daß die an den Nebentischen Sitzenden sich umwandten. Sie konnte es überhaupt nicht ausstehen, wenn ihr Berechenbarkeit unterstellt wurde. Darin war sie sehr berechenbar.

„Ich hätte das doch auch nicht gedacht", flüsterte Margot, als müßte sie Lauras Ausruf wiedergutmachen und den Lärmpegel an ihrem Tisch auf ein durchschnittliches Niveau senken. „Aber als ich sie sah ..."

Und dann begann Margot dort, wo sie schon viele Male begonnen hatte, wo sie eigentlich nur noch begann, ja fast machte es den Eindruck, Margot verabredete sich lediglich, um von IHR sprechen zu können. Das war die ersten Wochen über ganz lustig gewesen, alle hatten mitgemacht, hatten sogar Zeitungsartikel für Margot gesammelt – die hatte eben diesen Spleen. Aber der Spleen war nicht mehr verschwunden. Seit bald zwei Jahren hing Margot nun an der

Diva, wie sie in Abwesenheit von Margot genannt wurde, und wollte und wollte nicht ablassen. Margot schaute nicht nach rechts und nicht nach links. Keine Frau interessierte sie. Nur die eine eben. Die Diva. Seit fast zwei Jahren liebte Margot an die Diva hin. Tragische Sache. Denn aller Wahrscheinlichkeit nach wußte die Diva nicht mal, daß es Margot gab. Und das mußte Margot wettmachen. Indem sie allen von der Diva erzählte, und sie erzählte mindestens soviel von ihr, wie andere Frauen von ihren Partnerinnen erzählten. Aber das war die Diva sowieso schon längst. Auch wenn die Diva nichts davon wußte. Oder vielleicht wußte sie doch. Schließlich war sie die Diva und konnte sich ausrechnen, daß sie nicht nur durch die Träume ihrer Lebensgefährtin spukte. Wie Margot mit einer Mischung aus Abscheu und Genugtuung erzählte, war die Diva bei jedem Auftritt von einer zum Teil sehr aufdringlichen Fangemeinde umgeben. Von der unterschied Margot sich. Sie machte da nicht mit. Sie wollte keine Autogramme und brachte keine Geschenke. Sie wartete auf keinen Händedruck und kein Lächeln. Sie hielt sich strikt abseits. Und weit hinten. Natürlich würde sie die Diva gern mal nah sehen. Aber das wäre der Diva bestimmt nicht recht. Die Diva haßte diesen Rummel nämlich. Da war Margot sich sicher. Und deshalb würde die Diva es auch eines Tages würdigen, daß Margot sie in Ruhe ließ. Hoffte Margot.

Sie verließen das Café Glück als die letzten Gäste und verabschiedeten sich fröhlich. Doch auf dem Nachhauseweg spürte Laura die Traurigkeit, die sie den ganzen Abend immer wieder angefallen hatte, obwohl es im Café Glück besonders schön war. Sie wollte nicht Rad fahren, wollte lieber gehen, das paßte zu ihrer Traurigkeit, der sie gern einen Namen gegeben hätte. Eigentlich war es ein schöner Abend gewesen. Unter diesem Eigentlich brodelte die Sorge um Margot. Wie lange konnte sie so weitermachen? Laura selbst hatte auch schon einige Male Frauen angehimmelt – auch solche, die auf Bühnen standen. Diese Bühnen waren jedoch erreichbar gewesen. Eine Kleinkunstbühne zum Beispiel, wo die rothaarige Wortakrobatin mit den grenzenlos erotischen Handbewegungen jeden ersten und dritten Donnerstag im Monat Spontantheater vom Feinsten gezeigt hatte. Aber nachdem Laura viermal in der ersten Reihe gesessen hatte und die Wortakrobatin kein Zeichen des Einverständnisses oder wenigstens Wiedererkennens von sich gab, hatte sie sich damit abgefunden. Sie hatte natürlich noch in Erfahrung gebracht, wo sie verkehrte und wohnte, und beides tat sie leider nicht allein. Die Wortakrobatin lebte mit einer Blondine zusammen – Blondinen waren ein Kapitel für sich, spätestens seitdem Laura zum zweiten Mal eine Frau an eine Blondine verloren hatte. Aber das war alles schon sehr lange her, und mittlerweile war Laura älter, klüger, reifer – und das würde ihr nicht mehr passieren. Schade eigentlich. Und auch früher wäre es ihr niemals passiert, an einer Diva kleben zu bleiben, bei der sie nicht mal die Chance einer Annäherung hatte. Wo sollte sie eine solche denn treffen? Und bei allem Einfallsreichtum: Laura brächte es nicht über sich, einer berühmten Angebeteten beispielsweise im Alltag aufzulauern. Sie zu verfolgen bis zu Edeka in die Schlange vor der Käsetheke und dann zuzuschlagen: *Verzeihung, sind Sie öfter hier?* Darf nicht auch ein Star in aller Ruhe am Donnerstagnachmittag Käse kaufen?

„Am meisten nimmt mich mit", dachte Laura laut, weil sie besser beziehungsweise überhaupt nur denken konnte, wenn sie mit sich selbst sprach, „daß Margot noch keinen einzigen Versuch gestartet hat, Helene Rosenbaum kennen zu lernen." Alle Freundinnen hatten sich die Köpfe zerbrochen und waren in der ersten Zeit mit immer neuen Vorschlägen zu Margot gekommen. Das ging von der schweigenden theatralischen Übergabe einer schwarzen Rose über einen Brief unter anderem Namen – falls das fehlschlug, konnte Margot einen zweiten Anlauf mit ihrer wirklichen Identität wagen –, die fingierte Autopanne vor Helene Rosenbaums Haus bis zur Anmietung eines Heißluftballons, aus dessen Gondel Helenes Haus unauffällig observiert werden könnte. Margot hatte jede noch so tolle Aktion zurückgewiesen und damit nicht nur die Ideen, sondern auch die Freundinnen abgeschmettert. Sie verloren das Interesse. Sie fanden Margots Kopfaffäre nicht mehr originell. Günstigstenfalls hieß es, Margot habe einen Spleen. Als der nicht aufhörte, hatte sie einen Vogel. Ein paar Freundinnen hatten sich wohl Gedanken gemacht, warum Margot sich in ihre Illusionen so hineinsteigerte, hatten auch bei Laura nachgefragt – sie kannte Margot am längsten –, alle gängigen Klischees abgefragt, schlimme Kindheit, Mißbrauch, Eßstörung, Selbstverletzung, Borderline, multiple Persönlichkeit, Depression – aber schlimmer als die Kindheit der anderen war die von Margot auch nicht gewesen, und obwohl sie alle sehr geschickt mit dem Psychojargon jonglierten und die neurotischen Komplexe wie Lutschbonbons durch ihre Münder flutschten, hatte doch keine von ihnen wirklich Erfahrung mit psychisch ernstlich erkrankten Menschen.

Insofern war es für alle Beteiligten das Beste, Margot bewegte sich in jenem als psychisch verkorkst bezeichneten Rahmen, in dem sie sich alle tummelten, vielleicht war das schlichtweg der ganz normale Nährboden, aber normal klang nicht so spektakulär, und so vergaßen sie Margot nach und nach. Nur Laura vergaß sie nicht. Aber sie traf sie seltener. Margot hatte schon lange keine Zeit mehr, weil sie zu Hause Arien und Lieder von Helene Rosenbaum hören mußte. Alles ältere Aufnahmen, denn Helene Rosenbaum sang seit Jahren nicht mehr öffentlich. Außerdem führte Margot ein Archiv – und sehr viel Zeit, das nahm Laura an, träumte sie wahrscheinlich vor sich hin. Diese erträumte Zeit mit Helene war ihr wichtiger als die Gemeinsamkeit mit den Freundinnen aus Fleisch und Blut. Und so beschränkten sich mittlerweile auch Lauras Treffen mit Margot auf weniger als ein Dutzend im Jahr. Und obwohl Laura nach jedem Treffen mit Margot dachte, daß man Margot helfen müsse, daß etwas geschehen sollte, wußte sie doch nicht, was geschehen sollte, und sie wußte auch nicht genau, ob Margot wirklich Hilfe brauchte, denn Margot wirkte nicht unglücklich. Wenn sie von Helene Rosenbaum sprach, leuchteten ihre Augen. Sie sah glücklich aus. Deshalb hatte Laura Margot auch schon mal beneidet. Daß ihr das Alleinsein so gar nichts ausmachte. Laura machte es manchmal schon was aus. Nicht mehr soviel wie früher, aber sie hätte ganz gern mal wieder dieses große warme Gefühl für eine Frau in ihrem Herzen gespürt. Dieses Gefühl, vor Liebe gleich zu platzen. Besonders an verregneten Sonntagnachmittagen, wenn alles, was getan werden sollte, getan war. Dann taten sich diese Lücken auf. Die waren groß und grau und zäh wie Kaugummi und rochen erbärmlich nach Sehnsucht und machten deutlich, daß es nur ein Mittel gab, das sie vertriebe: ein Flirt, eine Verliebung, eine Liebe ... eine Frau. Zum Glück war es dann plötzlich Sonntagabend, und die Lücken verschwanden wie Gespenster im Morgengrauen. Margot erweckte nicht den Anschein, an solchen Lücken zu leiden. Sie hatte immer zu tun, und auch die Lücken konnte sie mit Musik von Helene Rosenbaum überbrücken. Insofern war sie nie von ihr getrennt. Und wenn Margot es vorzog, auf diese Art glücklich zu sein, dann ging das alle anderen nichts an.

„Genau!" stieß Laura hervor, und auf diesen Laut hatte Socke nur gewartet. Die große schwarze Hündin mit dem weißen Strumpf stupste Laura an die Hand. Sie war lange genug geduldig gewesen. „Okay, okay", sagte Laura zärtlich, klatschte in die Hände und rief: „Los! Um die Wette! Zum Fahrrad zurück und nach Hause!" Socke rannte die Strecke siebenmal und gewann mit großem Vorsprung.

2

„Hat sie dir die Ohren wieder von der Diva vollgesülzt?" stichelte Helga, mit der Laura eine Vierzimmerwohnung im Zentrum Münchens teilte, am nächsten Morgen nach dem Frühstück zwischen Tür und Angel.

„Ich finde das überhaupt nicht witzig!" regte Laura sich auf. „Sie ist einfach hartnäckig. Vielleicht wird das eines Tages belohnt."

„Wie heißt das Märchen?"

„Ich glaube noch an Wunder!"

„An Wunder glaube ich auch!", bekräftigte Helga. „Aber ich glaube nicht, daß die glorreiche Helene Rosenbaum, die in allen großen Opernhäusern der Welt gesungen hat, unsere Margot erhört."

„Wer weiß!" widersprach Laura, längst auf Margots Seite. Das passierte ihr immer wieder. Sobald sie eine schwache Position ausmachte, fühlte sie sich berufen, die zu verteidigen. „Vielleicht ist Margot genau die Frau, die Helene Rosenbaum sich wünscht. Eine, die mit diesem ganzen Bühnenzirkus nichts zu tun hat! Und außerdem sehe ich keinen Grund, Margot runterzumachen, bloß weil sie nicht berühmt ist. Margot ist eine tolle Frau mit Esprit und Charme, außerdem sieht sie klasse aus! Ist dir mal ihr Profil aufgefallen? Dagegen kannst du Nofretete ins Museum stellen."

„Das Wichtigste hast du vergessen", grinste Helga.

„Was?"

„Sie ist beträchtlich jünger als die Diva!"

Wider Willen mußte Laura doch schmunzeln. „Mackerin!" warf sie Helga an den Kopf.

„Selber!"

„Ich habe Margot gar nicht gefragt, wie alt die Freundin der Diva ist", dachte Laura laut. „Weil ... die Diva hat doch eine Betonbeziehung mit dieser ... wie heißt sie noch mal ...?"

„Jetzt hör auf damit! Jedesmal, wenn du Margot getroffen hast, bist du infiziert von ihrem Spleen. Laß sie spinnen, aber laß dich nicht davon anstecken!"

„Das würde bedeuten, daß ich eine Frau, die ich seit vielen Jahren kenne, plötzlich nicht mehr ernst nehme!"

„Was glaubst du denn, was die Heteras tun, wenn ihre Freundinnen sich verlieben? Die können sie auch nicht mehr ernst nehmen und sind trotzdem weiter mit ihnen befreundet!"

„Das ist doch was ganz anderes! Das ist doch ...", Laura hielt inne, grinste. „Nimm zum Beispiel Johannes Heesters. Dessen Frau hat schon im Kindergarten für ihn geschwärmt, und vierzig oder fünfzig Jahre später hat sie ihn geheiratet."

„Wie kommst du auf den? Woher weißt du überhaupt, daß es ihn gibt?" fragte Helga verblüfft.

„Meine Oma und ihre Freundinnen waren alle in ihn verschossen. Wenn der im Fernsehen war, herrschte absolutes Redeverbot für mich."

„Wie hast du das überlebt?" fragte Helga mit Kondolenzmiene. Laura schenkte sich die Erwiderung, weil das Telefon klingelte. Es war Margot. Als Helga das mitbekam, hielt sie sich die Ohren zu. Margot bedankte sich für den schönen Abend und fragte, ob Laura Lust habe, sie einmal zu Helenchen, wie Margot Helene Rosenbaum zärtlich nannte, zu begleiten. Übermorgen sei Helenchen in der Oberpfalz bei einer Veranstaltung in einer KZ-Gedenkstätte. Das wäre nicht so weit zu fahren, in zwei Stunden wären sie von München aus sicher dort.

„Ich überleg's mir", sagte Laura, obwohl sie wußte, daß sie absagen würde. Was sollte sie in der Oberpfalz bei einer abgetakelten Operndiva?

„Weit reicht deine Solidarität ja nicht", mußte sie sich dann von Helga anhören. „Zuerst spielst du die Verständnisvolle, bläshst dich als Margots einzig wahre Freundin auf, und kaum geht es darum, das zu beweisen, zum Beispiel indem du ein wenig Zeit opferst, ist es dir schon zuviel."

„Da hast du leider recht", sagte Laura nachdenklich.

3

„Ich bin so aufgeregt!", rief Margot mindestens zum fünften Mal, und wie jedesmal fühlte Socke sich aufgerufen, Margots Schulter abzulecken. „Daß du jetzt dann gleich Helenchen siehst!" führte Margot ihre Rede zum üblichen Ende.

„Ja", sagte Laura.

„Und die anderen Fans."

„Auf die bin ich fast noch mehr gespannt", gab Laura zu, denn was Margot ihr von dieser bunten Truppe erzählt hatte, war allein die Reise in die Oberpfalz wert.

„Sag so etwas nicht!"

„Doch", beharrte Laura.

„Natürlich sind die Fans sehenswert", sagte Margot einlenkend. „Du wirst sie alle sofort erkennen."

„Da bin ich mir nicht sicher."

„Aber ich habe dir doch oft genug von ihnen erzählt! Zum Beispiel von der Dicken."

„Ach ja", seufzte Laura erleichtert, weil sie sich doch an etwas erinnerte. „Das ist die, deren Po rechts und links von einem Stuhl herunterhängt und die im Theater stets zwei Sitzplätze für sich reserviert."

„Genau!" rief Margot und hätte fast in die Hände geklatscht. „Und die Handtasche!" ergänzte sie.

„Die Handtasche?" fragte Laura pflichtschuldig nach.

„Die kommt jedesmal mit einer anderen riesengroßen Handtasche. Handtaschen, wie du sie nie im Leben gesehen hast. Wahre Ungeheuer von Handtaschen. Wahrscheinlich alle vom selben Designstudio. Auch Halstuch benutzt anscheinend eine Sorte Design. Das ist die mit den grell bedruckten Seidentüchern, in die sie gegen Ende einer Veranstaltung immer hineinweint. Neben ihr sitzt meistens der Dutt. Wir müssen darauf achten, uns von denen fernzuhalten. Hinter dem Dutt möchte ich nicht sitzen, da sehe ich gar nichts mehr."

„Wie alt sind die Fans?"

„Unterschiedlich. Der Dutt ist vielleicht fünfzig, so alt könnte die Hausfrau auch sein. Die Dicke ist eher um die Dreißig, also dein Alter, aber bei soviel Fett kann ich nur schwer schätzen. Die Jüngste ist Twiggy. Wahrscheinlich magersüchtig. Und total hip gekleidet. So läuft sonst nur noch die Lippe rum. Ich könnte wetten, die hat sich Silikon in die Lippen spritzen lassen. Solch einen Mund kann man bei weißer Hautfarbe nicht von Natur aus haben. Die ist immer wie aus dem Ei gepellt. Dagegen ist die Fotoausrüstung die reinste Schlampe."

„Warum nennst du sie nicht bei ihren wirklichen Namen?"

„Ich weiß nicht, wie sie heißen."

„Aber ihr seht euch doch nun schon seit gut zwei Jahren manchmal mehrmals im Monat."

„Ich habe noch nie mit einer von denen geredet. Ganz am Anfang habe ich die eine oder andere gegrüßt. Sie haben durch mich durchgeschaut. Da habe ich kapiert, daß man nichts miteinander zu tun haben will. Im Grunde genommen ist das auch nachvollziehbar. Dabei hätte ich gern mit der einen oder anderen geredet. Mit wem könnte ich mich besser über Helene unterhalten! Wir könnten Aufnahmen tauschen und Informationen – aber das alles ist nicht drin."

„Wirklich schade. Mich würde interessieren, wie die anderen es einrichten, soviel Zeit für ihr Hobby zu haben."

„Das interessiert mich nun am wenigsten", sagte Margot enttäuscht. „Schau uns an. Du hast heute sowieso frei ..."

„Ich lasse mich in den Abendkursen vertreten!" widersprach Laura.

„... und ich kann mir meine Übersetzungen einteilen. Ob ich heute Nacht oder morgen Vormittag an dem Triebwerkbuch sitze, spielt keine Rolle. Und dann gibt es ja auch noch Urlaub."

„Das heißt", faßte Laura zusammen, „obwohl ihr eigentlich Verbündete seid, benehmt ihr euch wie Konkurrentinnen."

„Korrekt. Irgendwie sind wir alle Konkurrentinnen."

„Eure einzige Konkurrentin ist die Lebensgefährtin von Helene Rosenbaum, wenn ich das mal klarstellen darf."

„Ja, sicher", sagte Margot gedämpft, fing sich aber sofort wieder. „Ich bin so aufgeregt! Daß du gleich Helenchen siehst!" Socke schleckte über Margots Schulter. Immer wieder wunderte Laura sich, daß es den Hund nicht grauste, Stoff abzulecken. Es schien Socke egal zu sein, ob sie Haut oder Stoff naß machte. Wobei Nivea-Sonnenschutzmilch Lichtschutzfaktor 20 allen anderen Geschmacksrichtungen den Rang ablief.

„Seit wann ist Helene mit ihrer Lebensgefährtin zusammen?"

„Mit Maria Habicher?"

„Meinetwegen. Ihr Name ist mir egal. Immerhin hat sie einen – im Gegensatz zu den anderen."

„Als ich Helenchen das erste Mal sah, wachte Maria schon über sie."

„Wachte über sie?"

„Maria chauffiert Helene zu jeder Veranstaltung, sie managt sie, sie wohnen zusammen, wahrscheinlich kocht Maria für Helene, wärmt ihr die Pantoffeln und zupft ihr die Haare aus den Ohren – kurzum: Du siehst Helene eigentlich nie ohne diesen Bodyguard."

„Ist sie jünger als Helene?"

„Ja. Aber nicht auffällig."

„Das ist das einzige, was mir an der Geschichte gefällt", seufzte Laura.

„Was meinst du?"

„Daß wir mit Sicherheit davon ausgehen können, daß Helene Rosenbaum eine Lesbe ist."

„O ja!" rief Margot begeistert. „Das können wir! Obwohl sie mal verheiratet war."

„Und das sagst du mir erst jetzt?" rief Laura gespielt entsetzt.

„Wie das eben bei Frauen ihres Alters so ist", schmunzelte Margot. „Das waren andere Zeiten. Sie mußten erst ein Stück durch die Hölle, ehe sie begriffen."

„Ja sicher. Helenchen ist nicht mehr die Jüngste."

Margot überging die kleine Spitze. „Allein daß sie Mezzosopran singt. Das ist die Stimme für eine Lesbe."

„Ich weiß nicht mal genau, was das ist", gab Laura zu.

„Eine Lesbe?" kicherte Margot.

Laura verdrehte die Augen.

Margot erläuterte grinsend: „Mezzosopran ist tiefer als Sopran, geht Richtung Alt. Mezzosopran empfinden viele Frauen als sehr erotisch. Wie überhaupt tiefere Stimmen."

„Mir ist eine tiefe Stimme auch lieber als eine piepsige. Ich glaube sowieso, daß alle Frauen von Natur aus eine tiefere Stimme hätten, wenn sie sie nicht so kleinmädchenhaft hochschrauben würden und dafür dann nicht auch noch Anerkennung bekämen. *Tu mir nichts, ich bin ja ganz harmlos, nimm mich bloß nicht ernst, wie ich so ein bißchen vor mich hinpiepse, ich tu ja nur so, als hätte ich eine Meinung.*"

Margot lächelte, ließ sich aber nicht ablenken. „Die Stimmlage Mezzosopran wurde früher in Bühnenstücken oft für die Rolle des jungen Helden gewählt. Den sang dann eine

Frau in Hosen – daher der Ausdruck Hosenrolle. Der Mezzosopran deckt sich häufig mit der Stimmlage der Kastraten. Aber von den Kastraten kam man zusehends ab."

„Mehr davon! Das interessiert mich!"

„Das überrascht mich nicht! Mit den Kastraten war es so, daß man Knaben die Hoden abschnitt, damit sie nicht in den Stimmbruch kamen und ihre hohen Stimmen behielten. Mit diesen Stimmen konnten sie die Rolle des jungen Helden, des jungen Mannes überzeugend singen. In der hohen und reinen Stimme dokumentierten sich Frische und Jugend. Kastraten sangen natürlich auch reinen Sopran. Heute singen Mezzosopranistinnen jene Rollen, die früher Kastraten sangen. Von Händel etwa gibt es viele Opern, in denen die jugendlichen Helden von Frauen gesungen werden."

„Scheußliche Angelegenheit", sagte Laura nachdenklich.

„Wenn die Kastraten berühmt wurden, bedauerten sie den Eingriff vielleicht nicht so sehr. Doch Hodenabschneiden allein macht noch keine gute Stimme, und so waren es wohl sehr viele, denen das Lebensglück verwehrt blieb, denn mit dem bürgerlichen Leben waren sie nicht mehr kompatibel. Aber das hörte dann ja sowieso auf. Mozart zum Beispiel hat schon nicht mehr gerne mit Kastraten gearbeitet und lieber für die Hosenrolle geschrieben. Er und Bellini haben überhaupt damit angefangen, direkt für die Hosenrolle zu schreiben. Du mußt bedenken, daß Männer seinerzeit auch später in den Stimmbruch kamen. Deswegen mußte der junge Held – der heute schon aus dem Krächzen heraus ist – eine jugendliche Stimme haben."

„Aha", machte Laura.

Margot fühlte sich durch diesen Ton aufgefordert, weiter zu fachsimpeln, und Laura dachte an ihre Oma. Die rief, sobald aus dem großen Nachkriegsradio, das in der Küche auf dem Ehrenplatz thronte, Opernähnliches kam: *Mach des Gschroa aus!* Das Radio besaß Laura heute noch, es stand in einem Schrank im Keller und war sorgfältig verpackt. Daß so viele Geschichten in dem Gschroa steckten, war wirklich interessant. Daß das Gschroa keins war, wußte Laura, seit sie mit Sophia kiloweise Spaghetti gegessen und dabei italienische Opern gehört hatte. Zum Geburtstag hatte Sophie ihr eine Karte für den Barbier von Sevilla geschenkt. Weil Laura allerdings der Versuchung nicht hatte widerstehen können, einige Male mitzusingen beziehungsweise zu summen, hatte Sophia sie nie mehr zu Spaghetti eingeladen.

4

Der Kies unter ihren Füßen knirschte. Strahlend weiß lag er da. Die Kiesel wie poliert. Blanke Knochen, dachte Laura und daß das auch eine Folter für KZ-Häftlinge gewesen sein könnte, Kieselsteine polieren. Es standen erst wenige Wagen auf dem Parkplatz. Ein geschwungener Weg nach oben und ein Schild. Sehr still war es. Bildete Laura es sich ein, oder sangen die Vögel gedämpfter als außerhalb dieser Mauern?

An Margot prallte die bedrückende Stimmung ab. Sie war auf dem Weg zu Helene, ihre Augen leuchteten. Bei jedem Schritt wippte ihr brünettes schulterlanges Haar. Fast glaubte Laura die Aufregung aus den Haarspitzen springen zu sehen. So wie sie die langen Kolonnen Gefangener vor ihrem inneren Auge sehen konnte, weil sie lange Kolonnen magerer Häftlinge im Fernsehen gesehen hatte. Sie hatte keine Ahnung, wie ihre inneren Bilder aussehen würden, wenn sie nur Bücher gelesen hätte.

„Geh nur schon nach oben." Laura zeigte auf den beschilderten Weg Richtung Kasino, wo die Veranstaltung stattfinden sollte. „Ich mache noch eine Runde mit Socke."

„Ach bitte, komm doch mit!"

„Ich kann mit dir raufkommen. Aber dann kehr ich um", bot Laura an. „Socke hat es sich verdient auszusteigen."

Socke hörte aussteigen. Als kluger Hund verstand sie das Wort in sämtlichen Beugungen und zeigte durch heftiges Schwanzwedeln an, daß sie einverstanden war.

„Gleich", sagte Laura. Socke legte den Kopf schräg. Laura streichelte Socke über den Kopf, öffnete die Fenster einen breiten Spalt und verschloß den im Schatten großer Bäume geparkten Wagen. Nach ein paar Schritten drehte sie sich um und überprüfte die Lage des Parkplatzes, was unsinnig war, bald würde die Sonne hinter den Hügeln verschwinden.

Je weiter sie den Weg emporgingen, desto mehr sahen sie von dem Gelände. Flache Bauten in einem Park, viele Schilder, immer wieder Skulpturen. Man hatte sich Mühe gegeben, den Schrecken irgendwie zu kultivieren. Und während sie so über die weißen Kiesel gingen, hätte Laura gern eine Meinung gehabt, ob sie das richtig fand oder nicht. Oder ob sie alles so gelassen hätte. Ob die Kultivierung eine Ehrung der Toten bedeutete. Ob sie wiederum einen solchen Ort bewahrt hätten?

Vor dem Kasino standen Menschen. Nicht so viele, wie Laura erwartet hatte, aber ein paar Dutzend hatten sich schon versammelt, und es wurden immer mehr.

Da sah sie die Lippe. Tatsächlich! Die konnte nicht echt sein! Da war jemandem die Silikonspritze ausgerutscht!

„Vielleicht ist die Lippe krank", flüsterte Laura Margot ins Ohr.

„Das habe ich auch erst gedacht, aber wenn du sie lange genug studierst, kommst du davon ab."

Laura sah sich weiter um. Auf den ersten Blick entdeckte sie die Dicke und Twiggy und das Halstuch. Margots Wangen röteten sich. Hübsch sah sie aus mit dieser Vorfreude im Gesicht. Laura beschloß, sie bei den Karten allein anstehen zu lassen und eine Runde mit Socke zu gehen. Die Karten lagen, über Kreditkarte und Internet bezahlt, an der Abendkasse für Margot bereit. Seitdem Margot Helene Rosenbaum entdeckt hatte, hatte sie auch ihre Begeisterung fürs Internet und für Computer entdeckt, die sie früher lautstark verabscheut hatte. Margot war die einzige gewesen, die auf ihrer Schreibmaschine beharrt hatte – obwohl sie es sich als technische Übersetzerin damit unnötig schwer machte. Doch das war Schnee von gestern. Natürlich hatte Margot mittlerweile eine Compute. Mit einem ausgetüftelten System archivierte sie alles, was sie über Helene Rosenbaum fand. Und das Internet half ihr, Helene Rosenbaum zu finden, die nicht nur

Meisterkurse gab, sondern auch Vorträge hielt, eine gefragte Rezitatorin war, immer wieder mal als Nachwuchsmentorin auftrat oder eine Veranstaltung moderierte. In mancher Woche hatte Helene Rosenbaum zwei bis drei Termine. Und Margot nahm mit, was möglich war.

Laura ging zum Wagen zurück, befreite Socke, die wie immer um sie herumsprang, als habe sie Laura wochenlang nicht gesehen. Laura gab sich Mühe, kein Schild zu entdecken, auf dem der bekannte Hunde-verboten-Text stand, und öffnete ein schwarzes Eisentor, das – sie merkte es zu spät – zu einem Friedhof führte. Viele Gedenksteine – eher Erinnerungen als wirkliche Gräber, glaubte Laura und hatte kein schlechtes Gewissen, mit Socke über die Wege zu rennen. Buddeln gehörte nicht zu Sockes Leidenschaften. Am Ende des Friedhofs war ein schöner Brunnen mit steinernen Engelsfiguren in die Mauer eingelassen. Während Socke ein Bad nahm – Schwimmen gehörte zu ihren Leidenschaften –, blickte Laura neugierig in einen Geräteschuppen an der Mauer, durch den man anscheinend den Friedhof verlassen konnte. Ein Rasenmäher, Rechen, Harken, ein grüner Kittel an einem Haken, ein zerschlissenes Sofa. Socke unterbrach ihr Bad und knurrte. Laura hob die Hand. Socke schwieg. Laura ging um die Ecke und sah noch einen langen weißen Zopf durch eine Tür zischen. Aus purer detektivischer Gewohnheit beschleunigte sie ihr Tempo, sprang zur Tür, drückte vorsichtig die Klinke herunter, wartete kurz, öffnete. Das gelang einen Spalt breit. Dann hing die Tür in einer Sperrkette.

„Was soll's", sagte Laura, schloß die Tür und wandte sich zum Gehen. Da hörte sie Schritte und öffnete die Tür noch einmal. Knallte an die Kette. Alles, was sie sah, waren rosa All Star-Turnschuhe. Und die waren blitzschnell vorüber.

„Kann mir doch egal sein, wer hier rumjoggt!"

Socke schüttelte sich. Neben Laura. Das gehörte zu den Leidenschaften, von denen Laura gar nichts hielt.

Vor dem Kasino winkte Margot schon aufgeregt. „Wo bleibst du denn! Es geht gleich los!"

„Komm ja schon!"

„Ich habe uns Plätze reserviert!" flüsterte Margot und zog Laura hinter sich her in den Saal. Laura hätte lieber vorn gesessen, aber das war Margot zu dicht dran. Sie wollte Helene schließlich nicht bedrängen und hatte zwei Plätze im hinteren Drittel der Bestuhlung gewählt. Kaum saßen sie, betrat ein Mann die provisorisch aufgestellte Bühne. Laura konnte Margot gerade noch zuflüstern: „Da ist der Dutt", und nach rechts vier Reihen weiter vorn deuten, wo ein an ein Storchennest erinnerndes Haarteil einem Dutzend Menschen die Sicht versperrte.

„Meine sehr verehrten Damen und Herren", begann der Mann, der sich als Bürgermeister des Ortes vorstellte und kundtat, wie geehrt er sich fühlte, daß so viele Menschen den Weg in seine Gemeinde gefunden hatten, und diese Menschen mögen es ihm verzeihen, daß er sich noch geehrter fühle, am heutigen Abend die weltberühmte Künstlerin Helene Rosenbaum begrüßen zu dürfen. Applaus. Genauso geehrt fühlte sich der Direktor einer Stiftung, der ungefähr dasselbe sagte wie der Bürgermeister, nur brauchte er dafür doppelt so lange. Nach ihm betrat der Vorsitzende der Freunde der Gedenkstätte die Bühne und reihte sich in die logische Folge ein, indem er noch mehr Redezeit in Anspruch nahm.

Dann betraten zwei schwarz berockte, weiß bebluste junge Frauen die Bühne. Applaus. Sie hoben die Bögen und fiedelten los.

„Cello und Bratsche", flüsterte Margot. „Paul Hindemith, Duo für Viola und Violoncello."

Laura lehnte sich zurück. Was sie hörte, gefiel ihr. Noch besser gefiel ihr, was sie sah. Diese Versunkenheit. Diese hinschmelzende Sinnlichkeit. Natürlich gefiel ihr die Dunkelhaarige am Cello besser und auch der Ton des Cellos sagte Laura mehr zu als jener, den die Blonde der Bratsche entlockte, wobei dieses süße Ziehen auch nicht ohne war, und wie sich die Töne begegneten und streichelten, eine Weile miteinander tanzten, sich kokett umgarnten, um gleich aufs Neue übereinander herzufallen.

Laura langweilte sich keine Sekunde – und auf einmal war das Stück zu Ende, und ein junger Pianist betrat die Bühne.

Schwarzer Frack und weißes Hemd. Die Bewegung, mit der er die Frackschöße zurückwarf, ehe er sich setzte. Bißchen albern, fand Laura. Wieso mußten die sich in eine Uniform zwängen, wenn sie ein Konzert gaben? Der Pianist spielte moderne Kompositionen, wie Margot Laura zuflüsterte, Laura nickte und fragte sich, ob es banausisch war, daß sie am liebsten noch eine Runde mit Socke gegangen wäre. Erst allmählich konnte sie sich in die chaotische Tonabfolge und die vielen Pausen hineinfinden, und sie hatte gerade begonnen, sich damit anzufreunden, da war das Stück zu Ende.

Der Pianist verbeugte sich, blieb stehen – und eine Frau betrat gemessen die Bühne. Am sofort ansteigenden Applaus merkte Laura: Das ist sie! Helene Rosenbaum. Groß. Stattlich. Langes offenes eisgraues Haar, durch das sich immer noch wie fein gesponnen pechschwarze Strähnen zogen. Langes schwarzes Kleid, mit Pailletten besetzt. Perlenkette. Ein funkelnder Brillantring am Finger. Sehr klassisch also. Sie sah nicht so alt aus, wie sie war, aber alt genug, eine Frau um die Sechzig, und Laura stellte sich die zierliche, bewegliche, sportliche und immer sportlich gekleidete Margot neben ihr vor, und das paßte überhaupt nicht zusammen. Helene Rosenbaum nickte dem Pianisten zu, der sich daraufhin und nach einem Frackschößewurf setzte, lächelte ins Publikum – freundlich, dachte Laura, aber nicht gerade überströmend – da klatschten ein paar Fans, als wäre das Programm beendet. Laura glaubte, alle identifizieren zu können. Die Dicke, das Halstuch, die Lippe, Twiggy und den Dutt hatte sie ja schon ausfindig gemacht. Nun erkannte sie auch die Fotoausrüstung, ein Kinderspiel durch die zwei schweren Fototaschen und das Teleobjektiv, das vor ihren Brüsten baumelte und ungefähr die Größe eines Fabrikschlots hatte. Und noch ein paar mehr. Laura konzentrierte sich wieder auf die Bühne, wo Helene Rosenbaum an den Flügel getreten war, dem Pianisten abermals zunickte und dann ein Gedicht rezitierte, das der Pianist begleitete.

„Viele Komponisten haben Gedichte zu Liedern gemacht, es gibt aber auch Gedichte, die zur Musik gesprochen werden. Das ist so eins von Ivan Turgenjew", flüsterte Margot, und Laura war sehr gerührt, daß sie sich ihrer so annahm, obwohl Helenchen doch nun im Licht der Scheinwerfer stand und der Name des Dichters im Programmheft nachzulesen war. Laura lehnte sich zurück und hörte und schaute.

An Helene Rosenbaums Stimme konnte sie nichts Besonderes finden. Sie war tief, aber nicht ungewöhnlich tief. Angenehm auch. Aber nicht übermäßig angenehm. Die Art und Weise, wie sie das Gedicht vortrug, war interessant, riß Laura aber nicht vom Sitz. Margot neben ihr hingegen war wie aufgelöst. Soviel Liebe und Weichheit und Milde glühten in ihrem Gesicht, daß es Laura fast peinlich war, sie zu betrachten. Sie tat es natürlich trotzdem, was Margot nicht auffiel, versunken wie sie war. Versunken in Helene Rosenbaum. Und so versunken waren auch die anderen Fans von Helene Rosenbaum. Da die Stühle im Halbkreis standen, hatte Laura gute Sicht nach rechts und links – Margot hatte natürlich Plätze in der Mitte gewählt – und verweilte lange in den Gesichtern mancher Fans.

Helenes Gedicht war zu Ende, tosender Applaus, die ersten standen auf, es folgten weitere – schließlich stand der ganze Saal. Das konnte unmöglich wegen dieses Gedichts sein, da wurde das Lebenswerk einer Sängerin beklatscht, immer wieder wahrscheinlich, wo sie auftrat, sah man in ihr die Diva. Und beklatschte sie für das Damals. Margot hatte erzählt, es sei gar nicht so häufig, daß eine Sängerin tatsächlich auf dem Gipfel ihres Ruhmes abtrete. Helene Rosenbaum habe das geschafft. Es sei nun einmal nicht zu verhindern, daß die Stimme sich im Alter verändere. Gerade die Spitzentöne würden nicht mehr klappen, dieses Schicksal stehe jeder Sängerin, jedem Sänger bevor – aber nur die wenigsten schafften es, sich mit der vollen Kraft ihrer Stimme von ihrem Publikum zu verabschieden – so wie Helene Rosenbaum eben, aber die schaffte ja alles. Margot war überzeugt, daß zu diesem rechtzeitigen Abgang auch das tragische Schicksal der Maria Callas beigetragen hatte. Deren Niedergang habe Helene Rosenbaum als Zeitzeugin miterleben können. Sicher habe Helene Rosenbaum Maria Callas auch singen gehört und das Ersterben ihrer Stimme mitverfolgt –

und vielleicht auch mitgelitten. Und so hatte sie selbst dann viele Jahre später als Star von Covent Garden, der Oper in London, ihr letztes Konzert gegeben. Margot konnte kaum in Worte fassen, wie sehr sie es bedauerte, daß es ihr nie vergönnt gewesen war, Helene Rosenbaum live zu erleben. Alles, was sie hatte, waren ihre Aufnahmen ... und ihre heutigen Auftritte, aber da sang sie ja nicht, redete bloß. Oder deutete mal etwas an – bei den Meisterkursen zum Beispiel, die Margot als Zuschauerin besuchte. Aber die Frauen, die das Glück hatten, Helene Rosenbaum damals auf der Bühne erlebt zu haben, hatten alle bestätigt: Helene Rosenbaum singt für die Frauen. Und nicht nur darin unterschied sich der Mezzosopran Rosenbaum vom Sopran Callas, der für Tankerkönige und Konsorten sang.

Helene Rosenbaum verneigte sich. Gönnerhaft, fand Laura. Winkte den Pianisten an ihre Seite. Der verbeugte sich tief – und dann gingen sie ab und kamen nicht wieder. Nur zögerlich machte das Publikum Anstalten, den Saal zu verlassen. Manche setzten sich sogar wieder. Als wollten sie nicht glauben, daß Helene Rosenbaum nicht mehr zurückkäme. Betroffenheit. Glück. Trauer. Unerfüllte Sehnsucht. Gier. Das alles las Laura in den Gesichtern der Fans.

„Und?" fragte Margot.

„Ja", sagte Laura, weil sie nicht wußte, was sie sagen sollte. Daß Helene Rosenbaum sie nicht vom Hocker gerissen hatte, war Margot bestimmt nicht verborgen geblieben. Immerhin: Schöne Haare hatte sie. Solch eine wilde Welle wollte Laura in dem Alter auch haben.

„Willst du gleich los?" fragte Margot.

„Nein, nein", wehrte Laura ab. Von ihr aus konnten sie eine Stunde sitzen bleiben. Schließlich waren das für Margot die Highlights, sie befand sich in einem Gebäude mit Helene.

„Ich würde gern noch ein bißchen hier bleiben", bat Margot, „aber du kannst ruhig schon mal Socke befreien. Ich komme dann nach."

„Mach ich!" sagte Laura.

Im Vorraum ging sie nach rechts anstatt nach links und stand plötzlich am Hintereingang des Gebäudes. Hier konnte man sogar parken. Laura beschloß, den Volvo direkt hierher zu fahren. Im Auto konnten sie eine Weile sitzen bleiben. Laura hatte schon viele Stunden in ihrem Volvo Kombi gesessen. Zügig ging sie die Straße bergab, die zum großen Parkplatz führte. Socke schlief natürlich wieder. Laura fuhr zum Hintereingang. In der Zwischenzeit waren zwei Parkplätze frei geworden. Laura parkte ein, da öffnete sich die Tür – und wer kam heraus ... Helene Rosenbaum. „Kruzifix!" zischte Laura, weil es ihr leid tat, daß Margot nicht da war. Neben Helene Rosenbaum ging eine ebenfalls sehr große, ziemlich füllige Frau mit einem langen blendend weißen Zopf.

„Der Zopf!" flüsterte Laura. Socke spitzte die Ohren und starrte konzentriert durch die Windschutzscheibe.

„Runter!" flüsterte Laura.

Socke ließ sich fallen. Laura duckte sich. Obwohl sie wußte, daß es idiotisch war. Wieso versteckte sie sich vor zwei fremden Frauen? Wieso sollte Socke nicht gesehen werden? Wieso war sie überhaupt auf diesen Parkplatz gefahren? Anscheinend steckte mehr von einer Schnüfflerin in ihr, als sie zugab – obgleich sie immer betonte, daß die Ermittlungsarbeit nur ein Zubrot zu ihrem Bauchtanzstudio darstellte. In letzter Zeit war sie immer wieder in Situationen geraten, die ihr deutlich gezeigt hatten, daß sie auch darauf abfuhr. Und nun war es anscheinend so weit mit ihr, daß sie Aufträge erfand, beziehungsweise zwei harmlose Frauen – da mochte die eine noch so berühmt sein – in einen Fall verwickelt sah.

Ohne Zweifel hatte sie Helene Rosenbaum und ihre Lebensgefährtin Maria Habicher vor sich, und was konnten die beiden Verdächtigeres tun, als nebeneinander her zu einem Renault Espace zu gehen. Stattlich wie Maria Habicher war, fühlte sie sich in diesem Auto sicher gut aufgehoben, dachte Laura böse und überlegte, ob ihr Interesse und ihre Intuition nicht aus ganz anderen Gründen geweckt worden waren, nämlich aus Freundschaft mit Margot statt aus nicht ausgefüllter Ermittlungssucht. Helene Rosenbaum hatte eine leichte cremefarbene Jacke über ihr Paillettenkleid gezogen, Maria Habicher war im Cottage-Look in eine Art Baumwolldirndl gekleidet. Neben ihr wirkte Helene rank und schlank, zierlich fast. Maria warf den straff geflochtenen weißen Zopf über die Schulter. Laura fragte sich, was sie vorhin auf dem Friedhof getrieben hatte, aber das ging sie nichts an. Vielleicht hatte sie sich die Füße vertreten.

„Das kann ich mir nicht vorstellen!" Margot hatte sich nach zwanzig Minuten Autofahrt Richtung München noch immer nicht davon erholt, Helene verpaßt zu haben. „So kurz vor einem Auftritt kann sie Helene doch nicht allein lassen!"

„Quatsch", sagte Laura. „Helene war ein weltberühmter Star. Da wird sie doch wohl vor solch einem Popelabend kein Lampenfieber haben!"

„Wirkliche Stars haben immer Lampenfieber! Ich habe sogar gelesen, daß sie nur gut sind, wenn sie welches haben!"

„Dann hat Helene bestimmt keines gehabt", konnte Laura sich nicht verkneifen zu erwidern.

„Im Ernst!" bat Margot. „Wie fandest du sie?"

„Okay."

„Wie okay?"

„Was soll ich schon sagen! Ich kann schlecht *nett* sagen, wenn ich nicht mit ihr geredet habe. Sie ist nicht mein Typ. Das Gedicht hat mir auch nicht gefallen. Am besten hat mir die Cellistin gefallen, was wiederum dir nicht gefallen wird."

„Bißchen mager", brummte Margot.

„Was hast du denn erwartet? Klassische Musik ist überhaupt nicht mein Fall. Außer italienische Opern."

„Da gibt es den Mezzosopran meist nur in Nebenrollen."

„Ist mir auch egal. Am schönsten an den italienischen Opern war das Nudelessen mit Sophia, was sich leider erledigt hat. Trotzdem, ich höre mir den Barbier von Sevilla und auch La Traviata gern an. Aber es ist nicht meine Musik."

„Weil du dich zuwenig auskennst."

„Das kann schon sein. Der heutige Abend hat nicht unbedingt dazu beigetragen, daß ich das ändern möchte. Wobei ich feststelle, daß ich gern mal wieder Cello hören würde. Der Klang hat mich fasziniert."

„Auch wenn die Blonde es gespielt hätte?" stichelte Margot.

Laura grinste. „Keine Ahnung."

„Aber sag doch wenigstens ein bißchen was über Helene."

„Du kommst mir vor wie eine Drogenabhängige", stellte Laura fest, fand dann aber doch noch einige lobende Worte.
„Und Maria?"
„Sieht aus wie eine Bäuerin."
„Sie stammt aus Österreich."
„Vielleicht solltest du mir bei Gelegenheit mal Stücke vorspielen, die Helene früher gesungen hat", sagte Laura einlenkend. „Vielleicht verstehe ich dich dann besser. Von dem, was ich heute gesehen und gehört habe, kann ich das nicht."
„Was glaubst du, was Maria auf dem Friedhof gemacht hat?" fragte Margot unvermittelt.
„Sie hat ihre Liebhaberin getroffen", prustete Laura heraus, aber Margot fand das gar nicht witzig.

5

„Und wie war's?" fragte Helga beim Frühstück.
„Der Ausflug mit Margot hat mir gefallen", sagte Laura nachdenklich. „Wir haben viel gelacht, es war eine schöne Fahrt. Mir ist klar geworden, daß ich Margot in den letzten Jahren ein bißchen verloren habe. Es gab Zeiten, da waren wir uns sehr nah. Ich kenne sie immerhin über zehn Jahre!"
„Und die Diva?"
„Eine Enttäuschung. Hätte sie nicht auf der Bühne gestanden, wäre sie mir nie aufgefallen. Das Gedicht hat mir auch nicht zugesagt – ich muß sie wohl mal singen hören."
„Schon wieder ganz auf Margots Linie", stellte Helga fest.
„Eine hübsche Cellistin habe ich gesehen. Gibt es in deiner Plattensammlung irgendwas mit Cello?"
„Klar. Leg ich dir später raus."
„Weißt du ...", Laura suchte nach Worten, „... als die Diva auf der Bühne stand und ich die Gesichter ihrer Fans sah ... Da war soviel Hingabe. Soviel Liebe. Und Andacht. Das hat mich sehr berührt."
„Was soll das heißen? Findest du Margot jetzt normal?"

„Ich habe sie nie anders als uns gefunden. Jeder spinnt, wie meine Oma sagte, nur anders. Ich kann nicht mal behaupten, daß ich sie seit gestern besser verstehe. Ich verstehe sie eigentlich noch weniger. Trotzdem war es ein schöner Ausflug."

Das Telefon klingelte. „Nicht schon wieder", entfuhr es Laura, denn Margot war als Frühaufsteherin bekannt.

„Wetten, daß doch", grinste Helga.

Sie hatte recht. Es war Margot. Sie stand fast vorm Haus. War zufällig in der Gegend. Hatte zufällig ein paar CDs von Helene Rosenbaum dabei. Ob Laura zufällig Zeit hätte.

Laura brachte es nicht über sich, Margot einen Korb zu geben. „Komm rauf."

Helga verabschiedete sich mit einem Klaps auf Lauras Po. Zu Margot sagte sie nur: „Guten Morgen, ich muß leider gleich los. Hätte gern mit euch Musik gehört."

„Ich kann dir jederzeit was ausleihen!"

„Schade, daß ich keine Zeit habe", bedauerte Helga erneut, war schon auf der Treppe, blinzelte Laura zu.

„Kaffee?" fragte Laura resigniert.

„Gern!"

Laura füllte Kaffee in zwei Tassen, stellte sie und Milch und Zucker auf ein Tablett und folgte Margot, die sich in Lauras Wohnzimmer an der Musikanlage zu schaffen machte.

„Viel Zeit habe ich nicht", verkündete Laura. „Um zehn beginnt mein Vormittagskurs, und ich muß mich noch vorbereiten."

„Ich dachte, du bereitest dich nie vor?" fragte Margot.

Eins zu null, dachte Laura, und daß sie sich in Margot getäuscht hatte, wenn sie annahm, die hörte nur noch zu, wenn von Helene Rosenbaum gesprochen wurde. „Im Grund bereite ich den Unterricht auch nicht vor. Aber gerade für heute wollte ich ein bestimmtes Stück suchen. Ich habe den Frauen versprochen, daß wir Shabi tanzen."

„Shabi?" wiederholte Margot.

„Das ist ein orientalischer Tanz, der von den Frauen auf dem Land getanzt wird. Sehr einfach. Sehr monoton, aber unglaublich lebendig."

Margot hatte die erste CD eingelegt und drückte auf Play.

Am Brunnen vor dem Tore, da steht ein Lindenbaum, ich träumt in seinem Schatten so manchen süßen Traum ...

Dunkelheit senkte sich über Laura. Eine schwere schwarze Wolke war von irgendwoher in das Zimmer geschwebt und blähte sich auf und wurde immer dicker, und Laura wurde traurig. Abgrundtief traurig und noch trauriger. Eigentlich war sie krank. Am besten, sie blieb heute zu Hause. Und morgen. Warum nur war sie schon so lange allein. Auch ihre Oma lebte nicht mehr. Was hatte das Leben für einen Sinn? Wie von sehr weit her drang Margots Stimme zu ihr: „Der Lindenbaum gilt als eines der deutschesten deutschen Lieder, worauf sich übrigens auch das berühmte Bachmann-Gedicht Früher Mittag bezieht, dies aber nur am Rande. Laura! Geht's dir nicht gut?" Margot stoppte die CD.

„Mir?" fragte Laura, als stünde noch eine neben ihr.

„Das ist aus dem berühmten Liederzyklus von Franz Schubert, die Winterreise. Ein Wanderer wandert unglücklich durch den Winter. Sehr selten sangen Frauen diese Lieder, und sie klangen dann auch nicht so, als sänge der Wanderer, eher als sänge seine Mutter. Nun hat aber Helene Rosenbaum ..."

„Ah ja", machte Laura.

„Laura?" fragte Margot besorgt.

Allmählich erlangte Laura ihre Fassung zurück. „Tut mir leid, Margot. Aber ich glaube, das vertrage ich nicht. Das schlägt mir aufs Gemüt. Da möchte ich am liebsten aus dem Fenster springen. Ich kann das nicht aushalten."

„Aber es sind wunderschöne Lieder!"

„Du magst das so empfinden. Für mich ist das Folter. Ich habe nicht die Nerven dafür."

„Wieso Nerven? Diese deutschen Lieder beruhigen ungemein. Das mußt du noch hören! Wenigstens eine Komponistin sollst du anhören. Es ist von Clara Schumann, paß auf!"

„Ja", sagte Laura kraftlos.

Ich weiß nicht, was soll es bedeuten, daß ich so traurig bin ... Laura stöhnte dumpf auf.

„Macht ja nichts", sagte Margot enttäuscht. „Warte. Ich lege was anderes auf. Vielleicht eine Arie? Aus dem Barbier von Sevilla? Den hörst du doch gern? Die Arie der Rosina. Allerdings tiefer gelegt. Helenchen ist ja ein Mezzo."

Laura wurde zunehmend nervös. Es war nicht nur die Musik. Es war auch die Uhrzeit, zu der sie die Musik hören sollte. Es war alles zuviel. Und zu Rossini gehörten Spaghetti. Resolut drehte sie leise. „Tut mir leid, Margot, ich bin jetzt nicht aufnahmefähig. Ich muß auch gleich los. Laß mir eine oder zwei CDs da, und ich höre sie mir in Ruhe an."

Margot reichte Laura ein Dutzend CDs. „Du kannst sie alle behalten."

„Nein danke. Eine, höchstens zwei. Such was für mich aus. Ich höre sie bei Gelegenheit an und melde mich dann bei dir. Ich kann sie doch ein paar Wochen behalten?"

„Ein paar Wochen?"

„Eine Woche?"

„Okay. Eine Woche."

„Und jetzt muß ich meinen Unterricht vorbereiten!"

Margot trank ihren Kaffee und verließ widerspruchslos die Wohnung. Laura rannte zu ihren Schallplatten, suchte, fand, überlegte, wo sie den Plattenspieler angeschlossen hatte – sie hörte fast keine Schallplatten mehr, weil ihr das so umständlich vorkam, obwohl sie es sich immer wieder vornahm, und dann legte sie Deep Purple auf und hörte sich Child in time in einer solchen Lautstärke an, daß Frau Valerien, die Hauswirtin, nicht nur klingelte, sondern auch noch anrief. Danach drückte Laura einen Kuß auf die rosige Wange der über Siebzigjährigen, holte sich einmal Ohrenlangziehen ab und mußte versprechen, beim nächsten Mal das Fenster zum Hof zu schließen, sonst bekäme sie nie wieder Rohrnudeln.

6

Zwei Tage später – diesmal am Nachmittag – rief Margot wieder an. Laura hatte die CDs nicht angehört und sofort ein schlechtes Gewissen. „Ich bringe dir deine CDs morgen vorbei", sagte sie. „Ich werfe sie in den Briefkasten." Damit wollte sie das Gespräch beenden. Daß sie mit Margot zu Helene Rosenbaum gefahren war, bedeutete nicht, daß sie nun täglich Kontakt mit Margot wünschte. Und vor allem wünschte sie nicht täglich Kontakt mit Helene Rosenbaum.

„Es ist etwas passiert!" rief Margot.

„Ja?" fragte Laura und hielt den Hörer vom Ohr weg.

„Die Zeitung! Laura! Die Handtasche! Ich kaufe mir doch immer die Zeitung. Wegen der Kritiken. Manchmal sind auch Fotos drin. Bei den Veranstaltungen darf man doch nicht fotografieren. Das tut auch niemand. Bis auf die Fotoausrüstung. Ich meine ... also ich habe die Zeitung gekauft und im Feuilleton gesucht. Es stand auch ein Bericht drin. Ich schneide ihn aus und blättere um ... und dann sehe ich es."

„Margot, bitte! Ich habe keine Ahnung, wovon du sprichst!"

„Eine Frauenleiche ist gefunden worden. Zwanzig Kilometer von der KZ-Gedenkstätte entfernt. Im Wald. Man geht von einem Verbrechen aus."

„Margot! Ich verstehe dich nicht!"

„Sie wissen nicht, wer die Frau ist. Keine Papiere. Aber es ist ein Bild in der Zeitung von ihrer Handtasche. Es ist eine Handtasche, wie die Handtasche immer Handtaschen dabei hat! Und die Handtasche war doch vorgestern nicht da, oder? Hast du die Handtasche gesehen?"

„Ich glaube nicht. Aber beschwören kann ich es nicht!"

„Du hast den Dutt gesehen, das weiß ich, weil du mich noch auf ihn aufmerksam gemacht hast."

„Fotoausrüstung und die Dicke habe ich auch gesehen."

„Und Twiggy war da, die habe ich auf dem Klo getroffen. Aber eben keine Handtasche."

„Nein, keine Handtasche", sagte Laura.

„Was sollen wir jetzt tun?"

„Wieso sollen wir irgendwas tun?" fragte Laura zurück.

„Wenn die Handtasche die Handtasche ist, dann müssen wir das doch sagen!"

„Und was bringt das, wenn du zur Polizei gehst und sagst, daß die Handtasche die Handtasche ist? Erstens ist das nicht sicher, zweitens weißt du nicht, wie sie heißt."

„Hätte ich doch nur nach ihrem Namen gefragt", jammerte Margot.

„Hast du überhaupt schon mal mit ihr geredet?"

„Ich glaube nein."

„Wann ist deine nächste Verabredung mit Helene?"

„In drei Tagen. In Wien. Sie führt Regie bei Madame Butterfly. Ich habe eine Karte für die Premiere."

„Kannst du noch eine Karte besorgen?"

„Ich weiß nicht ... Doch. Ja. Ich habe eine Bekannte in Wien. Die arbeitet beim Fremdenverkehrsverband. Ich weiß, daß die oft Karten zurückbehalten. Und wenn nicht, dann fälsche ich dir eine. Ich habe eine Freundin, die macht das am Computer. Hat sie für mich auch schon mal gemacht. Ich kümmere mich darum. Wir fahren nach Wien?"

„Ja", sagte Laura knapp.

„Und warum fährst du mit?"

„Weil ich wissen will, ob Handtasche auftaucht. Sie müßte doch auftauchen?"

„Natürlich! Handtasche ist eigentlich immer da, wenn ich da bin. Besonders bei Premieren. Das ist doch der beste Auftritt für ihre Handtaschen."

„Wir können nicht übernachten! Ich muß am nächsten Vormittag um zehn meinen Unterricht abhalten. Lola kann mich in dieser Woche nicht noch mal vertreten!"

„Kein Problem. Ich fahre. Du kannst schlafen. Ich hole dich um eins ab."

„Bis dann", sagte Laura, legte auf, unterdrückte den Impuls zurückzurufen und abzusagen, rief Socke, befahl ihr, das Halsband zu bringen, zog Joggingklamotten an und hüpfte die fünf Minuten zur Isar wie ein Schulmädchen von einem Fuß auf den anderen. Dann legte sie los. Nach einer halben Stunde hatte sie das Gefühl, so weit gereinigt zu sein, daß sie anfangen konnte nachzudenken. Aber dann dachte sie nicht nach, sondern betrachtete den nach rechts und links schwenkenden Bauch von Socke, den knackigen Hüftschwung. Wie sie so leicht und tänzelnd neben ihr lief, manchmal den Kopf zu Laura wendete, diese braunen Augen, ein Blick des Einverständnisses: du und ich und der Sommer.

Und trotzdem mußte Laura nach Wien fahren, hin und zurück, das war auch nicht gerade der nächste Weg, um in Erfahrung zu bringen, ob eine Handtasche bei der Premiere auftauchte. Was ging sie diese Handtasche eigentlich an? Und wenn sie auftauchte? Dann war alles gut. Dann war es aber wirklich gut! Und wenn sie nicht auftauchte? Dann war sie vielleicht krank, oder sie hatte sich zur Abwechslung in eine Frau aus Fleisch und Blut verliebt statt in einen abgetakelten Opernstar. Es konnte tausend Gründe geben, warum Handtasche bei der Veranstaltung im Kasino gefehlt hatte. Sie konnte eine Autopanne gehabt haben oder wegen Geldproblemen kürzer treten müssen, ihre Mutter könnte gestorben oder sie beruflich unabkömmlich sein. Was für eine Zeitverschwendung, dachte Laura, da ist gar nichts, keine Spur, nirgendwo, obwohl irgend etwas in ihr sagte, daß es eine Spur gab und sie nah dran, auf der richtigen Fährte war.

„Aber was geht uns das an?" fragte Laura Socke, und die wußte es auch nicht. Im Grunde ging es um Margot. Vielleicht war das der letzte Versuch. Oder ein neuer Anfang. Warum nicht mal ein Spontantrip nach Wien. Vielleicht sollte sie Lola doch anrufen und um Vertretung bitten. Oder eine andere. Fatima zum Beispiel konnte sie fragen. Seitdem ihr die beim letzten Fall so nett geholfen hatte, trafen sie sich manchmal. Außerdem mußte sich jemand um Socke kümmern. Am besten, sie gab sie zu Brigitte. Die konnte sie gleich zum Thema Fans befragen. Als Psychologin kannte sie sich damit bestimmt aus.

So landete Laura in einem Fall, den es überhaupt nicht gab.

7

Laura warf Kiesel in die Isar. Komisches Gefühl so ohne Socke, aber die war vor fünf Minuten mit Brigitte in die andere Richtung verschwunden. Nicht mal umgedreht hatte sie sich. Das war auch gut so. Trotzdem versetzte es Laura jedesmal einen Stich, daß Socke nicht schluchzte, sich aufjaulend in den Sand warf, schmachtende Blicke schickte. Und dann ärgerte sie sich. Wenn Socke nicht so vertrauensvoll mit Menschen wäre, hätte Laura eine Menge Probleme. Einen Hund, der an seinen Gewohnheiten hing wie eine Klette, konnte man nicht so einfach sitzen lassen. Davon hatte Laura am Anfang profitiert, als sie selbst Sitterin für Socke war. Zwei Jahre war das her. Und es bestand keine Gefahr, daß Susanne Socke zurückwollte, sie beabsichtigte, ihre Lebensgefährtin zu heiraten – und die litt an einer Tierhaarallergie.

Es war ein interessantes Gespräch mit Brigitte gewesen. Am faszinierendsten fand Laura dabei, wieviel ihr aus der eigenen Vergangenheit einfiel. Daß sie zum Beispiel mal in Gianna Nanini verliebt gewesen war – und zwar ernsthaft! –, hatte sie völlig vergessen. Gut, das war in der Pubertät gewesen, aber es unterschied sich im Grunde nicht von Margots Schwärmereien für Helene Rosenbaum. Fast alle Jugendlichen machten eine solche Phase der Schwärmerei für eine bekannte Persönlichkeit durch, hatte Brigitte erklärt. Diese Phase war wichtig für die Rollenfindung als Erwachsene. Zudem konnten solche Idole unglaubliche Kraft geben – gerade wenn es darum ging, im Kampf mit den Eltern eine Gegenposition zu beziehen. Auch später gäbe es immer wieder Phasen, in denen Menschen mehr als Sympathie für Unbekannte empfänden. Man könne das mit persönlichen Neigungen erklären, aber genauso gut psychologisierend meinen, daß die Verehrten Persönlichkeitsanteile auslebten, die die Verehrenden in ihrem Leben noch nicht integriert hätten und die zur Verwirklichung anstünden. Man könne aber auch ganz einfach von einer gelegentlichen Neigung zur Träumerei oder Projektion ausgehen.

Gerade einsame Menschen oder solche, die mit realen Beziehungen Schwierigkeiten hätten, hatte Brigitte ausgeführt, griffen oft zu dem Ersatzmodell. Das Fernsehen liefere ihnen ihre Lieblinge praktisch ins Wohnzimmer. Es wäre nichts dagegen einzuwenden, wenn Menschen diese Krücke wählten, um mit manchen Gefühlen überhaupt zurande zu kommen. Problematisch würde es, wenn die Betreffenden anfingen, darunter zu leiden beziehungsweise dem Liebeswahn verfielen oder – noch schlimmer – zu Stalkern wurden.

Das Wort Liebeswahn faszinierte Laura noch immer. Brigitte hatte anschauliche Beispiele genannt. Der Mann, der in die Nachrichtensprecherin verliebt war und jeden Abend vorm Fernsehapparat saß und zählte, wie oft sie blinzelte, und den ganzen folgenden Tag sah er sich diese fünfzehn Minuten auf Video an und verstand genau die Zeichen, die sie ihm gegeben hatte. Oder die Frau mit der festen Überzeugung, daß der Radiomoderator alle Songs nur für sie auflegte. Harmlose Fälle, hatte Brigitte gesagt. Doch Morde begännen oft harmlos. Stalking hieß das Wort dafür.

Seitdem Leute wie Steffi Graf, Jodie Foster und andere Prominente mit sogenannten Stalkern in Berührung kamen, wurde der Begriff zunehmend populär. Stalker verfolgten nicht nur Berühmtheiten. Für die Opfer wurde das Leben zur Hölle. Das fing beim Telefonterror an, ging weiter am Arbeitsplatz, wo Verleumdungen an der Tagesordnung waren, im Privatleben, überall. Stalking hatte überhaupt nichts mit Liebe zu tun. Stalkern ging es um Macht. Nicht selten ruinierten Stalker die Existenzen ihrer Opfer, manches Opfer sah keinen anderen Ausweg, als freiwillig aus dem Leben zu scheiden, weil es die ständige Bedrohung nicht mehr aushielt. Von seiten des Staates gab es in Deutschland wenig Möglichkeiten, einzuschreiten. Jede Frau, die schon mal zur Polizei gegangen war, weil sie sich belästigt fühlte, konnte davon berichten. Solange keine Straftat vorlag, wurde nichts unternommen. Selbst wenn eine begangen wurde, ein bißchen Verprügeln oder Kindererschrecken, wurde nichts getan.

Zum Schluß hatte Brigitte von einer These erzählt, die sie irgendwo gelesen hatte. Es sei ein großes Glück, das erleben zu dürfen, einen anderen Menschen grenzenlos zu bewundern. Laura hatte sofort widersprechen müssen, das klang doch zu sehr nach Sekte oder Religion. Brigitte hatte darauf hingewiesen, daß die Fans nichts anderes taten als ihre Stars zu vergöttern. Aber Laura war sehr erleichtert, daß Margot vermutlich keine Stalkerin war.

8

Nein, das war nicht Lauras Welt. Wie sie da auf den Treppenstufen standen und lachten. Wie sie die Gläser hielten und die Dekolletés schwenkten. Wie sie klimperten und blinkerten und rotlippig lächelten. Wie sie Spiel- und Standbein wechselten und während sie in die Ohren der einen sprachen, nach den anderen schauten. Nur vereinzelt ein Gesicht, das Laura interessierte. Nur vereinzelt ein Mensch, den Laura für angezogen hielt. Aber das war wahrscheinlich die falsche Einstellung. Margot war auf der Toilette – endlose Schlangen bei den Damentoiletten in jeder Etage. Wie immer und überall. Darüber ärgerte Laura sich wie immer so sehr, daß sie vor Wut nicht mehr wollte und nicht mehr mußte.

Aber nun war sie schon mal da und sollte auch genießen. Die schönen Menschen. Die üppigen Dekolletés. Die gepflegten Hände mit den langen lackierten Fingernägeln. Die sich knackig unter eng anliegenden Kleidern abzeichnenden Pos. Und Laura genoß. So intensiv, daß sie selbstvergessen einem goldenen Kleid folgte – und erst von einem uniformierten Saaldiener aufgehalten wurde. *Ihr Billet! – Mein Billet? – Ja, gnädige Frau. – Oh, das hat meine Freundin. – Da muß gnädige Frau dann wohl oder übel zu der Freundin der gnädigen Frau, weil ohne das Billet kommt die gnädige Frau hier nicht herein, da kann ich ihr ja keinen Sitz zuweisen. – Dann muß ich meine Freundin suchen. – Ja, gnädige Frau, das wird wohl das Beste sein.*

„Bist du verrückt?" rief Margot, die ein Stockwerk tiefer bei den Toiletten stand, wo sie inzwischen die einzige war. „Gleich geht es los!" Margot war wie immer, wenn eine Begegnung mit Helene bevorstand, außer Rand und Band. „In der Oper kommt man nicht zu spät!"

„Es stehen noch genug Leute draußen rum! Ich hab' mich halt ein bißchen umgeschaut."

„Und – hast du sie gesehen?"
„Wie meinen, gnädige Frau?"
„Mensch, Laura, was ist mit dir? Aufwachen! Handtasche! Ob du sie gesehen hast?"
„Ich habe ... ich bin ... also ich habe gar nicht gesucht."
„Und die anderen?"
„Ehrlich gesagt habe ich nur ein goldenes Kleid gesehen."
„Und wem gehört das?"
„Ich habe nicht aufgepaßt. Ich meine – ich habe niemand von den Fans gesehen."
„Macht nichts", sagte Margot plötzlich gut gelaunt. „Im Grunde ist das sowieso schwierig – bei so vielen Leuten jemand zu finden. Es wird uns wohl nichts anderes übrig bleiben, als später zum Bühnenausgang zu gehen."
„Alle müssen wir ja gar nicht finden! Wir müssen nur die Handtasche finden. Oder sind am Bühnenausgang alle?"
„Bestimmt."
„Ich verstehe nicht, warum, wenn sie Helene doch nur kurz sehen können. Du hast doch selbst gesagt, daß man sie als Regisseurin kaum zu Gesicht bekommt."
„Deswegen gehen sie zum Bühnenausgang, um sie noch ein bißchen länger zu sehen als nur die paar Augenblicke beim Schlußapplaus. Ich war noch nie dort."
„Warum nicht?"
„Nicht mein Stil. Aber ich weiß, daß dort alle auf sie warten. Die Fans, die, die Blumen abgeben wollen, die Autogrammjäger, die Neugierigen, die Schaulustigen, alle."
„Und wenn die drinnen eine Feier haben? Ich kenne eine Frau, die jobt manchmal in München an den Kammerspielen, und die haben oft Premierenfeiern im Haus."
„Dann warten die Fans."
„Bis zum Morgen?"
„Wir sprechen nicht von Weicheiern, sondern von Fans. Also auch bis zum nächsten Mittag, wenn es sein muß."
„Ich warte nicht bis morgen Mittag, Margot!"
„Ich glaube, wir müssen nicht lange warten. Helene fährt immer gleich nach Hause. Sie hat kaum weiter nach Hause als wir."

„Woher weißt du, daß sie nach Hause fährt?"

„Dies ist nicht die erste Premiere, die ich in Wien erlebe. Maria hat mich mit ihrem Espace auf der Autobahn überholt. Deshalb weiß ich es."

Es klingelte. Dann klingelte es wieder. Und dann ging es los. Und es hörte nicht mehr auf. Ewiglich lange sang Madame Butterfly, und eine andere sang auch recht lange, wahrscheinlich ihre Zofe, und ein dicker Mann sang und ein anderer Mann, und dann sang schon wieder Madame Butterfly und lustwandelte durch Gärten und zog sich in ihr Haus zurück – und Laura wurde immer müder und konnte sich nur mit Mühe am Einschlafen hindern, im Kino war sie noch nie eingeschlafen, aber das war ja auch kein Kino, das war Ernst. Todernst. Zum Glück gab es das Opernglas, mit dem sie die Zuschauer beobachten konnte, doch jedesmal, wenn Margot sie dabei ertappte, nahm sie ihr das Glas weg und schaute selbst wie all die anderen immer nur auf die Bühne. Und dann war es endlich aus. Nicht aus. Pause.

„Und?" strahlte Margot. „Ist das nicht eine tolle Inszenierung? Wie klar ihr Votum für die Frau ist. Die Schuldfrage stellt sich ja kaum, so eindeutig liegt sie beim Mann. Man merkt einfach ihre Handschrift. Wunderbar! Grandios! Was für eine Wohltat, wenn eine Sängerin Regie führt, sie inszeniert mit der Musik, das ist in jeder Sekunde spürbar, ich bin völlig aufgelöst! Und das, obwohl dies ein so konventionelles Haus ist, ich mag die Wiener Oper ja gar nicht, so steif, so traditionell, so pompös, und es war mir nicht recht, daß Helenchen diesen Auftrag angenommen hat, aber jetzt bin ich restlos begeistert und überzeugt, gut hat sie das gemacht, es ist genau der richtige Weg, man muß diese Herausforderungen annehmen und ihnen im eigenen Haus zeigen, wo es langgeht. Wunderbar, ganz einfach wunderbar!"

„Dauert es nach der Pause noch mal so lange?" fragte Laura. Margot antwortete nicht.

„Und erst zum Schluß kommt Helene auf die Bühne?" vergewisserte Laura sich.

„Ja. Ganz zum Schluß. Der Vorhang fällt, dann geht er wieder auf, die Sängerinnen und Sänger stehen in einer

Reihe da, dann fällt er wieder, dann erscheinen die Sängerinnen und Sänger einzeln, dann kommen sie noch mal in einer Reihe, und dann ruft die Hauptrolle, also hier Madame Butterfly, den Dirigenten, der wird beklatscht, geht dann zur Rampe und macht mit beiden Händen eine Bewegung zum Orchester, das erhebt sich, bekommt auch Applaus, dann wird Madame Butterfly eine Geste zur Seite machen, und von dort werden Helene als Regisseurin und die Bühnenbildnerin, hier Kalinka Peterson, kommen und beklatscht werden. Und dann ist es aus."

„Und das weißt du jetzt schon?"

„Das ist die ganz normale Applausordnung."

„Verstehe", sagte Laura. „Und du bist viele Male bereits nach Wien gefahren ..."

„... einige Male. Ich mag Wien nicht ..."

„... also einige Male für diese paar Minuten – oder Sekunden."

„Sie halten lange vor! Ich komme gar nicht los von dem Bild der Gärten mit den Schirmen in diesem milden Licht."

„Ja", sagte Laura ergeben.

Madame Butterfly, die in Wirklichkeit Cio-Cio-San hieß, sang noch länger als in der ersten Hälfte, alles dauerte noch länger als in der ersten Hälfte, und dann war es doch einmal aus, und es geschah genau das, was Margot prophezeit hatte. Der Vorhang fiel und ging wieder auf, und da standen die Sängerinnen und Sänger. Und wieder fiel der Vorhang und ging wieder auf und fiel und ging auf ... und dann stand Helene Rosenbaum in einem schwarzen Kostüm auf der Bühne, bekam einen Blumenstrauß in die Hand gedrückt, deutete eine Kopfneigung an, ging ab. Eine Minute dreizehn Sekunden war Helene Rosenbaum zu sehen gewesen.

„Und jetzt?" fragte Laura.

„Zum Bühnenausgang. Los!"

Sie waren nicht die ersten, ganz und gar nicht. Ein paar Dutzend Menschen standen da. Es wurde Sekt getrunken, gejubelt, gerufen – eine ziemlich ausgelassene Stimmung.

„Später wird es ruhiger", sagte Margot. „Viele gehen nur kurz vorbei und hoffen, daß in diesem Moment was passiert.

Nur der harte Kern bleibt, bis er bekommen hat, was er wollte."

„Da ist die Fotoausrüstung!" entfuhr es Laura.

„Das Halstuch ist auch da. Und da drüben der Dutt."

„Fehlen aber noch einige."

„Die kommen schon noch." Aber sie kamen nicht. Gerade mal die Lippe tauchte auf. Keine Spur von ... „Wer fehlt eigentlich außer der Handtasche?" fragte Laura.

„Die Dicke, Twiggy, die Hausfrau, die angezogene Bremse und ihre Freundin, die Unglückliche und Babyface."

„Die kenne ich ja gar nicht! Die waren nicht im Kasino."

„Doch. Wenigstens die angezogene Bremse mit ihrer Freundin. Ist dir wahrscheinlich nicht aufgefallen."

„Nein. Wieso heißen die so komisch?"

Margot wies auf zwei Frauen, die um die Ecke kamen. „Schau dir mal an, wie sie gehen!"

Laura schaute, kicherte. „Okay. Wie viele echte Fans gibt es eigentlich?"

„Du meinst solche, die so verrückt sind, hinter Helene herzureisen? Vielleicht ein Dutzend. Dann noch mal so viele, die gelegentlich kommen."

„Die Handtasche gehört zum ersten Dutzend?"

„Unbedingt."

Plötzlich Johlen und Schubsen, alles drängte nach vorn, es ging so schnell, daß Laura kaum begriff – und dann war es auch schon vorbei: Helene und Maria hatten das Theater verlassen. Gekreische, Blumen flogen, Fotoapparate wurden hochgehalten, eine Stimme quengelte: „Herrschaften, zurücktreten, Herrschaften, lassen Sie die Herrschaften doch durch, Herrschaften!"

Ein Pulk folgte Helene und Maria. Und dann standen nur noch Margot und Laura und ein Dutzend Männer am Ausgang, die wahrscheinlich auf Madame Butterfly warteten.

„Laß uns fahren", sagte Margot abrupt.

„Willst du nicht noch mal zu den anderen?"

„Das ist nicht mein Stil, Laura. Ich lauere Helene nicht auf. Ich verfolge sie nicht. Ich will sie nicht bedrängen wie die anderen. Hast du denn nicht gesehen, wie zuwider ihr das alles ist?"

„Nein. Ich habe sie eigentlich gar nicht gesehen. Nur flüchtig. Und von Maria habe ich nur den Zopf gesehen."

„Ich habe sie gesehen, und diesen Blick habe ich schon oft gesehen, und ich bin ganz sicher, daß sie angewidert ist von diesem Herumgezupfe, daß es sie ankotzt, daß sie ohnmächtig ist, weil niemand ihre Leistung richtig würdigt, weil niemand ..." Margot brach ab.

„Margot?" fragte Laura erschrocken von soviel Haß in der Stimme.

„Schon gut", sagte Margot. „Laß uns fahren."

9

„Und was besagt das schon!" rief Helga aufgebracht. „Nichts!"

„Das weiß ich selbst! Ohne den Namen der Besitzerin der Handtasche kommen wir nicht weiter."

„Also besorg ihn!"

„Klar. Ich rufe jetzt einfach bei der Polizei an und frage danach", sagte Laura salopp.

„Genauso machst du es", sagte Helga.

„Genauso mache ich es", wiederholte Laura.

Und so machte sie es. Sie las mehrmals den Artikel, den Margot für sie fotokopiert hatte, ging runter zur Telefonzelle, die nur noch ein armseliges Kabel mit Hörer an einer Säule war, da half auch die schöne Farbe nichts, die guten alten Zeiten waren vorbei, rief bei der im Artikel genannten Polizeidienststelle an, ließ sich mit der Abteilung verbinden, die den Fall bearbeitete, und sagte, sie wisse, wer eine solche Handtasche besitze, nämlich Herta Gabler. Sie stellte sich so dumm und war so naiv und so gut und noch ein bißchen dümmer, daß dem Beamten in seinem Bemühen, ihr deutlich zu machen, daß die Tote bereits identifiziert war, irgendwann der Name herausrutschte. Es ist schön, wenn Polizisten hin und wieder auf Menschen treffen, die dümmer sind als sie selbst.

Margot übernahm die Recherche im Internet und am Telefon und hatte innerhalb von zwei Stunden herausgefunden, wann und wo Marianne Kintner beigesetzt werden würde. Dienstag nächster Woche, es dauerte wahrscheinlich so lange, weil der Leichnam gerichtsmedizinisch untersucht wurde, in einer Gemeinde, rund fünfzig Kilometer entfernt von München. Margot war fix, was Computer und Telefon betraf, seitdem sie Helene hinterherreiste. Ohne das Internet, das gab sie offen zu, würde sie niemals so viele Termine finden, denn Zeitungen berichteten ja meistens erst, wenn eine Veranstaltung vorüber war.

10

„Und jetzt die Matten weg", sagte Laura. Die Frauen rollten die Matten zusammen und stellten sie ins Regal.

Die Tür im Innenhof, wo das Studio Muse & Rhythmus wie in einer grünen Oase lag, wurde aufgerissen. Irritiert schaute Laura in den Kreis ihrer Schülerinnen. Die Vormittagsgruppe war vollzählig versammelt. Es war Margot. „Ich muß dich sprechen!" haspelte sie.

„Das geht jetzt nicht", sagte Laura gereizt.

„Es muß sein!"

„Geh nur", sagte Kornelia, Lauras Lieblingsschülerin, „wir tanzen uns derweil warm."

„Nimm die CD, die oben auf dem Stapel liegt", bat Laura und folgte Margot in den Umkleideraum. „Bist du verrückt? Das ist mein Job! Du kannst nicht einfach in meinen Unterricht platzen!"

„Es ist etwas passiert, Laura! Ich würde sonst nicht hier auftauchen. Es ist etwas Schreckliches passiert!"

„Und was?"

Wortlos reichte Margot Laura die Kronenzeitung.

„Was soll das?" fragte Laura.

„Aus Wien", sagte Margot und deutete auf einen Artikel.

Laura las. *Gestern abend wurde im neunzehnten Bezirk eine Frauenleiche unbekannter Identität aufgefunden, wahrscheinlich Opfer eines Sexualdelikts. Die Frau ist zwischen dreißig und vierzig Jahre alt, blond und auffallend korpulent. Nähere Details waren bis Redaktionsschluß nicht bekannt. Die Polizei bittet dennoch um Mithilfe, falls eine korpulente Person des genannten Erscheinungsbildes vermißt werden sollte.*

„Scheiße", zischt Laura.

„Du glaubst auch, daß das die Dicke ist, oder?"

„Ja."

„Es gibt einen Zusammenhang! Vielleicht ist Helene in Gefahr!"

„Helene? Wieso Helene? Wenn, dann bist du in Gefahr. Hier geht es doch offensichtlich um ihre Fans!"

„Das wissen wir! Die Polizei weiß das nicht. Wie sollen die denn auf so eine Idee kommen?"

„Das werden sie schon noch. Und hoffentlich nicht zu spät! Wir können es ihnen auch verraten. Damit sie sich mal genauer dort umsehen, wo Helene sich aufhält!"

„Auf keinen Fall!"

„Wieso nicht? Wir können keine einzige ihrer Fans schützen. Wir kennen sie ja nicht mal. Aber die Polizei kann etwas unternehmen. Die haben die Mittel dafür."

„Nein, das können wir nicht tun."

„Ich kapiere überhaupt nicht mehr, was du willst!"

„Ich will, daß du den Auftrag annimmst."

„Welchen Auftrag, verdammt noch mal?"

„Ich will dich beauftragen, herauszufinden, wer es war!"

„Du spinnst doch!"

„Allein schaffe ich es nicht. Ich habe Angst um Helene! Ich habe Angst, daß sich die Gewalt an sie heranpirscht. Ich will, daß das aufhört!"

„Laß uns später weiterreden."

„Ich bezahle dich ganz normal!"

„Margot, bitte! Komm in einer Stunde ins Café Glück. Da reden wir weiter."

„Alles in Ordnung?" fragte Kornelia, als Laura wieder in den Kreis ihrer Schülerinnen trat.

„Nein", sagte Laura. „Aber das kann warten. Jetzt ist Shabi dran!"

Eine Stunde später war Margot an der Reihe. Laura ließ sie reden und locken – dabei hatte sie sich längst entschlossen. Sie würde den Auftrag annehmen. Im Grunde hatte sie ihn schon angenommen, da gab es ihn noch gar nicht.

11

Das Wochenende war einigermaßen erholsam gewesen, besonders von dem Moment an, als Laura die beiden CDs in Margots Briefkasten geworfen hatte. Eine große Last fiel damit von ihr. Dienstagvormittag hatte sie keinen Unterricht, sie konnte, ohne Lola um Vertretung bitten zu müssen, in das Dorf fahren, in dem die Beerdigung der Handtasche stattfand. Sie kannte den Ort vom Vorbeifahren, hatte den Namen immer wieder auf Schildern gelesen, wenn sie Richtung Italien fuhr. Laura war sich im klaren, daß die Kripo auch dort sein würde, Beerdigungen waren immer aufschlußreich, aber sie würde Socke mitnehmen und wie eine Spaziergängerin aussehen. Dafür mußte sie auf die schöne Motorradtour verzichten, denn wenn sie Socke wie üblich im Beiwagen chauffierte, würde das zuviel Aufsehen erregen, was nicht zuletzt an Sockes windschnittiger Cabriomütze lag.

Eine Stunde vor dem Termin parkte Laura den Volvo auf dem Parkplatz des einzigen Lebensmittelgeschäfts im Ort. Dort würde er am wenigsten auffallen. Sie ließ Socke aussteigen und vor dem Spar warten, denn der plötzliche, unüberhörbare, riesengroße Appetit auf eine Leberkässemmel, jetzt, sofort, hatte sie überfallen. Als sie mit der Semmel in der Hand aus dem Laden kam, wurde sie von einem älteren Mann mit Spazierstock und Hut darauf hingewiesen, daß sie ihren Hund anzuleinen habe.

„In unserer Gemeinde besteht Leinenpflicht."

„Danke, daß Sie mich darauf aufmerksam machen", sagte Laura freundlich.

„Hören Sie nicht!" fuhr er Laura an, von ihrer Freundlichkeit restlos aus seinem inneren Frieden vertrieben.

„Doch", wiederholte Laura ruhig, „in dieser Gemeinde besteht Leinenpflicht." Sie biß genüßlich in die Leberkässemmel.

„Dann tun Sie was!"

„Hat meine Hündin sich bewegt?" fragte Laura und beantwortete die Frage gleich selbst. „Das hat sie nicht. Keinen Zentimeter hat sie sich von dem Platz wegbewegt, wo ich sie sitzen ließ."

Sie machte Socke ein Handzeichen, Socke kam zu ihr, blieb neben ihr stehen, der Mann wich zurück. „In dieser Gemeinde besteht Leinenzwang!" zischte er.

„Fuß", sagte Laura und verließ den Parkplatz des Spar-Markts mit einer vorbildlichen Hundekopf-Knie-Haltung, wie sie im Lehrbuch beschrieben wird. Laura brauchte keine Leine. Stimme, Gesten, Körpersprache waren ihre Leine. Socke verstand, was Laura wollte. Dennoch führte Laura immer eine Leine mit und klinkte sie auch manchmal ein. Meistens, um Müttern von kleinen Kindern und Menschen, die Angst vor Hunden hatten – Laura erkannte sie mittlerweile schneller als Socke –, ein sicheres Gefühl zu geben. Vorlaute alte Männer mit Hut und Stock gehörten nicht zu den Leuten, denen Laura ein sicheres Gefühl geben wollte.

Leider schmeckte die Leberkässemmel nach dieser Begegnung nicht mehr so gut. Dafür war die Gegend schön. Laura spazierte an einem Bach entlang, am Friedhof vorbei, und bald war sie am Dorfrand, wo die üblichen schmucken Häuschen mit den Vorgärten voll Kinderspielzeug, den Palmen auf den Terrassen, den vorhanglosen Fenstern – seht nur, wie schön es bei uns ist, seht nur, wie glücklich wir sind, viel glücklicher als ihr – von der vorübergehend heilen Welt einer Kleinfamilie zeugten, bis sie zerbräche, das Anwesen versteigert würde und die nächste Kleinfamilie einzöge, um zu verkünden: Seht nur, wie glücklich wir sind!

Nicht weit vom Friedhof gab es eine Anhöhe mit einer Eiche und einer Bank davor. Ein schöner Platz, das Dorf und den Friedhof zu überblicken. Ein guter Platz für eine harmlose Spaziergängerin, die mit ihrem Hund apportieren spielte. Socke rannte den Hügel rauf und runter, fing den Ball im Flug, setzte sich mit abgewandtem Gesicht, um den Ball dann zu suchen, hatte eine Menge Spaß, und Laura beobachtete, wie sich ein Pfarrer mit Ministranten einfand. Seltsamerweise keine Trauergäste. Nur ein paar alte Frauen standen an der Friedhofsmauer, sie sahen aus, als würden sie sich keine Beerdigung entgehen lassen, und sicher gab es in einem so kleinen Ort nicht oft Beerdigungen. Kurz vor elf kam ein Paar in dunkler Kleidung, aber es hatte dann doch nichts mit der Beerdigung zu tun, goß ein Grab an der Mauer, zwei Männer standen in der Gegend, die den Anschein erweckten, sich auf dem Fußballfeld zu befinden und einen Freistoß zu erwarten, soviel zum starken Auftritt der Kripo, ziemlich weit hinten lehnte ein Mann in schwarzem Overall mit Gummistiefeln und Hut an einem Baum, wahrscheinlich der Friedhofsgärtner. Die Totenglocke läutete, aus der Kapelle trugen vier ältere Männer einen Sarg, unmittelbar nach Herabsenken des Sargs verschwanden die vier in der dem Friedhof gegenüberliegenden Wirtschaft. Der Pfarrer redete keine fünf Minuten – dann war der Spuk vorbei.

Laura war so betroffen, daß sie Tränen in ihren Augen fühlte. Was für eine Verbuddelung. Konnte das die Handtasche gewesen sein? Die Handtasche, die Margot meinte? Die Frau, die die Musik von Helene Rosenbaum liebte? Irgendwo in der Fremde ermordet und dann am Heimatort verscharrt. Was mußte sie sich zuschulden kommen haben lassen, um so geächtet gewesen zu sein? Weil sie eine Lesbe war? Bestimmt war sie eine Lesbe, alle, die Helene Rosenbaum hinterherreisten, waren Lesben. Aber das dritte Jahrtausend hatte begonnen!

„Wer warst du, Marianne Kintner, genannt die Handtasche?" flüsterte Laura. Jetzt wollte sie es wissen. Sie warf ein letztes Mal Sockes Ball, rieb ihn im Gras sauber, steckte ihn in die Jackentasche, verkündete mit einem „Basta!" das

Ende des Spiels – und sah den Gärtner am Grab. In einer Hand einen kleinen Blumenstrauß. Irgend etwas wie am Wegrand Zusammengerupftes ließ der Gärtner ins offene Grab fallen. Stand noch eine Weile, wandte sich zum Gehen, als die vier Sargträger aus der Wirtschaft kamen, die Straße überquerten, nach vier Schaufeln griffen, die an der Mauer lehnten – und begannen, das Grab zu schließen. Laura wollte den Gärtner nicht verlieren und ging den Hügel hinab. Der Gärtner kam ihr entgegen. Laura stockte. Der Gärtner war eine Gärtnerin! „Begrüßen!" flüsterte Laura, und Socke rannte schwanzwedelnd los. Gespannt beobachtete Laura, ob die Gärtnerin eine Abwehrbewegung machte, aber nein, im Gegenteil, sie begrüßte Socke wie eine alte Bekannte.

„Scheener Hund", lobte sie. Tiefe Stimme. Große Frau. Mindestens einsachtzig. Eher einsfünfundachtzig. Athletisch. Hellblaue Augen. Strahlend. Tief. Ein Ozean im Blick.

„Danke", sagte Laura.

„Hoaßt an?"

„Socke", grinste Laura. Es gefiel ihr, wieder mal in einer Gegend zu sein, in der Silben, ganze Wörter, vielleicht sogar Sätze verschluckt wurden.

„Hob a so oane. Schaugt fast genauso aus. Hoaßt Banane."

„Und wo is die Banane?" fragte Laura amüsiert. Einen witzigeren Hundenamen hatte sie lange nicht mehr gehört.

„Dahoam. Am Hof. Basst auf."

Laura streckte ihre Hand aus. „Ich heiße Laura."

„Kreszenz", sagte die Gärtnerin, die wahrscheinlich gar keine war, und zog ihre Mütze. Verstruwwelte hellblonde Haare. Dann fragte sie: „Was wuist'n du?"

„Wieso?" fragte Laura ertappt.

„Dei Hund. I hob di gseng beim Spar. Do hot dei Hund fei gfoigt. Aba wia dei Hund jetzt zu mir glaffa is, do hot a net gfoigt. Oiso glaub i, daß du des deim Hund ogschafft host!"

Laura starrte Kreszenz an. Das war ... unglaublich! Die Frau war gut. Die Frau war spitze. „Wer bist du?" fragte sie.

„Du?" verlangte die Frau.

„Laura Rose."

„Aus München", sagte Kreszenz betont hochdeutsch.

Laura nickte. Das wunderte sie nicht, wenn Kreszenz sie beim Spar gesehen hatte, hatte sie auch ihr Autokennzeichen entdeckt.

„Der Leberkäs beim Spar ist nix. Du muasst zum Metzga."

„Das nächste Mal", sagte Laura.

„Was wuist?" wiederholte Kreszenz.

„Die Frau da, die beerdigt worden ist. Kennst du die?"

„Die hot bei mir gwohnt. Wieso interessiert di des?" fragte Kreszenz, und Laura nahm mit Erleichterung zur Kenntnis, daß sie ein bißchen deutlicher zu sprechen begann. Wo jede Information wichtig war, sollte nichts verschluckt werden.

„Lange Geschichte", deutete Laura an.

„Kimmst mit mia aufn Hof." Das war keine Einladung, das war ein Befehl.

„Gern, aber ..." Laura neigte den Kopf Richtung Wirtschaft, in der die beiden Kripobeamten verschwunden waren.

„Wos is?"

„Die Polizei", flüsterte Laura, die es nicht glauben wollte, daß dieses Detail Kreszenz entgangen sein sollte.

„Wo?"

„Die zwei Männer. Die in die Wirtschaft gegangen sind."

„Schmarrn Bolizei. Des san der Drexler und der Moosgruber von de Zeugen Jehovas. Die stengan bei jeda Beerdigung bläd rum. I dad ned wissn, wos a Bolizei bei da Beerdigung vom Mariandl soitad."

„Ausschau halten nach dem Mörder", sagte Laura ungeduldig.

„Wos für a Mörda?" fragte Kreszenz und starrte Laura an. „Di hot sie doch seiba umbrocht."

Jetzt starrte Laura. „Wieso?" fragte sie nach einer langen Pause.

„Wei's a bleede Kua is, wei's nix gredt hot, i woaß des ned, und i red a nix drüber, wei sonst reg i mi so narrisch auf, daß ois zspäd is. Etzt kimm! I hob an Pickup. I fahr am Spar vorbei, nachad fahrst ma noch."

Und Laura fuhr dem Pickup von Kreszenz – wie sie noch erfahren sollte – Knödlseder nach, aus dem Dorf hinaus, fünf Minuten Landstraße, eine kleinere Straße, noch eine kleinere Straße, Feldweg, kurzes Waldstück, Feldweg – und dann ein Hof. Weit und breit nichts außer diesem Gehöft: Wohnhaus, Scheune, Ställe. So etwas gab es noch im Umkreis von München. Laura hielt einfach nur das Steuer fest und verstand gar nichts mehr. Jetzt hatte sie die Handtasche tatsächlich gefunden, und die Handtasche war die falsche Handtasche. Was für eine Zeitverschwendung, dachte Laura und wußte doch, es war keine. Denn es war schön hier. Und Kreszenz Knödlseder war allemal eine Reise wert.

Ein schwarzer Hund, der Socke wirklich sehr glich, sogar einen weißen Strumpf trug er, allerdings hinten, rannte auf die Autos zu, eine Menge Katzen rasten über den Hof, Gänse, Enten und Hühner stoben auseinander. Banane begrüßte Kreszenz, dann rannte sie zu Laura und Socke – der spannende Moment, mochten sie sich oder nicht, war schnell geklärt – und beide Hunde galoppierten nebeneinander her und sich anspringend Richtung grasender Kühe. Sie waren sogar gleich groß. Laura war wie benommen. Sie wollte nicht mehr weg – aber sie hatte hier nichts zu suchen, wenn Marianne Kintner nicht die Handtasche gewesen wäre, und so fragte sie Kreszenz direkt: „Die Marianne Kintner, hat die gern klassische Musik gehört und war sie ein Fan von Helene Rosenbaum?"

„Die Schlampn", entfuhr es Kreszenz mit abgrundtiefer Verachtung.

„Also ja?" fragte Laura verunsichert.

Kreszenz nickte. Dann zog sie ihre Einladung zurück. „Ich glaub, Sie fahrn etz dann wieder. Und zwar hopp." So hatte schon lange niemand mehr mit Laura geredet.

„Und wenn nicht?"

Kreszenz hielt eine Antwort nicht für nötig. Verschränkte nur die Arme vor der Brust. Das war deutlich. Laura wollte sich auf keine Prügelei einlassen – selbst nach jahrelangem WenDo hatte sie einer so großen Frau noch nie auf der Matte gegenübergestanden – bestimmt war Kreszenz nicht nur groß, sondern auch bärenstark. Und selbst wenn Lauras Wendigkeit und Taktik ihr geholfen hätten – sie wollte diese Frau kennen lernen statt mit ihren Fäusten Bekanntschaft zu machen.

„Okay", sagte sie. „Ich fahre. Aber ich möchte dir doch noch sagen, warum ich da bin. Ich kannte die Marianne nicht. Ich war mir nicht mal sicher, ob sie die ist, die ich suche. Das heißt – eben beim Friedhof, als du sagtest, es wäre kein Mord gewesen, war ich sicher, ich hätte mich getäuscht. Denn die Frau, die ich suche, ist ermordet worden. Aber sie war auch ein Fan von Helene Rosenbaum. Jetzt erzählst du mir, daß Marianne zwar ein Fan war, sich aber umgebracht hat. Und ich verstehe gar nichts mehr."

„Bist du von der Kripo?"

„Ich ermittle privat. Weil ..." Laura überlegte kurz, „mittlerweile ist noch eine Frau ermordet worden. Auch sie war ein Fan von Helene Rosenbaum. Deshalb war ich so sicher. Und deshalb bin ich hier. Ich dachte, ich finde hier etwas, irgendeine Spur ..."

„Aber du bist ned von der Kripo?"

„Nein. Ich ermittle privat."

„A Detektivin, schaug an, auf meim Hof, a Detektivin", sagte Kreszenz und fragte dann: „Kaffee?"

„Gern."

Und wieder befahl Kreszenz: „Kimm!"

Laura folgte. Kreszenz Knödlseder war vor achtundzwanzig Jahren auf diesem Hof zur Welt gekommen und hatte ihn seither nicht erwähnenswert verlassen. Gelegentlich fuhr sie in die nächste Kleinstadt, ansonsten besorgte sie im Dorf, was sie brauchte. Seit über zehn Jahren waren ihre Eltern tot, Geschwister hatte sie keine. Schon ihre Eltern hatten den Hof als Außenseiter betrieben; sie waren die ersten gewesen, die ihre Felder nicht chemisch düngten und ihre Kühe auf die Weide ließen. Das hatte ihnen eine Menge Anfeindung eingebracht. Vom Leben hatten die Eltern nicht viel, sie arbeiteten Tag und Nacht – und dann starben sie kurz nacheinander. Kreszenz, die schon immer nach der Schule auf dem Hof geholfen hatte, übernahm, verkaufte das Baugrundstück der Eltern im Dorf, stellte eine Gehilfin ein, verkleinerte sich drastisch, baute das Dachgeschoß des Hauses aus und vermietete es, rechnete und kam über die Runden, stellte die Gehilfin aus, erbte nach dem Fall der Mauer überraschend das Geburtshaus ihres Vaters, was bescheidene, aber regelmäßige Mieteinnahmen einbrachte. Sie stand um sechs Uhr morgens auf und ging um zehn Uhr abends ins Bett, und dazwischen gab es kaum eine Minute, in der sie Müßiggang pflegte. Marianne Kintner hatte nur ein halbes Jahr auf dem Hof gelebt, war aus der Gegend von Dresden gekommen. Kreszenz wußte nichts von Verwandten, es war auch niemand nach ihrem Tod aufgetaucht. Sie war es, die Marianne vermißt gemeldet hatte. Sie war es, die mit der Gemeinde um ein Grab gestritten und durchgesetzt hatte, daß Marianne Kintner zu ihren Eltern gelegt wurde. „Hot doch neamdi." Sie war es, die von der Polizei informiert worden war, daß das, was zuerst nach Verbrechen aussah, doch keines war.

„Es sah aber zuerst so aus?" rief Laura aufgeregt.

„Anscheinend."

„Also ist sie es doch. Denn so stand es in der Zeitung."

„Hier is nix drin gwesn."

„Glaubst du das?" fragte Laura, die sich nur schwer von ihrer These lösen konnte. „Glaubst du, es war Selbstmord?"

„Mia wuascht."

„Und wenn es doch ein Verbrechen war?"

„Dod is dod."

„War sie denn depressiv?" fragte Laura fast verzweifelt.

„Is des a Wunder, wenn oane Dog und Nacht so a Musik oheard?"

„Nein", räumte Laura ein und wollte mehr wissen von Marianne, aber über Marianne sprach Kreszenz nicht gern. Sie erzählte übergangslos etwas anderes. Daß sie überhaupt mit Laura sprach, lag daran, daß Laura vor dem Spar mit Kreszenz' Lieblingsfeind, dem sogenannten Gewässerwart, zusammengetroffen war, der Kreszenz hatte verbieten wollen, am Weiher zu angeln.

„Und dann?" fragte Laura.

„Hoddabod", sagte Kreszenz.

„Was?" fragte Laura.

„Hat er ein Bad genommen", übersetzte Keszenz, die sehr wohl hochdeutsch sprechen konnte, die überhaupt eine Menge konnte, was Laura allmählich begriff.

„Und wie war sie, die Marianne?"

„Nett", sagte Kreszenz wieder wortkarg.

„Wie hast du sie kennen gelernt?"

„Übers Internet. Hab' die Wohnung anonnciert, sie hat sich gemeldet. Wollte nach Bayern."

„Wahrscheinlich wegen Helene", dachte Laura laut und ziemlich verblüfft, einen Computer hätte sie hier nicht vermutet. Helene lebte in Garmisch-Partenkirchen, das war nur eine halbe Autobahnstunde von München entfernt.

„Die Schlampn", wiederholte Kreszenz.

„Was hast du gegen die – du kennst sie doch gar nicht?" fragte Laura abermals – mittlerweile waren sie bei der zweiten Kanne Kaffee angelangt, und Laura hatte vier Stück Kuchen intus, Kreszenz fluchte alle zehn Minuten, weil ihre Arbeit liegen blieb, sie konnte aber auch nicht aufhören – und so redeten sie immer weiter, sich neugierig abklopfend – so fremd waren sie sich, und doch war da etwas ... Vertrautes. Laura band sich eine Schürze um die Hüfte und zeigte Kreszenz, was sie unter orientalischem Tanz verstand, Kreszenz klatschte begeistert in die Hände, um dann festzustellen: „Und danach gehst zum Orthopäden", worauf Laura versicherte, wer bauchtanze, brauche keinen Orthopäden. Und dann redete Kreszenz doch noch von Marianne. Unterbrochen von vielen deftigen Sprüchen erfuhr Laura, daß Marianne viel, eigentlich dauernd Musik gehört habe, immer diese Musik, die sie ganz verrückt im Kopf gemacht habe – nicht Kreszenz, der war das egal, ob die Kühe brüllten oder die Musik – Marianne. Immer nervöser sei sie geworden, immer öfter weggewesen, immer weniger habe sie geredet, und daran, glaubte Kreszenz, war Helene Rosenbaum schuld.

„Hast du denn mal mit ihr darüber gesprochen?"

„Ich misch mich doch nicht in das Privatleben meiner Mieterin!" empörte sich Kreszenz.

„Aber sie war doch viel mehr als deine Mieterin! Du hast sie doch gern gehabt", widersprach Laura, und an dem überraschten Gesichtsausdruck von Kreszenz erkannte sie, daß sie etwas ausgesprochen hatte, was Kreszenz selbst sich noch nie eingestanden hatte, daß nämlich Kreszenz die Handtasche geliebt hatte. Und weil ihr das einen Schock versetzte, weil sie damit nicht gerechnet hatte und weil es nun zu spät für alles war, mußte Kreszenz in den Stall. „Sofort!"

„Ja, ja", sagte Laura, aber Kreszenz stand schon wieder vor ihr und verschränkte die Arme, und Laura pfiff Socke und machte sich vom Acker.

Laura fuhr gerade mal zwanzig Kilometer, dann bog sie ab zu einem kleinen See, an dem sie früher manchmal gezeltet hatte. Daß der See kein Geheimtipp mehr war, erfaßte sie auf den ersten Blick. Bis in den Wald hinein standen die Autos. Und bis zu ihnen erschallten die Stimmen der Kinder. Daß Kinder nicht reden, nur schreien konnten.

„Tut mir leid, bei soviel Konkurrenz mußt du warten", teilte Laura Socke mit, schnappte sich ihren Badeanzug und ein Handtuch aus ihrer Tasche und ging den ausgetretenen Waldweg am Schilf entlang zu ihrer ehemaligen Badestelle. Die konnte sie jetzt nur noch benutzen, um ins Wasser zu gelangen, stellte sie fest. Wo sie hinsah: Mütter mit Kindern und Schwimmreifen, Kühltaschen, aufblasbaren Tieren, Bällen, Wasserflaschen. Aber alles war nichts gegen den Lärm.

„Mami, Mami, kuck mal, Mami, ich tauche jetzt. Kuck!"
„Ja mein Schatz."
„Mami schau, gleich tauche ich. Kuck, Mami, kuck! Jetzt gleich tauche ich. Kuck! Jetzt. Mami! Ich habe getaucht! Hast du gesehen? Mami? Hast du gesehen, wie ich getaucht habe?"

Und dieses Kreischen, dieses pausenlose Kreischen.

Ich glaube, ich werde alt, dachte Laura und sprang ins Wasser. Mit schnellen, kräftigen Zügen schwamm sie aus dem pinkelwarmen Kinderbereich zur Mitte des Sees, drehte sich auf den Rücken, schaute in den blauen Himmel – was für Ozeane, die Augen von Kreszenz – und dachte über diese seltsame Frau nach. Die Handtasche war zwar die Handtasche, doch Lauras Theorie war nichts als heiße Luft. Wahrscheinlich hatte Helga recht. Sie hatte sich schon so von Margot anstecken lassen, daß sie Gespenster sah.

„Abwarten", sagte Laura leise in den blauen Himmel hinein. Da war immerhin die Dicke ... Es war von einem Sexualdelikt die Rede gewesen ... Das tat man sich nicht selbst an. Kein Wunder, daß noch niemand von der Kripo auf einen Zusammenhang zwischen den beiden Fällen gestoßen war. Und Laura hatte schon überlegt, ihn herzustellen. Wenn alle Fans ein so einsames Leben führten wie die Handtasche, hatte sie bei der jämmerlichen Beerdigung gedacht, würde auch niemand Hinweise geben können, es sei denn in den Wohnungen der ermordeten Frauen fiel etwas ins Auge. Rosenbaum-Poster oder Parfüms oder was auch immer. Sollten es normale Wohnungen sein mit normalen Plattensammlungen, müßte jemand sehr fit sein, um bei zwei Verbrechen in zwei verschiedenen Ländern in einer Vorliebe für eine bestimmte Ex-Diva eine Gemeinsamkeit zu sehen. Der Fall wäre der Hit für das Sommerloch gewesen. Eine lesbische Diva. Lesbische Fans. Mord unter Lesben. Die lesbische Sängerin und ihre Liebessklavinnen. Nein, diesen Schmutz wollte Laura nicht lesen. Und sie wollte nicht diejenige sein, die andere auf solche Ideen brachte.

12

„Margot hat viermal angerufen!" empfing Helga Laura. „Ich habe ihr gesagt, ich richte es dir aus. Da ruft sie noch dreimal an. Was hält die von mir?"

„Wahrscheinlich ist es dringend", beschwichtigte Laura, hatte aber den Eindruck, es würde Helga mehr beschwichtigen, wenn sie Margot nicht gleich zurückriefe.

„Was gibt's Neues?" fragte Helga wohlwollend.

„Du kommst mir vor wie eine Vorgesetzte", antwortete Laura. „Ich komme heim und soll dir rapportieren."

„So gefällt es mir", sagte Helga.

„Mir eigentlich auch", stimmte Laura zu und erzählte von ihrer Begegnung mit Kreszenz Knödlseder und dem geplatzten Verdacht.

„Also stehst du wieder ganz am Anfang."

„Ich frage mich, ob es überhaupt einen Fall gibt", seufzte Laura. „Und ich ärgere mich, weil ich selbst solche Schwierigkeiten habe, diesen Verdacht loszulassen. Als ob das so besonders schön gewesen wäre, zwei ermordete Fans."

„Immerhin – die Dicke hast du noch nicht geklärt."

„Nein, habe ich nicht. Und ich habe im Moment auch überhaupt keine Lust dazu. Willst du mit mir Billard spielen?"

„Solltest du nicht erst Margot anrufen?"

„Eigentlich nicht", sagte Laura, stand aber doch auf und hob den Hörer ab, als es klingelte. Es war Margot. „Wir müssen", rief sie ins Telefon, „mit Helene Rosenbaum sprechen!"

„Wieso?" fragte Laura.

„Wir müssen sie warnen! Wir müssen ihr sagen, was wir wissen!"

„Gar nichts wissen wir", bremste Laura ab.

„Wieso?" rief Margot.

„Weil die Handtasche nicht ermordet wurde, sondern Selbstmord begangen hat."

„Ist nicht wahr!"

„Doch!"

„Das sagt sich so! Hast du Beweise? Es gibt unzählige Leute, denen man Selbstmord andichtet, weil man etwas vertuschen will!"

„Bitte jetzt keine Verschwörungstheorie, Margot!"

„Aber so ist es!"

„Das kann schon sein! Aber ich habe den Verdacht, du benutzt diese Leichen nur, um an Helene ranzukommen! Sie sind das Argument, das dir fehlt, sie anzusprechen!"

„Das ist der Gipfel!"

„Tut mir leid, ich habe nur gesagt, was ich denke."

„Das ist doch wohl nicht dein Ernst, daß ich über Leichen gehen würde, denn genau das wäre es, über Leichen würde ich gehen, um an Helene ranzukommen."

„Nein", sagte Laura und wußte nicht, ob sie nicht besser hätte Ja sagen sollen. Brigitte fiel ihr ein und was sie über Stalker gesagt hatte.

„Ich weiß gar nicht, wann ich die Morde hätte verübt haben sollen! Ich war doch immer mit dir zusammen!"

wurde Margot plötzlich konkret, und das brachte Laura zur Vernunft.

„Tut mir leid. So habe ich es nicht gemeint. Ich bin selbst ziemlich durcheinander, weil ich so sicher war, daß wir auf einer heißen Spur sind."

„Schon okay", sagte Margot mit weicher Stimme und gleich darauf geschäftsmäßig: „Und die Dicke?"

„Was weiß denn ich. Ich weiß ja nicht mal, wer sie ist. Vielleicht laufen wir tatsächlich einem Gespenst hinterher. Ich weiß nicht, ob ..."

„Silvia Ringmaier heißt sie. Wird morgen auf dem Waldfriedhof beigesetzt."

„Hey! Woher weißt du das?" rief Laura.

Doch Margot hatte aufgelegt.

13

Häuschen in Ramersdorf. Nichts Besonderes, nach dem Krieg irgendwie zusammengebaut, damals außerhalb Münchens, heute ein Stadtviertel, Häuschen an Häuschen, viel Dach, wenig Platz innen, große Gärten. Schöne Gärten. Mit Springbrunnen und Teich – Blumen und Beete und gemähter Rasen. Tip-top. Nichts zuschulden kommen lassen.

Vor Hausnummer 46 stand ein alter Ford Transit, zwei Männer luden einen Computer ein. Einige Möbel und Kartons hatten sie schon eingeladen. Der Transit stand direkt vor der geöffneten Gartenpforte, auch die Haustür von Nummer 46 stand offen, so fragte Laura: „Entschuldigen Sie, bin ich hier richtig bei Ringmaier?"

„Wieso?" fragte der ältere der beiden Männer.

Laura hätte ihm am liebsten in die Fresse geschlagen. Oft hatte sie solche Momente nicht, aber dieser Typ war die Vereinigung aller Vorurteile, die sie jemals gehört hatte und je hören würde. Gegen was und wen? Gegen alles! Laura blieb freundlich. „Es geht um Silvia Ringmaier."

„Die is dod", sagte der jüngere mit leiser Stimme.

Wahrscheinlich täuschte Laura sich, aber er klang traurig, wobei sie ihm das in Gegenwart des Widerlings kaum zutrauen wollte. Wer mit einem solchen Widerling zu tun hatte, war selbst widerlich.

„Ich weiß", sagte Laura. „Deswegen bin ich hier. Ich suche eine tote Silvia Ringmaier. Ich weiß aber nicht, ob die, die ich suche, die ist, die Sie gekannt haben, und das würde ich gern in Erfahrung bringen."

„Vorgestern ist sie beerdigt worden", sagte der Jüngere.

„Ich weiß", sagte Laura, die über ein Telefonat mit der Friedhofsverwaltung die Adresse der Familie Ringmaier erfahren hatte.

„Wieso?" fragte Widerling mit breitem Grinsen. Kaum witterte er, daß er Macht hatte – und die hatte er, wenn Laura etwas von ihm wissen wollte –, mußte er sie ausspielen. Weit auseinanderstehende Zähne hinter fleischigen Lippen. Unrasiert, ungepflegt – und vor allem dieser Blick, der Laura wütend machte. Diese überhebliche, sexistische Art. Sie beschloß, sich an den Jüngeren zu halten.

„Sind Sie verwandt?" fragte sie.

„Wer bist 'n du?" fragte der Ältere. Natürlich. Er duzte sie.

„Herbert, Robert!" rief eine Frau aus dem Haus und trat auch gleich selbst in Erscheinung. „Seid ihr bald fertig?" Die Frau blieb stehen, musterte Laura, kam näher.

„Am besten, Sie reden mit ihr. Das ist unsere Schwester", sagte der jüngere, Robert oder Herbert, „und meine andere Schwester, also die, die jetzt tot ist, hat auch hier gewohnt."

„Klappe!" zischte Herbert oder Robert.

„Herbert, Robert, mit wem redet ihr?" fragte die Schwester.

Laura ging zur Gartenpforte, streckte die Hand aus, die Schwester ergriff sie reflexartig. Am liebsten hätte Laura die Hand gleich wieder losgelassen. Weich und warm und schwitzig und schlaff. Wie die ganze Frau. Sie mochte keine Dreißig sein und war so unförmig und haltlos und teigig – daß es schwer war, in höflichem Abstand vor ihr stehen zu bleiben. Was für eine Familie.

Laura lächelte trotzdem. „Grüß Gott. Ich bin Laura Rose.

Ich suche eine Tote namens Silvia Ringmaier. Ich möchte wissen, ob sie diejenige ist, die ..."

„Von der Polizei?" mischte sich der Ältere ein.

„Nicht so laut!" ermahnte ihn die Schwester.

„Nein", sagte Laura. „Ich bin Privatdetektivin."

„Von wem?" fragte der Ältere.

„Marianne Kintner", sagte Laura, was ihr gerade in den Sinn kam.

„Kenn' ich nicht", sagte der Ältere.

„Nie gehört", echote der Jüngere.

„Ich möchte wissen, ob Ihre Schwester etwas mit der Sängerin Helene Rosenbaum zu tun hatte?"

„Das hätte sie gern gehabt", grinste der Ältere schmierig.

„Herbert!" maßregelte die Schwester. Der Widerling war also Herbert.

„Warum wollen Sie das wissen?" fragte er.

„Weil es noch eine tote Frau gibt, die zu den Fans von Helene Rosenbaum gehörte, und weil Grund zu der Annahme besteht, daß jemand es auf diese Fans abgesehen hat."

„Recht so", sagte Herbert. „Ein Mord kommt selten allein!" Und dann herrschte er seine Schwester an: „Sag ihr, was für eine Nutte deine Schwester war!"

„Die Silvia ist auch deine Schwester", widersprach die Schwester.

„Nutte", wiederholte Herbert.

„Gewesen", flüsterte Robert.

„Kommen Sie", sagte die Schwester, ging drei Schritte, blieb stehen. „Wissen Sie, sie hat so fürchterlich viel gegessen. Sie war so dick!" Und dann starrte sie Laura an, beifallheischend und wie ein monströser Fisch, und Laura wußte nicht, was sie sagen sollte. Wenn die Schwester von Silvia Ringmaier sich für schlank hielt – wie mußte Silvia Ringmaier ausgesehen haben.

„Und ihre Arbeit hat sie auch verloren, und dann ist sie wieder zu mir gezogen, obwohl ich überhaupt keinen Platz habe, weil der Herbert doch auch hier wohnt, wenn er da ist. Herbert ist Lkw-Fahrer", sagte sie und sah Laura an, bis Laura den Eindruck hatte, sie müßte jetzt etwas sagen.

„Toll!" sagte sie, und die Schwester nickte begeistert, wenn man diese zitternden Vibrationen in den drei Kinns Begeisterung nennen konnte.

„Ich konnte es ihr ja nicht verbieten, schließlich gehört ihr das Haus zu einem Viertel, und auszahlen können wir sie nicht. Aber sie hätte nicht zurückkommen sollen. Es ist doch gar kein Platz! Zum Glück hat Robert jetzt eine Freundin. Ich wüßte nicht, wo ich den auch noch unterbringen soll, und wir haben immer gesagt, die Frau gehört zum Haus, also bin ich hier wohnen geblieben, als Mutti starb."

„Ja", sagte Laura. „Kann ich das Haus mal sehen?"

„Ich weiß nicht", sagte die Schwester, schaute Herbert an.

„Wieso?" fragte er.

„Nur so", sagte Laura.

Das genügte anscheinend. „Bleib draußen", sagte Herbert zu der Schwester und „Komm mit" zu Laura, ging an ihr vorbei, in den dunklen Hauseingang, wobei er nicht versäumte, an Laura entlangzustreifen, gleich links eine kleine Küche, Saucengeruch und auf dem Kühlschrank eine Sahnetorte, daneben ein Wohnzimmer, „da schläft meine Schwester", steile Treppe, ein Zimmer mit Playboyplakaten an der Wand, Herbert, stolz, „mein Reich", dann noch ein kleines Zimmer, das gerade ausgeräumt wurde, „da hat sie gehaust".

„Das ist wirklich klein für drei", sagte Laura freundlich.

„Eben. So ist es also das Beste für alle. Was muß sie auch nach Wien fahren!"

„Aber sie war doch Ihre Schwester."

„Mögen Sie jeden?" fragte er. Er konnte also auch siezen.

„Nein", sagte Laura. Wo Herbert recht hatte, hatte er recht.

Im Garten stand noch immer die Schwester, sie hatte sich eine Zigarette angezündet.

„Das ist wirklich sehr eng für drei Personen", sagte Laura.

„So eine schöne Wohnung hat sie gehabt in Solln. Und eine gute Arbeit. Alles hat sie hingeschmissen. Und wie sie nichts mehr gehabt hat, ist sie hierher gekommen. Und dann hat sie ein so schreckliches Ende erleiden müssen. Ich darf mir das gar nicht vorstellen." Fast schluchzte die Schwester.

„Wieso hat sie alles hingeschmissen?" fragt Laura.

„Wegen der blöden Sängerin! Immer ist sie nur zu der Sängerin gefahren. Hat ihr Briefe geschrieben. Ihr ganzes Leben hat sich nur noch um die Sängerin gedreht. Deswegen ist sie doch auch nach Wien gefahren." Aus den Augenwinkeln sah Laura, daß Herbert die verladene Computeranlage unter einer Decke verbarg. Tat er das ihretwegen?

„Die hätte doch glatt das Haus verkauft für die Sängerin!"

„Gib mir mal 'ne Kippe", unterbrach Herbert. Täuschte Laura sich, oder schien ihm eine Unterbrechung an dieser Stelle dringend nötig?

Die Schwester warf Herbert ihre Schachtel HB zu. „Und es gibt noch mehr, die wie meine Schwester sind?" fragte sie.

„Was meinen Sie damit?" fragte Laura gereizt.

„Wegen der Sängerin. Die bringt nur Unglück! Meine Schwester war früher so ein nettes Mädchen. Ich war stolz auf sie. Sie ist vier Jahre älter, wissen Sie. Sie war die einzige von uns, die es zu was gebracht hat. Habe ich gedacht. Ich meine, von uns Schwestern. Herbert ist ja Lkw-Fahrer, und Robert ist am Bau. Da kann man es auch weit bringen. Weiter als ich. Obwohl, wenn ich mich gut mache, hat mein Chef gesagt, darf ich in ein, zwei Jahren allein an die Kasse."

„Wo denn?" fragte Laura interessiert.

„An der Aral-Tankstelle am Ring."

„Red' nicht soviel Scheiß", unterbrach Herbert, wandte sich zu Laura. „Du wolltest wissen, ob die Tote was mit der Sängerin zu tun hatte. Hatte sie. Jetzt kannst du abzischen."

„Aber wie kam das denn, daß Ihre Schwester so abgestürzt ist?" fragte Laura bekümmert.

Die Augen der Schwester schimmerten feucht. „Ich weiß nicht! Weil sie sich in diese Frau verliebt hat."

„Halt's Maul!" rief Herbert.

Aber Schwesterchen bockte. „Und wie das aus war – da ist sie abgestürzt und hat sich in die Sängerin geflüchtet."

„Apropos flüchten", mischte Herbert sich wieder ein.

„Sie waren sehr freundlich! Sie haben mir sehr geholfen!" sagte Laura überschwenglich.

„Man tut, was man kann." Herbert versuchte ein charmantes Lächeln.

„Wenn Sie das Zimmer ausgeräumt haben, haben Sie ja auch wieder mehr Platz!"

„Da kommt meine Eisenbahn rein", sagte Herbert.

„Toll." Laura spürte deutlich, sie war am Ende ihrer Schauspielkunst angelangt. Anstatt den drei Geschwistern die Hand zu geben, winkte sie und ging schnell davon. Der Volvo mit Socke parkte zwei Straßen weiter. Laura fuhr bei Ermittlungen nie direkt vor die Adresse, es war besser, die Gegend zu Fuß zu erkunden. Sie ließ Socke aussteigen und ging zurück zum Haus der Geschwister – von der Seite, was möglich war, weil Hausnummer 46 an einer Kreuzung lag. Leider war die Hecke nicht dicht genug, um Deckung zu bieten, und so erhaschte sie nur noch einen Blick. Schon wieder wurde ein Computer verladen.

„Wir kehren um", flüsterte Laura. „Wo kommen die Computer her?" Socke wußte es auch nicht.

„Immerhin", dachte Laura laut, „wenigstens Mord. Silvia Ringmaier hat sich nicht das Leben genommen, es ist ihr genommen worden. Und die Kripo wußte, warum Silvia Ringmaier nach Wien gefahren war. Hoffentlich weiß sie auch, daß Herbert eine Modelleisenbahn wichtiger ist als seine Schwester. Und wenn es die Kripo nicht weiß ..." Laura nahm Socke das Halsband ab. „Einsteigen!" befahl sie, fuhr zurück, parkte neben dem Transit, stieg aus.

„Eine Frage noch! Haben Sie das der Polizei gesagt? Das von Ihrer Schwester und Helene Rosenbaum?"

„Wieso, da war doch nichts", sagte Herbert genervt.

„Stimmt eigentlich", sagte Laura, „da war überhaupt nichts. Sind Sie sicher, daß Sie zwei Schwestern hatten?"

14

„Ich weiß nicht, ob ich weitermachen soll. Es gibt nur einen Mord, und der hat nichts mit Helene Rosenbaum zu tun. Ich glaube, ich sage Margot, daß ich aussteige", sinnierte Laura, die auf dem Sofa lümmelte, ihre Zunge genüßlich durch saure Apfelringe schob und einen indischen Spielfilm ansah.

„Quatsch nicht dauernd dazwischen", sagte Helga.

Socke grunzte. „Du auch", sagte Helga und fügte hinzu: „Reicht dir ein Mord nicht mehr? Machst du es jetzt nur ab zwei Morden? Oder ist das auch zuwenig?"

„Spinnst du! Es liegt eher daran, daß meine Auftraggeberin ... sie hat doch mit der ganzen Sache nichts zu tun! Sie hat weder Marianne Kintner noch Silvia Ringmaier gekannt."

„Das hast du letzte Woche auch schon gewußt."

„Ja, ja."

„Und bis vor zwei Wochen hast du mir die Ohren vollgejammert, daß dir langweilig ist."

„Das habe ich nicht!"

„O doch!"

„Okay, okay", lenkte Laura ein.

„Also halt die Klappe und tu deine Pflicht!"

„Sag mal, wie redest du denn?" fragte Laura irritiert.

„Hat die im Film eben auch gesagt."

„Habe ich nicht gehört."

„Weil du immer dazwischenquatschst!"

„Ich geh spazieren", beschloß Laura, schob sich zwei Apfelringe in den Mund, Socke stand bereits an der Tür, das Halsband im Maul.

An der Isar war um diese Zeit fast nichts mehr los. Nur vereinzelte Pärchen und ein paar Menschen, die ihre Hunde ausführten. Ob Helga recht hatte mit ihrer Vermutung, überlegte Laura. Das gefiele ihr überhaupt nicht. Bestimmt hatte sie Helga nicht die Ohren vollgejammert, aber Lust auf einen Fall hatte sie schon gehabt. Wobei das scheußlich war und Laura es nicht mit ihrem Selbstbild zusammenbrachte, denn Lust auf einen Fall bedeutete eben auch, daß ein anderer Mensch zu Schaden kam, an Mord hatte sie allerdings nicht gedacht, es hätte auch etwas weniger Dramatisches sein können. Zum Beispiel eine kleine Überwachung wegen Seitensprungverdachts. Auch die Aufgabe, Margot und Helene zusammenzubringen, wäre eine solche Kleinigkeit. So wie es sich darstellte, war das ein kniffliges Stück Arbeit für echte Profis. War es richtig, Margots Ansinnen abzuwehren? Welches seltsame Berufsethos stellte sie da gegen ihre langjährige Freundschaft? Sie kannte Helene Rosenbaum nicht und legte auch keinen Wert darauf, sie kennen zu lernen. Es gab nun eine gewisse Möglichkeit, Helene näherzukommen. Sollte es da nicht Lauras erster Gedanke sein, das zu tun – und zwar für Margot? Margot war schließlich ihre Auftraggeberin. Vielleicht hätte Margot sie auch gern beauftragt, etwas über Helene herauszufinden oder ein Treffen zu arrangieren. Deshalb war Laura noch lange keine Kupplerin, und sicher ließ Helene Rosenbaum sich nicht verkuppeln – abgesehen davon, daß Maria Habicher im Weg stand. Laura beschloß, es zu versuchen.

15

Eine Woche war vergangen, zum ersten Mal fuhr Laura allein zu einer Veranstaltung mit Helene Rosenbaum. Das war ihre Bedingung gewesen, die Margot überraschenderweise akzeptiert hatte. Zwei Stunden vor Beginn der Veranstaltung war Laura in Rosenheim, wo Helene Rosenbaum im Bürgerhaus einen Vortrag über Schubert-Lieder halten sollte. Bei soviel Rosen mußte es ein blühender Abend für Lauras Ermittlungen werden.

Mit dem Vorsatz, Helene Rosenbaum anzusprechen, hielt Laura Ausschau nach dem Espace mit der GAP-Nummer und konnte feststellen: Sie war nicht die erste. Einige Fans streunten in der Gegend herum, und nach einer Stunde kamen die ersten Zuhörerinnen.

Wo sollte sie Helene Rosenbaum abpassen? Dem Vortragssaal war ein Restaurant angeschlossen, Laura könnte auf der Toilette warten, bis Helene Rosenbaum erschiene, vorausgesetzt, es gäbe keine Extratoilette. Ein Blick in die Toiletten zeigte ihr, daß nicht nur sie diese Idee gehabt hatte. Zwei Frauen, die sich weder die Hände wuschen noch miteinander sprachen oder auf eine der beiden freien Kabinen warteten, standen im Vorraum.

Aber dann reichte die eine der anderen einen Tampon. Also doch normale WC-Gäste. Und plötzlich wußte Laura, warum es vor den Damenklos immer Schlangen gab. Architekten waren meistens Männer, und die höchste Leistung, die sie zustandebrachten, war wohl, für Damen und Herren die gleiche Anzahl Toiletten zu planen – ohne zu bedenken, daß Frauen eine Tür auf und abschließen mußten, bevor sie sich ihrer Garderobe widmen konnten, die oft umständlich zu entfesseln war. Das alles kostete Zeit. Es kostete auch Zeit, einmal im Monat zu menstruieren. Daran dachte kein Mann. Woran dachten Männer? Dachten Männer überhaupt?

Im Restaurant war kein Tisch für Helene Rosenbaum reserviert, Laura glaubte es der Kellnerin. Helene Rosenbaum würde also unmittelbar nach dem Vortrag abreisen. So wie sie es immer machte. Laura konnte sie auf dem Parkplatz abpassen, aber sie glaubte nicht, daß ihr das gelänge – wenn sie schon beim Klo anstanden, dann wußten sie auch, welches Auto Helene Rosenbaum fuhr. Allmählich erkannte Laura, wie schwer Margot es hatte – Margot wollte zudem verhindern, daß Helene sich bedrängt fühlte, wie das gehen sollte, war Laura schleierhaft. Erstens kam niemand an Helene ran, und zweitens mußte man sie bedrängen, wenn man an sie rankommen wollte. Zwar fielen Laura einige Tricks ein, doch alle hätten Vorbereitung und Verkleidung gebraucht.

Eine Viertelstunde vor Beginn der Veranstaltung entdeckte Laura den Espace. Leer. Wieder entwischt! Laura parkte den Volvo in der Nähe des Espace und ging in den Saal. Sie hätte sich gern in die erste Reihe gesetzt, doch wegen der Fans hatte sie im hinteren Drittel einen Platz reserviert. Und da kamen sie dann auch. Die Lippe, das Halstuch, die Fotoausrüstung, mit rosa Turnschuhen ... war da nicht was gewesen? Der Dutt war da. Keine Handtasche. Keine Dicke. Ob das den anderen auch auffiel? Und Helene Rosenbaum?

Pünktlich um 20 Uhr nahm Helene Rosenbaum das Rednerpult in Besitz, und nach einem einstündigen Vortrag über die Möglichkeiten der Interpretation von Schubert-Liedern –

im Speziellen der Winterreise –, in dem sie die Harmonie zwischen Musik und Wort erklärte und daß sie selbst bis zum Schluß nie gewußt habe, ob der Leiermann ein alter Mann oder der Tod sei – hier erklang Raunen im Publikum –, bat der Veranstalter sie, noch für eine Diskussion zur Verfügung zu stehen. Laura hatte den Eindruck, Helene ärgerte sich über die Bitte, vor dem Publikum blieb ihr aber wohl nichts anderes übrig als zuzustimmen.

Eine Diskussion war natürlich grünes Licht für die Fans, die eine Menge Fragen hatten. Von *Wo halten Sie den nächsten Vortrag? Essen Sie gerne Kaviar? Wohin fahren Sie im Urlaub?* bis zu sehr geschraubt klingenden, hart erarbeiteten Technikfragen. Nur hin und wieder kam ein Nicht-Fan zu Wort, was auch daran lag, daß den normalen Zuhörern die Leidenschaft der Fans fehlte. Nach einer Viertelstunde erkannte der Veranstalter die Lage und ließ noch drei Fragen zu. Ein Mann fragte nach einer Schallplatte, die er nirgends auftreiben konnte, eine Frau wollte wissen, ob Helene Kinder habe – und dann stand die Fotoausrüstung auf, und in dem Augenblick wußte Laura, warum sie vorhin gedanklich gestolpert war: Sie hatte rosafarbene All Stars auf dem Friedhof gesehen. Und einen weißen Zopf, der mit an Sicherheit grenzender Wahrscheinlichkeit zu Maria Habicher gehörte.

„Sind Sie schon mal erpreßt worden?" fragte die Fotoausrüstung um zwanzig nach neun in aller Öffentlichkeit.

„Nein", antwortete Helene Rosenbaum nach einer Pause, drehte sich dann zum Veranstalter und forderte ihn mit dieser Geste auf, den Abend abzuschließen, was er mit vielen Worten tat, die die letzte Frage zudeckten, so daß sich niemand mehr darüber wunderte, als der Schlußapplaus ertönte und die ersten aufstanden. Laura stürmte nach draußen, der Espace war weg. Helene war wahrscheinlich schon während der Schlußworte des Veranstalters abgefahren – und Laura war zu blöd gewesen, das zu durchschauen. Peinlich! Es hätte keinen Sinn, jetzt Richtung Garmisch-Partenkirchen zu fahren und zu hoffen, den Espace irgendwo zu überholen. Sinnvoller war es, sich bei den Fans umzuhören, falls noch welche im Restaurant saßen.

Es saßen eine Menge dort. Sie redeten sogar miteinander. Aufgeregt. Laut. Laura nahm an einem Tisch in der Nähe des Tisches Platz, an dem die meisten Fans versammelt waren, und mußte sich überhaupt nicht anstrengen, mitzuhören. Alle waren empört über die Frage der Fotoausrüstung. Eine Provokation. Damit hätte die Fotoausrüstung Aufmerksamkeit erregen wollen. Wie sie so gemein sein konnte, Helene Angst zu machen. Laura identifizierte die Lippe, das Halstuch und den Dutt. Die anderen Frauen kannte sie nicht, glaubte aber, einige bei der Premiere in Wien gesehen zu haben. Laura war unschlüssig, ob sie sich dazusetzen sollte. Und sie wußte auch nicht, was ihr das bringen könnte. Und dann entbrannte ein Streit am Tisch – Laura hatte nicht mitbekommen, worum es ging –, und die Runde wurde so schnell aufgelöst, daß die Kellnerin nicht rechtzeitig kam; jede Frau hatte einen Geldschein auf den Tisch geknallt und war gegangen. Nicht das schlechteste Geschäft für die Kellnerin, die kopfschüttelnd abräumte.

16

Es war zwar erst halb elf, aber Laura war müde. Das lag sicher an dem Vortrag von Helene Rosenbaum. Sie hatte zwar anregend und mit viel Melodie in der Stimme gesprochen. Aber Laura hatte nun mal keine Ahnung, wovon sie geredet hatte, und die eingespielten Liedbeispiele hatten sie auch nicht wachgerüttelt. Laura beschloß, an der nächsten Tankstelle Schokolade und Cola zu kaufen. Es war nur noch eine halbe Stunde Autobahn bis München, aber seit Laura vor ein paar Minuten das erste Mal *Schokolade* gedacht hatte, wurde es immer dringender. Nach fünf Kilometern endlich eine Raststätte. Laura parkte verbotswidrig bei den Zapfsäulen, betrat den Verkaufsraum, nahm sich eins von den neuen Snickers in der orangen Hülle, weil sie das – und nicht Bounty – an Urlaub erinnerte, und eine Cola, bezahlte, ging hinaus – und sah gerade noch, wie Fotoausrüstung in einen dunklen Ford Ka stieg.

Laura rannte zum Volvo, warf Snickers und Cola auf den Nebensitz, startete und gab Gas. Schneller als ihr Volvo war der Ford Ka bestimmt nicht, aber es war dunkel, sie hatte das Kennzeichen nicht gesehen – und leicht konnte passieren, daß sie den Wagen verwechselte, denn auf der Autobahn wäre er bestimmt nicht der einzige seiner Art, das wäre dann die nächste Panne des Abends; dieser Abend schrie geradezu nach Pannen.

Fotoausrüstung war keine Raserin, mit kommoden 120 hielt sie sich meist auf der rechten Spur, Laura konnte sich bequem dahinter einreihen. An der Ramersdorfer Kirche vorbei. Richtung Giesing bis zur Claudius Keller – und noch immer war Laura unterwegs zu ihrem Bett, das im vierten Stock eines wunderschönen Altbaus in Haidhausen wartete. Ihr Bett, das sie mittlerweile gar nicht mehr herbeisehnte. Sie war wach. Hellwach.

Der Ford Ka bog ab, Laura bog auch ab. Der Ford Ka fuhr langsam, suchte einen Parkplatz, das konnte dauern, in manchen Vierteln zu manchen Zeiten eine halbe Stunde. Dies war eine kritische Situation, denn wenn Fotoausrüstung in den Rückspiegel schaute, konnte sie sich verfolgt fühlen. Um diese Zeit waren nicht mehr viele Autos auf der Straße. Andererseits könnte auch Laura einen Parkplatz suchen – der Volvo brauchte dreimal soviel Platz wie der Ford.

Nachdem Laura den Ford zwei Runden um das Karree verfolgt und eben beschlossen hatte, den Volvo in eine Einfahrt zu stellen und sich zu Fuß auf den Weg zu machen, irgendwo hier mußte das Ziel der Fotoausrüstung sein, wahrscheinlich ihre Wohnung, holperte der Ford über den Bordstein auf den Gehweg. Die einfachste, aber gegebenenfalls auch teuerste Lösung. Fotoausrüstung stieg aus, holte zwei silberne Koffer vom Beifahrersitz und ging zur nächsten Tür. Sie schloß auf, machte Licht im Treppenhaus, dann sah Laura sie von der Straße aus bis in den dritten Stock gehen. Kurz darauf wurden rechts drei Fenster hell. Laura wartete eine Weile, dann stieg sie aus und las die Klingelschilder. Wenn deren Anordnung mit den Wohnungen übereinstimmte, hieß die Fotoausrüstung entweder Weber oder Knecht, und das war der krönende Abschluß dieses Abends.

Laura hatte sich getäuscht. Der krönende Abschluß dieses Abends war die fremde Frau, die in ihrem Bett lag. Im Moment, als Laura es gemerkt hatte – die Nachttischlampe brannte –, rief Helga aus ihrem Zimmer: „Du hast übrigens Besuch." Auch der Besuch rührte sich. Es war kein krönender Abschluß, sondern Margot. Die verlangte Rapport, um sich dann heftig zu beschweren. „Du hast gesagt, du sprichst Helene heute an!"

„Sie war besser als ich. Beim nächsten Mal entwischt sie mir nicht."

„Ich habe dir doch gesagt, daß sie immer gleich abhaut."
„Reg dich nicht so auf!"
„Ich habe mich eben darauf gefreut!"

„Dann freust du dich noch ein bißchen länger", sagte Laura. „Außerdem habe ich herausgefunden, wo die Fotoausrüstung wohnt. Ist das nichts?"

„Was interessiert mich, wo die wohnt?" sagte Margot bockig.

„Ich bin müde", log Laura. „Ich fahre in den nächsten drei Tagen zu Helene."

„Aber da hat sie keinen Auftritt."
„Ich fahre zu ihr nach Hause."

Margot schluckte. „Wenn es nicht klappt", sagte sie hastig, „habe ich für die nächste Veranstaltung Karten besorgt."

„O nein!", rief Laura.

„Doch! Wir können zu Fuß hingehen. Am Freitag im Gasteig. In der Black Box. Ich habe die letzten beiden Karten ergattert. Eine Diskussion mit dem Thema: Hat die Musik ein Geschlecht. Es geht darum, ob sich erkennen läßt, ob Musik von Männern oder Frauen komponiert wurde. Helene ist eingeladen, weil sie sich schon immer für Komponistinnen eingesetzt hat. So hat sie zum Beispiel ganz wunderbar Lieder von Clara Schumann gesungen, wenn du dich erinnerst ..."

„Ja, danke, aber gesungen wird nicht, oder?"

„Nein, es ist eine Diskussion."

„Wie lange dauert die?"

„Hoffentlich lange", grinste Margot. „Und das ist ja nur für den Fall, daß du Helenchen in Garmisch nicht antriffst."

„Okay. Läßt du mich jetzt in mein Bett?"

Margot schlug einladend die Bettdecke zurück, kicherte dann und sprang heraus.

Laura nahm sich vor, ein ernstes Wort mit Helga zu reden, und ging, kaum war die Tür hinter Margot ins Schloß gefallen, in deren Schlafzimmer, wo Licht brannte. „Wie konntest du sie reinlassen!"

„Wie denn nicht! Ich habe gar nicht gemerkt, daß sie von deinem Wohn- in dein Schlafzimmer gewechselt ist. Tut mir leid, Laura! Aber bevor ich eingeschlafen wäre, hätte ich sie gebeten zu gehen."

„So schnell wie du einschläfst, wage ich das zu bezweifeln!"

Helga setzte sich auf und legte ihr Buch beiseite. „Es kommt mir gerade so vor, als wäre es Margot ganz recht, durch diese schrecklichen Todesfälle einen Grund zu haben, an Helene ranzukommen."

„Das kann ich mir nicht vorstellen!"

„Ich kann dir eine Reihe von Dingen erzählen, die Verrückte tun, wenn sie glauben zu lieben."

„Aber doch nicht Margot!" rief Laura.

„Und warum nicht?" fragte Helga.

„Weil in meinem letzten Fall die Täterin Margot hieß und ich es für unwahrscheinlich halte, daß sich das wiederholt."

Helga zeigte Laura einen Vogel und knipste die Nachttischlampe aus.

17

Laura wollte mehr über Helene Rosenbaum erfahren und zwar nicht von Margot, denn wenn sie Margot um Informationen bäte, würde die ein Dutzend Bücher und Zeitschriften anschleppen, mindestens. Laura ging zu Fuß zum Gasteig und wurde sofort fündig. Mit Zeitschriften und einem Bildband über Helene Rosenbaum verzog sie sich in eine Leseecke. Sie schlug den Bildband irgendwo auf und entdeckte zwei Frauen, die sich küßten. Hübsch, dachte sie, blätterte weiter und fand eine Menge Frauen, die sich zärtlich einander zuneigten. Die eine Frau war stets als Frau gekleidet, meistens jung und schlank und rank und hübsch, die andere, ebenfalls jung und schlank und rank und hübsch, trug Männerkleidung. Die Fotos waren erotisch. Sehr erotisch. Helene Rosenbaum war eine schöne Frau gewesen. Heute erinnerte nicht mehr viel an dieses blühende Gesicht. Auch die Augen waren Laura nicht so groß und ausdrucksstark und tief vorgekommen wie auf den Bildern. Zum ersten Mal verstand sie, was Margot mit dem Reiz der Hosenrolle gemeint hatte und warum Helene Rosenbaum für Lesben als Star geradezu prädestiniert war. Leistete sie mit diesen Rollen nicht undercover Aufklärungsarbeit? Und daß Helene tatsächlich lesbisch war – die Hosenrollen nicht nur sang und deshalb die eine oder andere zum Träumen einlud –, war der Hauptpreis, um den die Fans konkurrierten.

Der Hauptpreis wollte nicht Hauptpreis sein. Der Hauptpreis hatte sich in seiner Karriere nie direkt zur Frauenliebe geäußert, entnahm Laura einem sechs Jahre alten Artikel in der Emma. Im Kolleginnenkreis hätte Helene Rosenbaum nie ein Geheimnis aus ihrer Liebe zu Frauen gemacht, auf Festen sei sie oft mit ihrer jeweiligen Freundin erschienen, doch in der Öffentlichkeit habe sie das Thema gemieden. Als einmal verheiratet und geschieden hatte sie ihr Soll erfüllt, und wenn sie in Interviews darauf angesprochen wurde, erklärte sie ihr angebliches Alleinleben mit Arbeit, Erfüllung in der Musik, Reisen, Interessen, die mit einer Ehe unvereinbar wären, und so weiter. Was der Öffentlichkeit verborgen geblieben sein mochte, war den Lesben nicht verborgen geblieben. Als Helene Rosenbaum sich von der Opernbühne verabschiedete – das hatte Margot erzählt –, hatte sie viele Interviews gegeben und einmal in einem einstündigen Gespräch im Deutschlandfunk ganz offen über ihre Zukunft gesprochen. Mit ihrer Lebensgefährtin würde sie von London nach Garmisch-Partenkirchen umsiedeln, dort hätten sie ein wunderschönes renoviertes Bauernhaus erstanden, und wie sie sich auf den nächsten Lebensabschnitt freue, mit viel Regiearbeit, Meisterkursen, Urlauben und all den anderen Aktivitäten, denen sie sich während ihrer Opernkarriere nicht hatte hingeben können, sie schreibe zum Beispiel gern und freue sich auf die Muße, einmal einen Krimi zu verfassen.

Mit zunehmendem Staunen nahm Laura zur Kenntnis, wie berühmt Helene Rosenbaum tatsächlich gewesen war. Abgesehen von den Orden, die sie verliehen bekommen hatte, von Audienzen bei Bundeskanzlern und -präsidenten – sie hatte Liederabende in der ganzen Welt gegeben, war zur Kammersängerin ernannt worden, die Liste ihrer Schallplattenveröffentlichungen füllte den Anhang ihrer Biographie. Vielleicht war es wirklich nicht so einfach, an sie heranzukommen. Aber es war unerläßlich. Auch wenn Laura im Moment keine Idee hatte, wie Helene Rosenbaum in diesen Fall verwickelt sein sollte – sie stand im Mittelpunkt, und vielleicht konnte sie ein Puzzleteilchen beitragen.

Dergestalt gestärkt ging Laura nach Hause, trank zwei Schalen Milchkaffee und aß zwei Butterbrezen, schraubte den Beiwagen an die BMW, packte Socke hinein und startete Richtung Garmisch. Das perfekte Wetter für einen Motorradausflug. Nicht zu heiß und in den nächsten Stunden garantiert kein Regen.

Wie jedesmal in Garmisch-Partenkirchen stellte Laura sich vor, hier wohnen zu müssen, und spürte die Berge als Alpdruck auf ihrer Brust. Laura hatte es gern übersichtlich. Sanft gewellt wie das bayerische Voralpenland. Wie die Toskana. Nicht solche Trümmer, die jegliche Aussicht verbauten. Laura war sich klar darüber, daß viele Menschen die Trümmer mit Aussicht gleichsetzten. Sie war eben anders.

Helene Rosenbaum stand nicht im Telefonbuch. Aber Maria Habicher. Das bedeutete, daß nur eingefleischte Fans, die sich bis zum Nachnamen der Lebensgefährtin vorgearbeitet hatten, Helene auf diese Weise finden würden. Laura hatte sich Helenes Haus wie ein oberbayrisches Bauernhaus vorgestellt – umlaufender Holzbalkon, überhaupt viel Holz und überall üppig blühende Geranien. Also genau so, wie Laura es nicht ausstehen konnte. Doch das Haus von Helene war ganz anders beziehungsweise nicht zu sehen, eine mindestens zweieinhalb Meter hohe Hecke umgab das Grundstück komplett und so dicht, daß nicht einmal ein Blick in den Garten oder auf das Haus möglich war, von dem Laura lediglich das Dach erkennen konnte. Dies war eine Festung, wie Laura beim Vorüberspazieren entdeckte – und neben der Klingel am Tor war eine Kamera angebracht. Ein Mann auf der gegenüberliegenden Straßenseite schien auch zum Überwachungssystem zu gehören, in dunkelblauem Anzug, unauffällig neugierig und mißtrauisch, wie er Laura musterte. Aber Laura brauchte hier nicht herumzuschleichen, Laura hatte ein Anliegen. Ohne weitere Verzögerung ging sie zum Tor und klingelte. Es stand kein Name an der Klingel. Das rote Licht an der Kamera leuchtete. Laura war sich klar darüber, daß sie nicht aussah wie eine, die zum Haus gehörte. Sie hatte zwar die Lederjacke beim Motorrad gelassen, aber Lederhose und -stiefel, das rote Musclesshirt, das Laura übrigens vortrefflich kleidete, und die verstruwwelten Haare genügten, sie als Fremde auszuweisen.

„Ja bitte?" erklang eine Stimme. Keine Ahnung, ob die von Helene.

„Mein Name ist Laura Rose. Ich bin Privatdetektivin. Ich möchte mit Frau Rosenbaum sprechen."

„Ich kenne keine Laura Rose."

Noch nicht, dachte Laura. „Dem kann leicht Abhilfe geschaffen werden."

„Lassen Sie sich was anderes einfallen!" sagte die Stimme ungehalten.

„Hören Sie, falls Sie Frau Rosenbaum sind", Laura wurde ärgerlich, „ich bin kein Fan von Ihnen. Ich kann Ihre Musik ehrlich gesagt nicht ausstehen. Ich würde sie mir niemals freiwillig anhören. Aber ich mußte sie mir anhören. Und jetzt will ich mit Ihnen reden."

„Sind Sie allein?"

„Nein. Ich habe meine Hündin dabei."

„Worum handelt es sich?"

„Um zwei tote Frauen."

„Gehen Sie bitte einen Schritt nach links."

Laura war kurz davor, umzudrehen. Selten hatte sie sich so dämlich gefühlt. Irgendwo im Haus saßen Helene Rosenbaum oder Maria Habicher vor einem Bildschirm und machten sich einen Spaß daraus, Laura zu taxieren.

„Warum haben Sie nicht vorher angerufen?"

„Das habe ich. Falls Sie das Band abgehört haben, das dranhängt, wissen Sie das auch. Ich habe allerdings den Eindruck, Sie haben eine zweite Nummer – und die kenne ich nicht. Wenn Sie sie mir geben, rufe ich Sie gerne an. Mein Handy ist beim Motorrad. Allerdings muß ich Ihnen sagen, daß ich das alles ziemlich albern finde."

„Lassen Sie den Hund draußen", erklang die Stimme, ein oranges Licht, oberhalb der Kamera in einer Tanne versteckt, blinkte, ein Klacken – und das Eisentor glitt zur Seite. Laura gab Socke das Handzeichen für Bleib und war kaum auf dem gepflasterten Weg, als das Tor sich auch schon wieder schloß – und das gefiel ihr überhaupt nicht. Die Pflastersteine führten zu einer Terrasse – schön bepflanzt, viele Blumentöpfe –, dort stand in einem Outfit, das vier Preisklassen billiger als Jogginganzug bezeichnet werden würde, Helene Rosenbaum. Keinen Schritt kam sie Laura entgegen, streckte aber gütigerweise die Hand aus, um Lauras Hand zu ergreifen. Einen Augenblick lang dachte Laura: Sie hat mich berührt – und wie egal ihr das war und wieviel es Margot bedeuten würde, verkehrte Welt.

„Laura Rose", sagte Laura noch einmal und erwartete, Helene würde sie nun hineinbitten. Aber Helene machte keine Anstalten, und Laura hatte keine Chance, sich auch nur umzusehen, so streng wurde sie beobachtet.

„Also?" fragte Helene.

Laura beschloß, ihre schon überholte These als aktuell darzustellen, und berichtete Helene von den zwei toten Frauen, die zu ihren Fans gehört hatten.

„Wie sahen sie aus?" fragte Helene Rosenbaum und war plötzlich nicht mehr ganz so kühl.

„Eine war sehr dick, und die andere lief immer mit auffälligen Handtaschen herum."

Helene Rosenbaum wirkte ehrlich erschrocken. „Ich weiß, von wem Sie sprechen", sagte sie schließlich sichtlich um Fassung ringend. „Aber wieso war die Polizei nicht bei mir?" Sie hatte ihre Fassung wieder. Ziemlich schnell ging das bei ihr. „Wieso soll ich Ihnen glauben?"

„Sie müssen mir nicht glauben. Ich kann Ihnen auch nichts beweisen. Aber ich verstehe trotzdem nicht, warum Sie so fürchterlich mißtrauisch sind."

Helene musterte Laura. „Weil ich allen Grund dazu habe, junge Frau", sagte sie schließlich.

„Deswegen haben Sie draußen einen Bodyguard postiert?"

„Was meinen Sie damit?" fragte Helene.

Laura beschloß, nicht von ihrem Thema abzuweichen. Der Bodyguard war okay, wenn Helene sich damit sicher fühlte. Ohne ihn hätte sich das Tor für Laura wahrscheinlich gar nicht geöffnet. „Ich bin hier, um Sie zu fragen, ob Ihnen in letzter Zeit irgend etwas aufgefallen ist."

„Was soll mir aufgefallen sein? Ich meine – warum fragt mich das nicht die Polizei? Für wen ermitteln Sie eigentlich?"

„Das ist eine lange Geschichte, Frau Rosenbaum – und Ihr Fall ist darin eher eine Randerscheinung", sagte Laura nicht ohne Genugtuung. „Ich habe mir selbst schon überlegt, der Polizei diesen Zusammenhang offenzulegen. Ich habe es nicht getan, um einen Skandal zu vermeiden. Ich wollte einfach nicht, daß eine lesbische Diva in die Schlagzeilen gerät. Ich wollte ..."

„Raus!" brüllte Helene.

„Frau Rosenbaum, es geht um ...", setzte Laura neu an, aber Helene Rosenbaum wies dermaßen energisch mit ausgestrecktem Arm und einer Theatralik, bei der Laura sich nur mit äußerster Beherrschung davon abhalten konnte zu applaudieren, in Richtung Tor, daß Laura achselzuckend ging.

Kurz bevor sie am Tor war, öffnete es sich – und natürlich schloß es sich auch gleich wieder. Socke hatte sich erhoben und sah Laura mit schräg geneigtem Kopf und zaghaft schwanzwedelnd an.

„Schon gut", sagte Laura. „Bei so einem Gebrüll wäre ich auch aufgestanden."

„Du mußt Verständnis für sie haben", bat Margot nun schon mindestens zum zehnten Mal. „Was sie mit Fans alles durchgemacht hat!"

„Von den Fans lebt sie aber auch. Sie kaufen ihre CDs, sie gehen zu ihren Auftritten!"

„Laura! Helene Rosenbaum war ein Weltstar! Da waren nicht ein Dutzend Fans, sondern Hunderte. Wo sie erkannt wurde, gab es einen Menschenauflauf! Es wundert mich überhaupt nicht, daß sie wie in einer Festung lebt. Früher hat die Polizei einmal im Monat ihren Garten geräumt, weil die Fans über Zäune und Mauern geklettert sind. Eine wurde sogar verurteilt – das erzählte mir eine Musikprofessorin in Berlin. Sie hatte Helene jahrelang gestalkt."

„Ge was?"

„Von stalken."

„Ach so! Ich liebe Helene, ich hasse Helene, ich stalke Helene, heute schon gestalkt?"

„Das ist nicht komisch, Laura."

„Stimmt", sagte Laura einlenkend.

„Dann verstehst du sicher auch Helenes Mißtrauen. Bestimmt hat sie im Lauf der Jahre mit allen möglichen und unmöglichen Tricks Bekanntschaft gemacht."

„Das ist kein schönes Leben", sagte Laura nachdenklich. „Nie weiß sie, ob sie gemeint ist oder das Bild, das sich jemand von ihr macht. All die Fans, die sie angeblich lieben, kennen sie doch gar nicht."

„O doch! Wenn man sich lange mit ihr beschäftigt, kennt man sie."

„Das ist deine Interpretation, Margot. Sicher ist das nicht."

„Weil ich nie die Chance hatte, sie kennen zu lernen", sagte Margot traurig.

„Und wenn du sie kennen lernen würdest und sie wäre dir unsympathisch?"

„Das ist unmöglich!", rief Margot.

„Aber das weißt du doch nicht!"

„Fandest du sie unsympathisch?"

„Neutral", sagte Laura ausweichend. „Auf jeden Fall weiß ich, daß ich nicht berühmt sein möchte. Die ewige Unsicherheit, ob die Menschen mich meinen oder meinen Ruhm, mein Geld, meine Stimme, würde mich fertigmachen."

„Und wenn sie eins mit ihrer Stimme ist?"

„Gewesen ist. Sie hat die Stimme nicht mehr. Ich frage mich überhaupt, ob nicht auch die heutigen Fans sich in einer Vergangenheit sonnen, die nicht ihre ist."

„Erzähl noch etwas von ihr. Von ihrem Haus!" bat Margot.

„Ich habe doch schon gesagt, daß ich fast nichts gesehen habe. Nur die Terrasse, da waren wohl noch Fenster rechts und links, auch oben, aber so, wie sie mich beobachtet hat, konnte ich mich nicht umsehen, ich konnte ihr nur in die Augen sehen."

„Schöne Augen hat sie, findest du nicht?"

„Ja", sagte Laura ergeben.

„Du magst sie wohl nicht?" fragte Margot plötzlich.

„Was heißt hier mögen", seufzte Laura. „Ich kenne sie nicht. Mein Typ ist sie auch nicht. Außerdem: Ihre Fans leben gefährlich – und darum reiße ich mich nicht."

„Sicher", sagte Margot trocken und war überhaupt nicht zufrieden, was Laura leid tat – aber sollte sie Begeisterung heucheln?

18

Laura war schon oft in der Black Box gewesen, aber so voll hatte sie den Raum noch nie gesehen. Viele bekannte Gesichter waren da. Der Dutt, Babyface, die angezogene Bremse und ihre Freundin, Twiggy – wie vereinbarten sie das mit ihrem Berufsleben? Dazu sollte Laura sie wirklich mal befragen. Es interessierte sie, ob noch mehr Kandidatinnen auf der Liste für einen Direktflug ins soziale Abseits standen – so wie Silvia Ringmaier.

Zum ersten Mal fiel Laura auch der Bodyguard auf, und sie zeigte Margot den Mann im blauen Anzug mit dem Schnauzer.

„Den kenne ich", sagte Margot. „Der ist oft da. Ich habe ihn immer für einen Fan gehalten, nicht für einen von der Security."

„Auf jeden Fall stand er vor Helenes Haus, und die Art und Weise, wie er mich begutachtet hat, gab mir das Gefühl, das sei eher ein Kollege als ein Fan", erwiderte Laura.

„Würde mich beruhigen, wenn du recht hast. Ich fände das sehr vernünftig von Helenchen, wenn sie sich unter professionellen Schutz begäbe."

„Ist allerdings eine teure Angelegenheit", wandte Laura ein.

„An Geld mangelt es Helenchen garantiert nicht", versicherte Margot, als kennte sie die finanziellen Verhältnisse der Diva auf Heller und Pfennig.

Die Veranstaltung war eine Podiumsdiskussion, Helene Rosenbaum befand sich in Gesellschaft von fünf Koryphäen, die alle keine Meinung zu dem Thema hatten, ob die Musik ein Geschlecht habe, und das wortreich kundtaten. Sobald es interessant zu werden drohte, entzog der Moderator ihnen das Wort. Helene Rosenbaum wirkte unkonzentriert, oft schaute sie ins Publikum, als suche sie jemanden, sie wehrte sich auch nicht, wenn der Moderator sie unterbrach. So hatte Laura sie nicht eingeschätzt.

„Ich weiß gar nicht, was heute mit Helenchen ist", flüsterte Margot.

„Da drüben sitzt die Fotoausrüstung", flüsterte Laura.

Es gab keine Pause, und nach eineinhalb Stunden sollte das Publikum mitdiskutieren.

„Sie schaut dich an!" flüsterte Margot da.

„Wer?"

„Helene! Sie hat schon ein paar Mal hierher geschaut!"

„Sie wird mit dir flirten", sagte Laura salopp, bekam aber dann doch ein mulmiges Gefühl, denn Helene Rosenbaum sah sie tatsächlich an. Sie lächelte sogar, beziehungsweise sie versuchte Laura irgend etwas mitzuteilen, nickte mit dem Kopf und deutete hinter sich.

„Sie meint dich", flüsterte Margot dermaßen aufgeregt, daß Laura eine Gänsehaut bekam.

„Quatsch", stritt Laura ab, da wandte Helene Rosenbaum sich direkt an sie. „Die Dame dort hinten mit den dunklen Locken und dem lindgrünen Pullover um die Schultern. Verzeihen Sie, würden Sie bitte nach der Veranstaltung zur Bühne kommen. Sie haben beim letzten Mal etwas vergessen."

Alle Köpfe ruckten in Lauras Richtung, sie fühlte sich ertappt. Mit Müh und Not schaffte sie es, nicht rot zu werden, aber diese vielen Menschen, die sie anstarrten, in ihr Gesicht starrten, schamlos, und herauszufinden versuchten, was Laura beim letzten Mal vergessen hatte, welches letzte Mal überhaupt, und wenn es ein letztes Mal gegeben hatte, dann gab es auch ein vorletztes Mal – sieht man ihr gar nicht an ... Der Tuschelpegel stieg erheblich. Margot saß leuchtend blaß neben Laura, und ihre Hand war eiskalt. Laura drückte sie. „Tut mir leid", sagte sie.

„Das macht doch nichts. Das ist doch ganz wunderbar", sagte Margot, und das war es ja irgendwie auch, ein Wunder war geschehen! Helene Rosenbaum hatte sich von der Bühne in den Zuschauerraum herabgelassen und eine tief unter ihr sitzende Frau aus dem Volk angesprochen – und diese Frau war nicht Margot, wie niederschmetternd, aber Margot war mit Laura befreundet, wie wunderbar.

Laura fieberte dem Ende der Veranstaltung entgegen – und Margot erging es genauso. „Ich konnte mich nicht mehr konzentrieren", gestand sie Laura beim Schlußapplaus, „so was ist mir noch nie passiert. Ich weiß nicht, was Helene gesagt hat. Ich bin fix und fertig."

Wenn Laura gehofft hatte, daß niemand sie beobachten würde, wenn sie zur Bühne ging, hatte sie sich getäuscht. Da Helene Rosenbaum meistens sofort verschwand, genossen es viele, daß sie wartete – so unübersehbar wartete, daß Laura nicht mehr warten konnte und zur Bühne ging, wo Techniker abzubauen begannen. Da Helene keine Anstalten machte, sich von der Bühne herabzubegeben, stieg Laura die paar Stufen zu ihr hoch.

„Danke", flüsterte Helene Rosenbaum. „Verzeihen Sie, ich

sah keine andere Möglichkeit. Ich war mir nicht sicher, ob ich Ihren Namen richtig in Erinnerung behalten hatte, Laura Rose?"

Laura nickte.

„Ich wußte auch nicht, wo Sie wohnen – bitte, ich muß Sie sprechen."

„Ja?"

„Nicht hier. Nicht jetzt. Kann ich Sie anrufen?"

„Natürlich."

„Und wo?"

„Ich wohne in München, nicht weit von hier. Ich stehe im Telefonbuch."

„Laura Rose?" wiederholte Helene Rosenbaum, und in der Wiederholung war die ganze Dringlichkeit spürbar.

Laura nickte.

„Ich melde mich." Helene Rosenbaum schüttelte Lauras Hand und lächelte, als habe sie das, was sie beim letzten Mal nicht klären konnte, nun geklärt – eine Dame von Welt und eine erstklassige Schauspielerin, und Laura ging zurück zu ihrem Platz, wo Margot noch immer mit dieser Blässe und brennenden großen Augen saß und starrte.

Laura ließ sich neben Margot auf ihren Sitz fallen. Es waren nicht mehr viele Leute im Saal. Margot legte ihre Handinnenfläche dorthin, wo Helene Lauras Hand berührt hatte, zaghaft, federleicht und als wollte sie nie wieder loslassen, und Laura hätte weinen mögen.

19

„Eine Helene Rosenbaum", sagte Helga und verzog ihr Gesicht zu einer solchen Grimasse, daß es Laura Mühe kostete, ernst zu bleiben. Sie nahm den Hörer. „Hallo?"

„Guten Tag, Frau Rose. Hier spricht Helene Rosenbaum. Zuerst einmal möchte ich mich bei Ihnen entschuldigen. Es war nicht richtig, daß ich Sie so rüde anwies, mein Grundstück zu verlassen, doch in Anbetracht vieler Ereignisse bin ich einfach vorsichtig geworden, und ich hielt Sie für einen Fan, der ganz besonders raffiniert findet, daß er so tut, als sei er keiner."

„Und wieso haben Sie Ihre Meinung geändert?" fragte Laura und genoß es, daß diesmal die Positionen vertauscht waren.

„Die Polizei war bei mir", sagte Helene ohne Umschweife. „Gestern Nachmittag. Es ist eine Frau ermordet worden. In Rosenheim. Man zeigte mir Fotos. Sie war zuvor auf einer Veranstaltung von mir. Ich kenne die Frau. Nicht namentlich. Vom Sehen. Die Frau, so sagte man mir, sei ein großer Fan von mir gewesen. Man fragte mich, ob mir an diesem Abend etwas aufgefallen sei, denn die Frau sei in der Nähe des Bahnhofs mit ihrem eigenen Halstuch stranguliert worden."

„Das Halstuch!" rief Laura und sah die Frau vor sich, am Tisch mit den anderen in Rosenheim nach der Veranstaltung. Wie sie alle aufgeregt durcheinandergeredet hatten, weil die Fotoausrüstung eine so unverschämte Frage gestellt hatte. Da hatte die Frau mit dem Halstuch in einer Runde gesessen, und danach war sie zum Bahnhof gegangen, wahrscheinlich allein, weil die Fans ja plötzlich auseinandergestoben waren. Und am Bahnhof oder davor war sie ihrem Mörder begegnet. Ihrer Mörderin? So schnell. So plötzlich.

„Ja, mit einem Halstuch", wiederholte Helene. „Mir ist natürlich nichts aufgefallen. Ich bin nach der Veranstaltung sofort nach Hause gefahren. So halte ich es immer. Die Frau mit dem Halstuch war oft auf meinen Veranstaltungen, egal um was es sich drehte. Sie saß meistens ziemlich weit vorn und sprach mich auch gelegentlich an. Auch die dicke Frau, die Sie erwähnten, und die Frau mit der Handtasche waren bei vielen meiner Veranstaltungen. Seit Jahren schon, möchte ich meinen, aber darin kann ich mich täuschen. Daß die Polizei mich nicht nach diesen Frauen fragte, hat mich etwas verunsichert, und ich erkundigte mich, ob dies ein Einzelfall sei oder ob sie Grund zu der Annahme hätten, daß dieser Mord mit meiner Person in Verbindung stehe. Ihre Antwort ließ in mir den Verdacht aufkommen, daß sie keinen Verdacht hätten. Ich will ganz offen sein, Frau Rose – ich war kurz davor, der Polizei von Ihnen zu erzählen. Ich habe persönliche Gründe, warum ich es nicht getan habe. Ich versuchte es auf einem anderen Weg. Ich listete der Polizei auf, an welchen Orten ich im letzten Monat Auftritte hatte. Nach kurzer Recherche erfuhr ich, daß ein ungeklärter Mord in Wien geschehen ist, allerdings sieht es dabei nach einem Sexualdelikt aus. Von der Frau mit der Handtasche, an die ich mich übrigens von allen am besten erinnere, und die Sie ebenfalls als Opfer eines Mordes bezeichneten, habe ich nichts gehört."

„Es war Selbstmord", sagte Laura.

„Woher wissen Sie das?"

„Ich weiß es eben mittlerweile."

„Ich möchte gern wissen", sagte Helene Rosenbaum, „warum Sie zu mir gekommen sind. Oder sind Sie es? Die Mörderin?"

Für einen Moment blieb Laura die Luft weg. Sie hörte, daß Helene Rosenbaum lächelte. So etwas gefiel ihr also. Am Telefon fühlte sie sich sicher.

„Sie ermorden Frauen, um an mich ranzukommen?" fuhr Helene Rosenbaum genüßlich fort.

„Frau Rosenbaum, leiden Sie an Verfolgungswahn?" fragte Laura. Sie hatte anscheinend den richtigen Tonfall gefunden, denn Helene antwortete sofort.

„Nein. Das heißt ja. Ich will nicht ins Detail gehen, aber ich könnte Ihnen stundenlang Geschichten erzählen, wie mich Fans verfolgten, wie sie mir das Leben schwer machten, wie sie versuchten, mir den letzten Zipfel privaten Glücks zu entreißen – ich bin einfach vorsichtig geworden. Das heißt, wenn mich ein Mensch anspricht, den ich nicht kenne, halte ich ihn zuerst einmal für einen Fan. Und als solcher ist er lästig."

„Ich habe noch nicht verstanden, warum Sie mich anrufen", sagte Laura.

„Sie haben mich sehr verärgert mit Ihrem Satz von der Diva, die in die Schlagzeilen gerät", sagte Helene, und Laura nahm zur Kenntnis, daß sie das Wort „lesbisch" nicht wiederholte. „Aber ich will tatsächlich nicht in die Schlagzeilen geraten. Ich genieße es, nicht mehr in den Schlagzeilen zu sein, und will auf keinen Fall dahin zurück. Der Eindruck, den mir die Polizei vermittelte, war – ich will es zurückhaltend ausdrücken – nicht der beste, ich sah mein Ansinnen auf Privatheit bei ihr nicht in den besten Händen. Kurzum: Sollten Sie wirklich sein, als was Sie sich bei mir ausgegeben haben, würde ich Sie gern beauftragen, für Ruhe in meinem Leben zu sorgen. Konkret: Es gibt einige Menschen, denen ich es zutrauen würde, Unruhe in meiner Umgebung zu fabrizieren, um mich zu ärgern."

„Mit Unruhe meinen Sie Morde?" fragte Laura.

„Ja. Und es ist mir nicht möglich, diese Menschen – wie soll ich sagen ... anzuschwärzen, denn es ist ein sehr vager Verdacht, den ich aber gern aus der Welt geschafft hätte."

Laura war baff. Die Diva war eine XXL-Diva. Ganz große Klasse! „Der Auftrag reizt mich", sagte sie ruhig.

„Reizt er Sie nur, oder sind Sie auch in der Lage, ihn zu meiner Zufriedenheit auszuführen?" fragte Helene Rosenbaum.

„Ich bin in der Lage", erwiderte Laura.

„Gut. Dann schlage ich vor, wir treffen uns, damit ich Ihnen die näheren Umstände schildere."

„Ja", sagte Laura.

„Ich bin morgen zu einem Termin in München an der Oper. Gehen Sie zur Pforte. Man wird Sie in die Kantine führen. Dort treffen wir uns um fünfzehn Uhr."

„In Ordnung", sagte Laura.

20

Schon wieder Oper. Laura kam nicht davon los. Am Empfang wurde sie ausgesucht höflich begrüßt. Der Pförtner telefonierte, kurz darauf erschien eine junge Frau, die Laura, sich immer wieder lächelnd zu ihr wendend, zur Kantine begleitete. „Frau Rosenbaum wird sofort bei Ihnen sein. Kann ich Ihnen bis dahin etwas zu trinken bringen?"

„Ein Glas Wasser bitte", sagte Laura.

Das Wasser traf gleichzeitig mit Helene Rosenbaum ein. Sie trug das dichte Haar aufgesteckt, ein paar Strähnen hatten sich gelöst, und es dauerte eine Weile, bis sie sich von dem Schwung des schnellen Schritts erholt hatten und schwarz und weiß und edelgrau um Helenes Kopf hingen. So nah war Laura der Diva noch nie gewesen. Braune Augen. Wach und klar. Viele Falten im Gesicht. Schöne Falten. Zeugen von Leben. Ältlicher Hals mit massivem Ethnoschmuck. Zwei Ringe, auch Ethno. Keine Pailletten, keine Brillanten, schwarze Hose, weinroter Pullover.

„Frau Rose! Ich freue mich!"

Was für eine Impulsivität. War die echt? Laura nahm die dargereichte Hand und schüttelte sie.

„Bitte verzeihen Sie mir, ich habe sehr wenig Zeit, es hat wieder alles viel länger gedauert, und ich muß dort drinnen", Helene deutete irgendwohin, „ein paar Menschen warten lassen."

„Bestimmt sind Sie so gut vorbereitet, daß es nicht zu lange dauert", sagte Laura höflich.

Helene lächelte. Freundlich. Fast herzlich. „Ich habe Ihnen", sagte sie, „etwas zusammengestellt. Wie ich schon am Telefon erwähnte, habe ich drei Personen im Verdacht, daß sie mir übel wollen. Erstens: mein Ex-Mann. Zweitens: meine Ex-Managerin. Drittens: mein Ex-Pianist."

„Sonst noch irgendwelche Ehemaligen?" grinste Laura.

„Nein. Im Grunde bin ich ein sehr treuer Mensch, und ich habe mich von allen fair getrennt. Das ist jedenfalls meine Ansicht. Die anderen werden es sicher anders sehen. Punkt eins: mein Ex-Mann. Wir waren nicht lange verheiratet, und die Ehe war eine Katastrophe. Ich ließ mich jedoch erst vor fünfzehn Jahren scheiden, weil ich einfach keine Zeit hatte und das Ganze auch nicht für wichtig hielt. Ich habe ja schon mit zweiundzwanzig geheiratet – mit dreiundzwanzig war mir klar, daß dies ein Irrtum war, mit sechsundzwanzig trennte ich mich."

„Wieso haben Sie es so lange ausgehalten?" fragte Laura und überlegte, ob die Frage indiskret war.

„Ich habe ihn ja kaum gesehen. Damals ging meine Karriere los. Ich war ständig unterwegs. Er war Musikjournalist. Er hat meinen Erfolg nicht verkraftet. Er hat oft gesagt, nicht nur bei mir, auch bei anderen, er freue sich auf den Tag, an dem meine Stimme mich im Stich lasse und ich nichts mehr sei. Ein atmendes Nichts. So ungefähr hat er sich ausgedrückt. Jetzt wurde mir erzählt, er habe wieder geheiratet. Anstatt sich auf seine neue Beziehung zu konzentrieren, wettert und schimpft er über mich. Ich hätte seine Chancen behindert. Ohne ihn wäre ich nichts – und so weiter mit diesem Gewäsch. Ich habe wie gesagt keinen Kontakt, und es kann sein, daß das Hirngespinste sind, er ist ja mittlerweile ein alter Mann." Helene lächelte. „Nun, so betrachtet bin ich eine alte Frau, aber alte Männer sind älter als alte Frauen."

„Ich weiß, was Sie meinen."

„Ich weiß, daß Sie wissen, was ich meine." Helene Rosenbaum lächelte. Charmant! „Damals hat sich mein Ex-Mann von unschönen Seiten gezeigt, charakterlich nicht ganz standfest, möchte ich es umschreiben, insofern traue ich ihm einiges zu und hätte gern, daß Sie dieser Spur nachgingen."

„Bißchen mager", fand Laura.

„Lassen Sie das meine Sorge sein. Der zweite Verdacht betrifft meine ehemalige Managerin. Ich habe mich von ihr getrennt. Sie tritt zum Teil immer noch als meine Managerin auf, nutzt alte Infrastrukturen, sagt beispielsweise Auftritte ohne mein Wissen ab – kurzum, es ist sehr ärgerlich."

„Wer managt Sie jetzt?" fragte Laura.

„Maria Habicher. Sie ist im Grunde keine richtige Managerin, hat keine Agentur, kein Büro, aber ich brauche ja auch keine so professionelle Betreuung mehr wie früher, wo es fast wöchentlich Verträge zu unterzeichnen gab."

Wieso sagte Helene nicht, daß Maria Habicher ihre Lebensgefährtin war? Schämte sie sich? Traute sie Laura nicht? Hielt sie das immer geheim? Laura fand nicht, daß die genannten zwei Menschen und ihre Motive für einen Mord reichten.

„Der dritte Verdacht betrifft meinen ehemaligen Konzertpianisten. Nachdem wir zwanzig Jahre lang zusammen musiziert haben, mußte ich mich von ihm trennen, denn er hatte zu trinken begonnen, was er allerdings vehement abstritt. Seither verfolgt er mich mit übler Nachrede. Auch schriftlich. Behauptet zum Beispiel, ohne ihn wäre ich niemals groß geworden und ähnlichen Schwachsinn, der mir zwar nicht schadet, aber mich von Zeit zu Zeit ärgert."

„Ich kann mir vorstellen, daß Sie das als störend empfinden", sagte Laura, „aber als Motiv für einen Mord?"

„Frau Rose – ich lebe in einem harten Business voller Intrigen, Haß und Neid. Ich hatte in meinem Leben das Glück, ganz oben zu stehen. Ich habe es teuer bezahlt. Ich mußte auf vieles verzichten, das für andere Menschen normal ist. Und jetzt ist mir mein Privatleben heilig. Ich reagiere allergisch auf die kleinste Unstimmigkeit. Und wenn ich den Verdacht habe, daß etwas in meiner Umgebung Unruhe erzeugt, dann will ich das beenden. Natürlich kann es sich um Lappalien handeln. Ich wünsche mir auch, daß ich mich irre. Doch diese drei Menschen gehen mir in unschöner Weise schon länger durch den Kopf, ich hätte das gern geklärt. Zu den Morden ... mag sein, es handelt sich um Zufall, daß beide Frauen zu meinen Fans gehörten. Mag sein, es war Absicht, mag sein, private Motive aus dem Leben der Frauen spielen die Hauptrolle – darüber weiß ich nichts. Ich will nur jene Dinge geklärt wissen, die mir in den Sinn kommen. Und ich möchte auch nicht, daß die drei Personen wissen, daß Sie von mir kommen. Vielleicht genügt es, ihnen von den Morden zu erzählen, sie zu beobachten und Schlüsse zu ziehen. Sie brauchen keine Sorge zu haben, daß sich die drei untereinander absprechen, sie hassen sich. Mein Ex-Mann war nämlich mein Manager, bevor er von meiner Ex-Managerin abgelöst wurde, und mein Ex-Pianist glaubt, meine Ex-Managerin hätte mich überredet, ihn zu entlassen."

„Bleiben Ihr Ex-Pianist und Ihr Ex-Mann, die sich verbünden könnten."

„Das halte ich für unmöglich, da mein Ex-Mann die Ex-Frau meines Ex-Pianisten geheiratet hat, die meinen Ex-Pianisten sitzen ließ, als er keinen Erfolg mehr hatte."

„Als Sie ihn entlassen haben?" fragte Laura.

„So können Sie es formulieren. Ich lege jedoch Wert darauf, daß ich die Sache anders sehe. Erst hat er getrunken. Dann habe ich mich von ihm getrennt."

„Was halten Sie von der Ex-Frau Ihres Pianisten, der Frau Ihres Ex-Manns?"

„Wenig. Sie ist eine verbitterte, feige Person. Aber im Grunde harmlos. Meiner Einschätzung nach. Hier sind", Helene holte einen Umschlag aus ihre Tasche, „Fotos aller Personen. Sie sind leider alt – ich habe kein aktuelles Material. Außerdem alle Adressen und was mir sonst eingefallen ist."

„Danke", sagte Laura anerkennend.

„Das heißt, Sie kontaktieren alle drei und versuchen herauszufinden, ob sie etwas mit den Morden zu tun haben beziehungsweise, ob sie mir irgendwie schaden wollen."

„Wie sollen sie Ihnen denn schaden können?"

„Indem sie mich in die Schlagzeilen bringen."

„Und dafür, meinen Sie, würden sie Morde begehen."

„Ja, das meine ich. Und das wäre nicht mal dumm von ihnen."

„Das stimmt allerdings. Aber Sie hätten sie durchschaut."

„Das spielt keine Rolle." Helene machte eine Pause – Kunstpause, dachte Laura. „Nach Ihrem Honorar wollte ich mich noch erkundigen."

„Fünfhundert Euro Tagessatz. Spesen und Nacht extra. Bei einer Dauer von einer Woche mit sieben Tagen Wochensatz 3000 Euro."

„So lange werden Sie doch wohl nicht brauchen?" fragte Helene.

„Nein. Alles, wozu Sie mich hiermit beauftragt haben, ist, drei Gespräche zu führen."

„Genau. Ich verlasse mich auf Ihr Fingerspitzengefühl. Es hat mir imponiert, wie Sie zu mir vorgedrungen sind, junge Frau. Und wenn Sie mit den dreien gesprochen haben, sehen wir weiter."

Täuschte sich Laura, oder waren die drei Gespräche nur die Aufnahmeprüfung für den eigentlichen Fall?

21

"Nie im Leben, Laura! Das meint sie ernst!" schrie Margot ins Telefon. "Du kannst dir gar nicht vorstellen, wieviel Neid und Mißgunst und Haß in diesem Metier herrschen."

"Wird auch nicht schlimmer sein als anderswo!"

"O doch! Weil es so viele Egozentriker gibt."

"Mir kommt es trotzdem komisch vor. Aber wie gesagt, vielleicht täusche ich mich auch. Es hat mir zum Beispiel gefehlt, daß Helene die Opfer irgendwie bedauert hätte."

"Sie hat sie doch gar nicht gekannt!"

"Ich habe sie auch nicht gekannt, und trotzdem hat es mich ziemlich betroffen gemacht!"

"Bestimmt ist Helene sehr betroffen, nur zeigt sie das nicht jedem", sagte Margot.

"Was weißt du über die drei Exen, die ich besuchen soll?"

"Nichts. Der Ehemann war neben ihr eine blasse Figur, ich hatte mir schon überlegt, ob sie ihn vielleicht nur zur Tarnung geheiratet hat, um in Ruhe gelassen zu werden."

"Das könnte passen. Sie hat sich auch erst vor fünfzehn Jahren scheiden lassen."

"Jetzt fällt mir auch sein Name wieder ein", rief Margot. "Albert Haller. Von der Managerin weiß ich gar nichts."

"Ich kann mir vorstellen", sagte Laura bedächtig, "daß sie ihren Ex-Mann nicht wegen der geschäftlichen Verbindung zu ihrer Ex-Managerin verlassen hat, sondern wegen einer privaten. Genauer: Sie hatte eine Affäre oder eine Beziehung mit ihr. Und die hat gedauert, bis Maria Habicher auftauchte. Zuerst als Managerin – dann als Geliebte oder als Geliebte mit dem Zusatznutzen Management."

"Ich glaube nicht, daß Helenchen darauf angewiesen ist, immer eine Beziehung zu haben! Sie kann gut allein leben."

"Es wundert mich, daß sie Maria Habicher nicht erwähnt hat", dachte Laura laut.

„Ob es in der Beziehung kriselt?"

„Dann hätte sie sie eher erwähnt, soviel Wert wie sie auf Fassade legt."

„Das stimmt doch gar nicht!"

„Warum hat sie Maria nicht erwähnt?" wiederholte Laura. „Sie tut ja gerade, als wäre sie keine Lesbe." Laura beantwortete die Frage selbst: „Sie wird ihr Privatleben schützen wollen. Darauf legt sie sowieso gesteigerten Wert."

„Aber sie weiß doch, daß du ...?" fragte Margot mit zitternder Stimme.

„Auf die Nase gebunden habe ich es ihr nicht. Geflirtet habe ich auch nicht mit ihr."

„Hast du ihr erzählt, wie du zu ihr gekommen bist? Also, daß ich ..."

„Nein, Margot. Aber wenn sich die Gelegenheit ergibt, werde ich das bestimmt tun", versprach Laura.

Komisches Gefühl, irgendwelche Leute persönliche Dinge zu fragen. Wie immer überlegte Laura, warum ihr irgend jemand Auskunft geben sollte, aber natürlich würde es so sein wie immer, daß nämlich die Leute bereitwilligst Auskunft gaben. Laura hatte oft darüber nachgedacht, woran das lag, und drei Thesen. Erstens: die angeborene Geschwätzigkeit der Menschen. Zweitens: das Sich-wichtig-Fühlen. Und drittens, bei Männern: der Drang zur Selbstdarstellung. Wenn Laura eine Frau nach dem Weg fragte und die es nicht wußte, sagte sie: Tut mir leid, keine Ahnung. Fragte Laura einen Mann, mußte der sich erst mal aufwendig kratzen. Dann mußte er nachdenken, meistens laut. Und dann schickte er Laura mit vielen Worten in irgendeine Richtung. Dabei gab er sich den Anschein, genau zu wissen, was er tat. Laura richtete sich schon lange nur noch nach Frauen.

Mit einer Tasse Milchkaffee setzte Laura sich auf den Balkon und ging Helene Rosenbaums Unterlagen durch. Die Ex-Managerin Margarete Winter wohnte in Grünwald, dem Reichenzentrum vor den Toren Münchens. Sehr praktisch. Sie war fünfundsechzig Jahre alt. Sonst keine Informationen. Nur das Foto einer Frau mit Bubikopf und Zigarette. Sah nach Lesbe aus. Der Ex-Mann Albert Haller wohnte in Frankfurt. Auch praktisch, da konnte Laura Beate besuchen, das wollte sie schon lange. Von dem Ex-Pianisten Wassili Zlatko gab es nur eine sieben Jahre alte Anschrift in Prag. In Prag war Laura noch nie gewesen. Schöne Stadt, hatte sie oft gehört. Es wurde also Zeit.

22

Keine Wohnung, ein Museum, stellte Laura schon im Flur fest, wo sie von Margarete Winter begrüßt wurde. Kaum ein Zentimeter freie Wand. Überall Fotos, abgerissene Opernkarten, Zeitungsartikel hinter Glas. Den Namen Helene Rosenbaum las Laura oft. Fotos der Diva begleiteten sie auf ihrem Weg vom Flur durch ein geräumiges Wohnzimmer mit weißer Ledergarnitur, viel Glas und Chrom und dazwischen immer mal wieder, wie zufällig verstreut, kostbar anmutende Antiquitäten, zu einer Dachterrasse, wo bereits der Tisch gedeckt war. Zwei Tellerchen und Silberlöffelchen und Silbergäbelchen – und zwei Stück Obstkuchen.

Margarete Winter war Managerin gewesen. Neben ihrem Teller lag ein Stapel Fotoalben. Alles vorbereitet für den Besuch der freien Journalistin, als solche hatte Laura sich angemeldet. Margarete hatte kein Problem damit, daß Laura ihr am Telefon gesagt hatte, sie wisse nicht, wo und ob überhaupt sie den geplanten Artikel unterbringe, vielleicht werde auch eine Sendung fürs Radio daraus, der Markt sei hart umkämpft – „wie überall", hatte Margarete Winter eingeworfen –, aber sie werde ihr Bestes tun.

„Ich auch", hatte Margarete Winter charmant versichert, und jetzt war Laura hier.

Wie bereits am Telefon machte Margarete kein Hehl aus ihrer Krebserkrankung. „Kommen Sie am besten am Montag", hatte sie gebeten. „Dienstag habe ich Chemotherapie, und danach bin ich in keinem guten Zustand." Margarete trug ihren kahlen Schädel wie eine Krone. Sie sah sehr krank aus.

Laura war überzeugt, vor der Chemotherapie hatte sie besser ausgesehen. Margarete Winter hätte eine Perücke aufsetzen können. Daß sie es nicht tat, irritierte Laura, denn die Fotos, die im Flur, im Wohnzimmer und sogar an der Wand der Dachterrasse hingen, zeigten eine Margarete Winter, die Wert auf ihr Äußeres gelegt hatte. Stets geschminkt, gut frisiert, top gekleidet. Wieso war Margarete ihr Aussehen nun egal? Vor allem, wenn sie Besuch von einer Journalistin erwartete! Mußte sie nicht annehmen, fotografiert zu werden?

Margarete Winter zündete sich eine Zigarette an, wies auf den Kuchen und die zwei Kannen – Tee und Kaffee. „Bedienen Sie sich."

„Das ist sehr freundlich", sagte Laura, goß sich Tee ein und nahm sich ein Stück Kuchen. „Für Sie auch?"

„Später", sagte Margarete und sog an ihrer Zigarette, als inhaliere sie Gesundheit.

Laura stellte ihr Aufnahmegerät auf den Tisch und fragte: „Ist es in Ordnung, wenn ich unser Gespräch aufnehme?"

Margarete nickte.

„Ich habe es mir so gedacht", begann Laura, „daß Sie ganz von Anfang an erzählen. Wie Sie Frau Rosenbaum kennenlernten und was Sie miteinander erlebten – gerne auch Anekdoten und sonstige Geschichten."

„Vielleicht schauen wir erst einmal ein paar Fotos an", befahl Margarete Winter und schlug das erste Album auf. Die Art und Weise, wie sie die Fotos kommentierte – alle zeigten Helene Rosenbaum, meistens stand Margarete neben ihr –, weckte in Laura den Verdacht, Margarete wiederhole einen Text, den sie schon Dutzende Male gesprochen hatte. „Das war nach dem Rosenkavalier in Berlin. Hier ist der Dirigent Wand in unserer Garderobe. Hier haben wir Karajans Küßchen über uns ergehen lassen – ach wie hat Helene das gehaßt – hier sieht man sie mit der Simionato – und das sind wir nach der Verleihung des Wiener Kammersängertitels ..."

Laura staunte und lobte und sagte „Toll" und „Schön" und „Wunderschön" und erkannte, daß es die Fotoalben waren, die ihr die Tür zu Margarete Winter geöffnet hatten. Und das Theater, das Margarete um sie veranstaltete. Ihre Show.

Einmal wagte Laura es, Margaretes Redefluß von den guten alten und glücklichen Zeiten zu unterbrechen. „Dann ist es Ihnen sicherlich sehr schwer gefallen, sich von Helene Rosenbaum zu trennen?"

„Aber nein!" Margarete lachte laut und falsch auf. „Ich leitete eine Agentur. Helene Rosenbaum war beileibe nicht mein einziger Klient. Natürlich war sie meine erfolgreichste Sängerin und hat auch einiges zum Renommee meiner Firma beigetragen. Aber man braucht auch immer wieder frisches Blut. Wissen Sie, es ist ja im Grunde langweilig, immer nur auf den höchsten Höhen zu flanieren. Spannend ist es, einen Star auf die Welt zu bringen. Zu machen, wenn Sie so wollen. Wenn der erst einen festen Platz im Sternenhimmel hat, müssen Sie nicht mehr viel unterstützen. Das läuft dann von selbst. Natürlich ist die Betreuung wichtig. Verträge, Verhandlungen, Telefonate, Reisen – es ist eine sehr umfangreiche Angelegenheit, und ich muß ehrlich gestehen, daß ich selbst fast ausschließlich für Frau Rosenbaum tätig war. Ständige Anfragen und Auftritte, Fernsehen, Radio, Zeitschriften, Interviews – auch Prozesse ..."

„Prozesse?" fragte Laura.

„Jemand hat sie belästigt, jemand hat ein privates Foto von ihr veröffentlicht, eine Meinungsverschiedenheit mit der Gema und so weiter."

„Also haben Sie ganz entscheidend zum Erfolg von Frau Rosenbaum beigetragen?" fragte Laura.

„Selbstverständlich! Wie sollte eine Künstlerin sich entfalten, wenn nicht jemand da ist, der ihr den Rücken freihält und stärkt? Jemand, der ihr den Ärger vom Hals hält, für ihre gute Laune sorgt, sich darum kümmert, daß alles so verläuft, wie sie es gern hat, der sie tröstet, wenn sie es braucht – oder ihr Zuspruch gibt."

„Und das alles haben Sie getan?" fragte Laura und fragte es so, daß Margarete Winter leicht hätte sagen können: Ja. Und dieses Ja hätte sie so betonen können, daß Laura seine besondere Melodie verstanden hätte. Daß nämlich Margarete Winter und Helene Rosenbaum ein Paar waren. Aber das tat sie nicht. Wieso waren alle so diskret? Warum redeten sie nicht ganz selbstverständlich über ihre Art zu leben – wie Laura und ihre Freundinnen? Wenn Laura – egal von wem – gefragt wurde, ob sie eine Beziehung habe, sagte sie zwar manchmal nein, wesentlich häufiger aber: Nein, ich habe gerade keine Freundin. Die Zurückhaltung lag wahrscheinlich am Alter. Margarete Winter war fünf Jahre älter als Helene Rosenbaum, wie Laura bei einem Zeitungsartikel neben einem Foto im Album nachrechnete. Vielleicht war sie auch einmal verheiratet gewesen. Oder lag es an den Kreisen, in denen sie verkehrte? „Waren Sie auch privat mit Frau Rosenbaum befreundet?" setzte Laura alles auf eine Karte.

„Wen wollen Sie noch befragen?" wich Margarete aus.

„Ihren Ex-Mann Albert Haller und ihren Ex-Pianisten – leider habe ich von dem noch keine Adresse."

„Die kann ich Ihnen besorgen."

„Das wäre toll!" Laura verbarg ihre Verwunderung, hatte Helene Rosenbaum nicht behauptet, die drei Verdächtigen hätten untereinander keinen Kontakt?

„Ich verstehe ehrlich gesagt nicht", sagte Margarete neugierig, „warum Sie gerade jetzt einen Beitrag über Helene bringen wollen. Sie hat keinen runden Geburtstag. Sie hat in den letzten Jahren – eigentlich seit wir uns getrennt haben – auch nichts Besonderes mehr geleistet. Sie befindet sich schon länger auf dem absteigenden Ast. Sie selbst scheint es zwar nicht zu merken, aber der Öffentlichkeit bleibt so etwas doch nicht verborgen!"

„Natürlich – sie singt nicht mehr", lenkte Laura ein, „aber sie hält doch eine Menge Vorträge und ist viel unterwegs."

„Aber ich bitte Sie!" Margarete drückte ihre Zigarette mit einer Handbewegung aus, die die Zigarette bestimmt als Mord aufgefaßt hätte, wenn eine Zigarette so etwas auffassen würde. „Das könnte jede Vorstadtsängerin ebenso."

„Ihre Fans kommen trotzdem", widersprach Laura.

„Viele sind es ja nicht mehr", stellte Margarete fest.

„Na ja, ein paar Dutzend", provozierte Laura.

„Noch", sagte Margarete.

„Wie meinen Sie das?" hakte Laura nach.

„Sie werden schon merken, daß sie nur noch einem Ab-

klatsch hinterherlaufen. Und dann werden sie sich Sängerinnen zuwenden, die es verdient haben, bewundert zu werden."
„Das klingt nicht so nett", formulierte Laura vorsichtig.
„Das sollte es auch nicht."
„Verzeihung ..."
„Ich habe nichts mehr zu verlieren!"
„Haben Sie sich im Streit getrennt?" fragte Laura direkt.
„Hier, diese beiden Fotoalben haben wir noch gar nicht angeschaut", sagte Margarete und schlug eines davon auf.

23

Merkwürdig, dachte Laura. Der dunkle BMW war doch vorhin schon mal hinter ihr gewesen. Sie bog ab. Der BMW auch. Sie überholte drei Fahrzeuge. Der BMW überholte zwei und scherte dann wieder ein, obwohl das vor ihm fahrende Auto gefährlich langsam fuhr und dieses Manöver die hinter ihm fahrenden ausbremste. Vielleicht wollte er auf die rechte Spur und in Schwabing den Ring verlassen? Wollte er nicht. Laura überholte noch zwei Autos, der BMW schloß wieder auf. Sah Laura Gespenster? Jedesmal, wenn sie in einem Fall steckte, war sie extrem einbildungsgefährdet. Wer saß überhaupt in dem Wagen? Gleich würde die Ampel an der Leopoldstraße kommen, da sollte es gelingen zu halten und in den Rückspiegel zu schauen. Kurz vor der Ampel wechselte der BMW die Spur. Laura bremste bei Gelb. Schräg hinter ihr der BMW. Sie sah nichts. Also weiter. Laura fuhr am Autobahnzubringer vorbei und bog nach links ab, Richtung Nordfriedhof. Der BMW folgte. Am Friedhof gab es eine Konditorei mit erstklassigem Käsekuchen, das wußte Laura, weil sie nach der Beerdigung von Nicoles Mutter dort geleichenschmaust hatten. Es war ein wunderbarer Rahmen gewesen, sich zu verabschieden. Alle hatten von Nicoles Mutter erzählt. Der Leichenschmaus war Laura wie eine Brücke zwischen Tod und Leben vorgekommen. Sie hatte ihn in so schöner Erinnerung, daß sie immer mal wieder in der Konditorei einkehrte, um Käsekuchen zu essen. Sie mußte am Friedhof links abbiegen und einmal um den Block fahren, da die Straße mit der Konditorei Einbahnstraße war. Der BMW folgte ihr. Laura parkte vor der Konditorei, stieg aus, ging hinein, blieb an der Scheibe stehen, sah den BMW langsam um die Ecke kommen, der Volvo stand mit Warnblinklicht halb auf dem Gehweg – der BMW setzte zurück, wartete. Laura verlangte zwei Stück Käsekuchen, bezahlte, ging hinaus und fuhr auf die Straße. Als sie an der Hauptstraße wieder nach rechts Richtung Stadt abbog, sah sie den BMW. An der nächsten Ampel stand er hinter ihr. Und Laura konnte etwas erkennen.

Eine wasserstoffblonde Frau. Betonfrisur. Viel Pony. Und eine riesengroße Sonnenbrille. Solche Blondinen verfolgten keine Laura Rose. Wenn sie es doch taten, mußten sie abgehängt werden. Am Ring gelang es ihr nicht, aber in Schwabing, wo sie sich zur Sicherheit auch noch in einer Tiefgarage versteckt hielt, die sie hinter einem fremden Wagen halsbrecherisch hinuntergerumpelt war. Fünf Minuten später konnte sie im Schatten eines anderen Wagens die Garage verlassen, und auf der Heimfahrt gab es nur noch BMWs, die von Menschen mit Brillen in vernünftigen Rahmen gesteuert wurden.

24

„Und du meinst wirklich, du bist verfolgt worden?" fragte Beate staunend.

„Ja", sagte Laura und hatte keine Lust, sich bestaunen zu lassen. Beate hatte ihr schon früher zu gern, zu oft und zuviel gestaunt. Trotzdem war es nett, sie zu besuchen. Laura war gern in dem schönen Altbau in Frankfurt mit Blick auf die futuristische Skyline. Daß hier alles so nebeneinander existierte. Manche Ecken muteten fast dörflich an. Und daneben immer das Skelett der Wirtschaftsmetropole.

„Hattest du denn keine Angst?" fragte Beate.
„Wovor?" fragte Laura irritiert.
„Ich weiß nicht", sagte Beate zögernd.
„Vor Blondinen habe ich mich noch nie gefürchtet."
„Vielleicht war sie eine falsche Blondine?" fragte Beate zaghaft, und Laura sah sie interessiert an. Beate war doch nicht so einfältig, wie sie gedacht hatte; immerhin war Laura selbst noch nicht auf die Idee gekommen, daß die Blondine falsch gewesen sein könnte, was bei Blondinen doch wirklich auf der Hand lag.

„Könnte sein", sagte sie anerkennend. „Ist sogar naheliegend – wegen Haar und Sonnenbrille war vom Gesicht so gut wie nichts zu erkennen."

„Eben das würde mir Angst machen", gab Beate zu.

„Kommt drauf an, wie das Gesicht ohne Tarnung aussieht", grinste Laura, wechselte das Thema. „Kannst du noch mal Tee machen? Ich habe jetzt eine halbe Stunde am Stück geredet, und mein Hals fühlt sich kratzig an."

„Gern", sagte Beate und sah Laura an, wie zarte Frauen in Filmen Helden ansehen. Laura fühlte sich sehr unbehaglich. Sie hatte gedacht, Beate hätte ihre Verliebtheit überwunden.

Das Ganze lag ein paar Jahre zurück, und Laura hatte Beate von Anfang an gesagt, daß aus ihnen nichts werden könnte. Nicht mehr, als sie waren: einander gut gesonnene Bekannte. Dann war Beate nach Frankfurt gezogen. Einen Platz in ihrem Herzen schien sie auch dort für Laura freigehalten zu haben, denn schon am Telefon, als Laura fragte, ob sie bei Beate übernachten könnte, war die so voller Freude gewesen, daß Laura die Frage fast zurückgezogen und ein Hotel gebucht hätte. Aber in Hotelbetten litt sie an Einsamkeit. Und die konnte sie nicht brauchen, weil sie einen klaren Kopf behalten wollte. Es gab nichts, was den Kopf schlimmer vernebelte als Einsamkeit.

Beate blieb lange weg und kehrte dann mit einem Tablett mit Tee und Tassen und einem Buch zurück. Sie stellte das Tablett auf den Tisch, „Muß noch kurz ziehen", und hob das Buch hoch. „Ich habe hier etwas, das dich interessieren könnte. Ich wußte nicht, ob ich es noch habe, aber eigentlich werfe ich Bücher nie weg. Es ist eine blöde Liebesgeschichte, hat mir meine Mutter mal geschenkt. Ich möchte dir etwas vorlesen."

„Das muß wirklich nicht sein", wehrte Laura ab.

„Es wird dich interessieren", sagte Beate nachdrücklich.

Laura seufzte resigniert. Wenn es nicht anders ging, mußte sie Beate noch einmal abweisen. Schade, wo sie sie wirklich gern hatte.

Beate las vor. „Es war in Hamburg, Ende April 1993. Im bekannten Tennisstadion am Rothenbaum fand das Viertelfinale statt. Es spielte die damalige Weltranglistenerste Monica Seles gegen Magdalena Maleeva. In einer Pause gelang es einem Zuschauer, sich hinter Seles zu schleichen, die auf einem Stuhl am Spielfeldrand saß. Und dann stach der Mann zu. Mit einer dreizehn Zentimeter langen Messerklinge. In den Rücken der Tennisspielerin. Die stürzt zu Boden ..."

„... das habe ich im Fernsehen gesehen!" rief Laura. „Immer wieder haben sie es gezeigt!"

„Und warum hat dieser", Beate schaute ins Buch, „Günter Parche das getan?"

„Keine Ahnung."

„Weil er Steffi Graf liebte und sie die Konkurrentin von Steffi Graf war."

„Stimmt!" rief Laura. „Jetzt, wo du's sagst, fällt mir alles wieder ein!"

„Parche gab zu Protokoll", las Beate weiter, „er verehre Steffi Graf als Inbegriff der perfekten Tennisspielerin. Er wolle, daß alle Steffi Graf verehrten wie er, und er könne nicht ertragen, daß Monika Seles seinem über alles geliebten Idol den ersten Platz in der Weltrangliste abspenstig gemacht habe. Deshalb wollte er sie einige Zeit lahmlegen."

„Du liest mir das wegen Helene vor? Du willst mir klarmachen, wozu Fans in der Lage sind?"

„Parche lebte bis zu diesem Attentat völlig unauffällig", sagte Beate.

„Das tun sie alle! Das liest man immer wieder", nickte Laura.

„Ich möchte, daß du auf dich aufpaßt", sagte Beate weich.

Laura wollte etwas erwidern, Beate legte den Zeigefinger über die Lippen, schüttelte den Kopf, schlug das Buch an einer anderen Stelle auf und las noch einen Absatz vor. „Im Jahr 1981 mißlang der Versuch des Millionärssohns John Hinckley, den Präsidenten von Amerika, Ronald Reagan, zu erschießen. Der Sechsundzwanzigjährige gab an, mit seiner Tat, zu der ihn der Film ‚Taxi Driver' inspiriert hatte, seiner Lieblingsschauspielerin Jodie Foster imponieren zu wollen ..."

„... was ist denn das für ein komischer Liebesroman?" unterbrach Laura.

„Am Ende kriegen sie sich doch", lächelte Beate.

„Schön", lächelte Laura gezwungen und beschloß, doch ein Hotelzimmer zu mieten. Eine halbe Stunde später entdeckte sie im Schlafzimmer – Beate führte Laura durch die Wohnung – Fotos einer fremden Frau. Und als sie fragte, wer das sei, und Beate strahlend erwiderte: „Das ist Sibylle, meine Freundin", spürte Laura nicht nur Erleichterung, sondern auch einige heiße Stiche gekränkter Eitelkeit.

25

Gut gelaunt parkte Laura den Volvo in der Nähe von Albert Hallers Haus. Gleich neben ihr ein Glascontainer. Wunderbar! Seit Tagen fuhr sie einen Korb mit leeren Flaschen herum. Sie nahm den Korb und ging zum Container, hatte bereits drei, vier Flaschen sortiert eingeworfen, da brüllte es: „Sie da! Sie mit den Locken da! Am Container Sie da!"

Laura drehte sich zu der Stimme und entdeckte einen Mann Marke aktiver Rentner auf sich zustreben.

„Wohnen Sie hier!" Das war keine Frage, das war ein Befehl.

„Ja", sagte Laura freundlich. Auf dem Container, unterhalb des Einwurflochs, war ein Schild angebracht, das den Einwurf außerhalb der Einwurfzeiten werktags von acht bis zwölf und von fünfzehn bis achtzehn Uhr untersagte. Ferner war der Einwurf zu Einwurfzeiten nur Bürgern gestattet, die in diesem Viertel wohnhaft waren. Laura hätte viel erwidern können. Zuerst einmal war sie kein Bürger. Aber das würde das Fassungsvermögen des rentnerlichen Gehirns sprengen.

„Ich habe Sie hier noch nie gesehen", tobte der häßliche alte Mann.

„Das können Sie auch nicht, weil ich ganz neu hier bin, und ich finde es wunderbar, gleich heute Ihre Bekanntschaft zu machen, man fühlt sich doch gleich viel wohler und sicherer an einem neuen Wohnort, wenn man weiß, daß jemand die Container im Auge behält", sagte Laura, warf die letzte Flasche ein, ging zu ihrem Volvo mit Münchner Kennzeichen und fuhr gemächlich davon. Im Rückspiegel sah sie den kranken Alten stehen. Und obwohl sie seinen Anwurf gut pariert hatte, hätte sie sich gern gewaschen. Mindestens die Hände.

Zwei Straßen weiter gab es einen Parkplatz direkt vor dem dreistöckigen Mehrfamilienhaus mit Flachdach, in dem Albert Haller wohnte. Laura hatte einen Termin. Auch Albert Haller erwartete eine freie Journalistin und hatte am Telefon versprochen, „jede Menge interessanter Geschichten von Helene Rosenbaum preisgeben zu können".

Und das tat er dann auch, der Mann mit dem Haarkranz um die Glatze, in einem Wohnzimmer, dessen Ähnlichkeit mit dem Einrichtungskatalog eines Möbelhauses erschreckend war. Kunstobst in der Schale auf dem Tisch. Die Fernbedienungen im rechten Winkel in einem unsichtbaren Kästchen abgelegt. Nur der Haarkranz war rund und darunter das sehr runde Gesicht mit den buschigen Augenbrauen, als hätten sich die Haare von oben nach unten zurückgezogen, eine Stupsnase, an der Spitze unansehnlich gerötet – und ein Mündchen mit herzförmiger Oberlippe und nur zu erahnender Unterlippe. Wie hatte Helene Rosenbaum nur an diesem Menschen Gefallen finden können? Albert Haller ließ keinen Zweifel aufkommen, daß er überzeugt war, Helene Rosenbaum fände noch immer Gefallen an ihm, wenn sie nicht durch teuflische Machenschaften verführt worden wäre.

„Was meinen Sie damit?" fragte Laura.

„Der schlechte Einfluß, in den sie geraten ist!" Albert Haller regte sich dermaßen auf, daß die Röte, die bis dahin nur seine Nasenspitze verunziert hatte, sich über sein Gesicht ausbreitete. Dabei verschmähte sie einige Stellen, und so saß auf dem Sofa mit den zwei Kissen rechts und links, in denen ein gezielter Schlag mit der Handkante seine Spuren hinterlassen hatte, ein rot-weiß gesprenkelter Albert Haller und war so unansehnlich, daß Laura gern weggeschaut hätte, aber wohin hätte sie hier schauen können?

„Was meinen Sie mit schlechtem Einfluß?" fragte sie.

„Schalten Sie das Band ab!" Albert Haller wartete, bis Laura es getan hatte, und legte los. „Ihre Karriere ist ganz falsch angegangen worden! Man hätte alles anders machen müssen! Niemals hätte sie sich in London verpflichten dürfen. Sie hätte nach New York gehen können! Nach Mailand! Das war ein Fehler. Einer von vielen, die ihr diese, diese, na diese Dings eben eingeredet hat."

„Wer bitte?"

„Ihre Managerin. Die Winter. Die hat meine Frau verdorben. Von Grund auf verdorben."

Frau Haller mit dem Mineralwasser betrat das Wohnzimmer. Sie stellte die Flasche auf den Tisch. „Deine Ex-Frau", berichtigte sie.

„Ja. Jawohl. Meine Ex-Frau."

Laura beschloß, sich nicht anmerken zu lassen, daß sie wußte, daß die jetzige Frau Haller die Ex-Frau des Ex-Pianisten war, und fragte: „Kennen Sie Helene Rosenbaum?"

„Ja", sagte Frau Haller. „Eine schreckliche Person."

„Tatsächlich?" staunte Laura. „Ich habe sie persönlich nie kennen gelernt. Ich versuche schon länger, mit ihr Kontakt aufzunehmen, aber das gestaltet sich schwierig. Anscheinend hat sie was gegen Journalisten."

„Auch so ein Fehler. Ihr Umgang mit der Presse. Alles ganz falsch!" rief Albert Haller.

„Da ist es ja direkt ein Wunder, daß sie es trotzdem so weit gebracht hat", warf Laura ein.

„Teils, teils. Bei der Vorarbeit, die ich als ihr Manager

geleistet habe, mußte es zu einem Erfolg kommen. Ich habe ja nichts anderes getan, als mich meiner Frau zu ..."

„... deiner Ex-Frau ..."

„... meiner Ex-Frau zu widmen. Rund um die Uhr. Meine Interessen habe ich hintangestellt. Nur sie zählte. Sie und ihre Launen. Sie und ihre Auftritte. Sie und ihre Heiserkeit. Sie und ihre Kostüme. Das muß man auch mal sehen! Daß der, der im Licht steht, nur dort steht, weil es andere gibt, die ihn ins Licht stellen. Meine Frau hat ..."

„... deine Ex-Frau ..."

„... also meine Ex-Frau hat ... Was wollte ich jetzt eigentlich sagen?" fragte Herr Haller seine Frau.

„Sie hat sich völlig zurückgezogen, um ihren niederen Neigungen nachzugehen", soufflierte Frau Haller.

„Niedere Neigungen?" Laura riß die Augen auf.

„Ja, wissen Sie das denn nicht?" fragte Albert Haller. „Sie ist ganz auf die schiefe Bahn geraten. Mit dieser Dings fing es an. Und dann ging es Schlag auf Schlag."

„Ist sie kriminell?" fragte Laura erschrocken.

„Sozusagen", sagte Frau Haller.

„Sie ist andersrum", sagte Herr Haller mit einem Seufzer, der vor Genugtuung triefte.

„Nein!" rief Laura empört.

„Doch", sagten beide Hallers wie aus einem Mund, ließen sich ins Sofa sinken und schauten Laura beifallheischend an.

„Das ist nicht möglich!" rief Laura.

„Doch", das Haller-Duo.

„Allen Männern hat sie den Kopf verdreht. Sich über sie lustig gemacht. Sie immer schön warm gehalten. Und dann ist sie zu ihren Gespielinnen ins Bett gehüpft, die Sau!" Frau Haller sparte nicht an Charme.

„Haben Sie das gehört, wissen Sie, daß solche jetzt auch heiraten dürfen?" entrüstete sich Herr Haller.

„Nein wirklich?" fragte Laura, die in sechs Wochen an ihrer ersten Frauenhochzeit teilnehmen würde.

„Die müßten alle weg", sinnierte Frau Haller.

„Ach, deswegen gibt es so viele weibliche Fans bei Helene Rosenbaum", sagte Laura, die einen Höllenspaß an ihrem Auftritt hatte. „Ich habe mich schon gewundert, also ich war bei einigen Veranstaltungen von ihr ..."

„Immer noch muß sie auftreten!", unterbrach Albert Haller. „Weil sie nicht aufhören kann. Weil sie wieder an so eine geldgierige Hexe geraten ist, die ihr einredet, sie müßte scheffeln. Dabei hat sie genug! Andere Leute haben Kinder zu versorgen. Andere Leute leben in ordentlichen Verhältnissen. Die verpraßt alles! An ihrer Stelle wäre ich ganz still."

„Sie singt doch gar nicht mehr", wandte Laura ein.

„Dann soll sie ruhig sein! Wo gibt's denn so was, daß man im Rentenalter seinen Beruf wechselt?" fragte Albert Haller.

„Damit nimmt sie jungen Menschen alle Chancen", warf Frau Haller ein.

„Verbieten sollte man das! Auch diese Frauen, die da rumlungern. Ich weiß genau, wovon Sie sprechen!" Albert Haller fuchtelte mit beiden Händen in der Luft herum. Es waren grobe, große, kräftige Hände.

„Wollen Sie damit andeuten", fragte Laura, „daß Helene Rosenbaum und diese, diese Dings, also die Frauen um sie herum, daß die alle lesbisch sind?"

Albert Haller lehnte sich zurück, verschränkte die Arme vor der Brust. „Das meinen wir nicht nur, das wissen wir."

„Und es ist eine Schande, daß so etwas in unserer heutigen Zeit noch geduldet wird", setzte Frau Haller hinzu.

„Halten Sie es denn für ein Verbrechen?" fragte Laura.

„Doch! Schon!" rief Frau Haller. „Wenn man zum Beispiel dauernd fremden Männern den Kopf verdreht, die dann zu Hause nichts mehr von ihren Frauen wissen wollen – und in Wirklichkeit ist man so eine."

„Ja, hat Helene Rosenbaum so etwas denn getan?" Laura wußte nun, woher der Wind wehte. Wassili Zlatko, der Ex-Gatte der reizenden Frau Haller, hatte anscheinend ein Auge auf Helene Rosenbaum geworfen. Das verzieh Frau Haller nicht. Und Albert Haller verzieh nicht, daß Helene Rosenbaum ihn wegen Margarete Winter verlassen hatte. Was für ein schönes erfüllendes Hobby für dieses Ehepaar.

26

„Aber ob sie ihr Hobby auch in die Tat umsetzen?" fragte Helga skeptisch.

Laura schenkte sich und Helga Wasser nach. „Das weiß ich nicht. Ich könnte es mir aber vorstellen. Sie waren von Haß wie zerfressen. Und er sagte auch etwas in der Art von nur eine tote Lesbe sei eine gute Lesbe."

„Hast du das Gespräch mitgeschnitten?"

„Leider nicht. Sie hatten auch wenig zu sagen. Ich weiß nicht, wie die sich einbilden konnten, sie könnten mir bei einem Artikel über Helene Rosenbaum helfen. Es ist Jahrzehnte her, daß er Kontakt mit ihr hatte. Wahrscheinlich durfte ich nur zu ihnen, damit sie vor Publikum schimpfen können."

Das Telefon klingelte. Weder Helga noch Laura machten Anstalten, sich vom Tisch zu erheben. Im Flur sprang die Anrufbeantworterin an. Beide lauschten, doch der Ton war leise gestellt. Helga hob ihr Glas und prostete Laura zu.

„Ich sollte vielleicht öfter verreisen", Laura lächelte und legte ihre Gabel auf den Teller, „wenn ich beim Heimkommen ein dermaßen leckeres Essen vorgesetzt bekomme."

„Hat Beate nicht für dich gekocht?" fragte Helga neugierig.

„Doch. Schon. Aber nicht so gut. Außerdem hat sie in ihrem Herzen keinen Platz mehr für mich."

„Endlich!" stieß Helga hervor. „Ich weiß noch, wie sie immer hier angerufen hat. Die hat dich ja regelrecht gestalkt."

„Jetzt redest du auch schon wie Margot!"

„Dann ziehe ich meinen Redebeitrag zurück", sagte Helga steif.

Laura wechselte das Thema. „Ich bin verfolgt worden!"

„Wo? Wann?"

„Kurz bevor ich nach Frankfurt fuhr. Zuerst war ich aber bei Margarete Winter."

„Ach, von der habe ich auch eine Neuigkeit."

„Du?" fragte Laura überrascht.

„Ich kenne über Petra eine Sängerin aus dem Opernchor. Mit der war sie mal zusammen. Ich habe die beiden am Montagabend zufällig an der Isar getroffen, als ich mit Socke joggen war. Da fiel mir ein, daß die Freundin – ihren Namen habe ich schon wieder vergessen – an der Oper ist. Ich fragte, ob sie schon mal von einer Margarete Winter gehört hätte. Hatte sie. Die muß früher die ganz große Nummer gewesen sein. Eine Agentur hat sie gehabt und ein paar Stars betreut. Ihr größter Hit war Helene Rosenbaum. Die muß sie ihrem Mann geradezu abspenstig gemacht haben. Also wie du vermutest. Die beiden lebten wohl auch zusammen. Es ging ziemlich lange gut. Dann kriselte es. Helene Rosenbaum hatte andere Freundinnen, mit Vorliebe übrigens andere Sängerinnen, und man munkelt, daß sie einige bekehrt hat", kicherte Helga. „Das vertrug Margarete nicht – und irgendwann entließ Helene Rosenbaum sie. Für Margaretes Agentur scheint das das Aus gewesen zu sein, sie hat ihren Laden bald dicht gemacht und lebt nun anscheinend völlig zurückgezogen und will mit all dem nichts mehr zu tun haben."

„Mit der Vergangenheit will sie schon noch zu tun haben", widersprach Laura und erzählte von den Fotos.

„Lebt sie in der Vergangenheit?"

„Teilweise. Das hat mich auch so traurig gemacht. Dieser Stillstand. Vielleicht tue ich ihr Unrecht, ich kenne sie ja nicht, aber ich habe mir vorgestellt, wie das ist, wenn eine nur noch von ihren Erinnerungen lebt. Das ist einfach sehr traurig."

„Dafür ist sie selbst verantwortlich", warf Helga ein.

„Schon. Trotzdem hat es mich bedrückt."

„Hältst du sie für verdächtig?"

„Ja. Erstens hat Helene Rosenbaum erzählt, daß Margarete Veranstaltungen absagt, um sie zu ärgern."

„Das ist doch Kinderkram."

„Zweitens hat sie Krebs."

„Oh."

„Wenn eine weiß, daß sie bald stirbt ..."

„Noch mal so richtig die Sau rauslassen?"

„Das klingt geschmacklos – aber ja, so meine ich es."

„Wieso sollte sie die Fans von Helene Rosenbaum ermorden? Das sind doch fremde Frauen!"

„Sie findet, Helene Rosenbaum verdient keine Fans mehr. Helene Rosenbaum ist erledigt. Das muß sie auch sein, schließlich wird sie nicht mehr von Margarete Winter gemanagt. Und wenn die Fans begriffsstutzig sind und nicht von selbst wegbleiben, dann muß man eben ein bißchen nachhelfen! Bis Helene allein da steht. Kein Fan. Nichts."

Helga überlegte. „Das klingt furchtbar! Aber auch Albert Haller und seine Frau könnten sich berufen fühlen, für ein Schwinden der Fans zu sorgen."

„Vielleicht noch dazu in Kooperation? Das wäre dann die grandiose Versöhnung im Haß gegen die anderen?"

„Was ist mit dem Ex-Pianisten?"

„Den habe ich noch nicht gefunden."

„Aber ich! War auf Band. Eine Frauenstimme. Wahrscheinlich die von Margarete Winter. Die hat eine Adresse durchgegeben. Irgendwas Slawisches."

„Wassili Zlatko?"

„Ja, Zlatko. Das habe ich mir gemerkt."

„Das ist aber nett von ihr! Ich weiß gar nicht, warum ... Sie hatte eine aktuelle Adresse von ihm."

„Ich dachte, die Ex-Managerin, der Ex-Ehemann und der Ex-Pianist haben miteinander nichts zu tun?"

„Das dachte ich auch", sagte Laura nachdenklich. „Aber wie gesagt – vielleicht haben sie sich in ihrem gemeinsamen Haß versöhnt."

„Wenn Margarete so schwer krank ist – ich meine, da versöhnt man sich doch mit dem Leben?"

„Margarete Winter machte mir nicht den Eindruck, als sei sie auf diesem Weg", stellte Laura fest. „Ganz im Gegenteil. Wenn ich mich nicht täusche, hat sie sogar gesagt, sie hätte nichts mehr zu verlieren."

„Ist sie denn so schwer krank?"

„Darüber haben wir nicht gesprochen. Aber du weißt doch selbst, wie es ist, wenn der Krebs einmal von einem Körper Besitz ergriffen hat."

„Ja", sagte Helga leise. Ihre Schwester war sehr jung an

Krebs gestorben. „Ich finde, du solltest noch einmal zu Helene fahren."

„Das hatte ich sowieso vor. Ich muß ihr schließlich Bericht erstatten."

„Das könntest du auch am Telefon tun. Ich habe mir gedacht, du solltest endlich ihre Lebensgefährtin kennen lernen. Ich habe so ein Gefühl, daß das sehr aufschlußreich sein könnte."

„Dieses Gefühl teile ich ganz und gar."

„Könnte nicht gerade die Lebensgefährtin allergisch auf Fans reagieren?"

27

Es war gar nicht so leicht gewesen, Helene Rosenbaum zu überzeugen, daß die Ergebnisse von Lauras Recherche nicht am Telefon weitergegeben werden konnten. Letztlich hatte sie aber zugestimmt. Laura sogar eingeladen. In die heiligen Hallen. Nach Garmisch-Partenkirchen. Und die Einladung war ernst gemeint, was Laura schon daran merkte, wie schnell und lautlos und gut geschmiert das Tor zur Seite glitt, nachdem Laura freundlich in die Kamera gelächelt hatte.

Laura folgte dem Weg, der an der Terrasse und der Frontseite des Hauses vorbeiführte, bis in den hinteren Teil des Gartens. Entweder Helene Rosenbaum gärtnerte in ihrer Freizeit, oder sie hatte jemanden beauftragt, das zu tun. Blumen und Sträucher, ein Steingarten mit Springbrunnen, unzählige Blumentöpfe, viele Palmen, sogar einen Olivenbaum entdeckte Laura und orchideenartige Gewächse. Aus dieser Pracht heraus entfaltete sich Helene Rosenbaum. Sie erhob sich von einem bequem aussehenden Gartenmöbel und kam lächelnd auf Laura zu. Lauras erster Gedanke: Wer hat das Tor bedient? Dann genoß sie den Auftritt der Diva, wie das aprikotfarbene Sommerensemble sie umwehte, das war schon beeindruckend. Das Haar hatte die Diva mit einem aprikotfarbenen Stirnband gebändigt. Sie war ungeschminkt und schön. Zum ersten Mal spürte Laura einen Hauch der Faszination, die Margot ihr seit Jahren begreiflich machen wollte.

„Frau Rose", sagte Helene Rosenbaum, reichte Laura die Hand und bat sie mit einer Geste unter den Walnußbaum, wo ein Tisch mit vier Stühlen stand, darauf ein Wasserkrug mit Eiswürfeln und Zitronenscheiben, einige Scheiben Wassermelone und Gläser. So ließ es sich aushalten bei der Hitze. Daß die Diva kein Interesse an einem lauen Geplänkel hatte und auch nicht in Stimmung war, sich Komplimente über das Haus – eine Mischung aus Bauernhaus und Bürogebäude, fast die ganze Seite zum Garten verglast – anzuhören, zeigte sie, indem sie Laura aufforderte zu berichten.

Laura erzählte in kurzen Worten von Margarete Winter und merkte an Helenes Miene, daß sie gern mehr gewußt hätte. Also erzählte sie ausführlich von den vielen Fotos. Gelegentlich huschte ein Lächeln über das Gesicht der Diva. Sie erinnerte sich wohl an schöne Zeiten – wie Margarete. Laura überlegte, ob sie von der Krankheit sprechen durfte. Dann fiel ihr ein, daß Margarete Winter am Telefon von ihrer Chemotherapie gesprochen hatte, und so beendete Laura ihren Bericht mit der Mitteilung: „Und sie hat Krebs."

„Krebs?" wiederholte Helene Rosenbaum, begriff dann, sagte: „Nein", fragte: „Was für einen? Ist es ernst? Seit wann? Bei wem ist sie in Behandlung?"

„Ich weiß nicht, was für einen, und auch nicht, wie ernst es ist. Sie bekommt Chemotherapie. Einmal in der Woche, glaube ich. Und sie hat keine Haare mehr."

„Ihre Haare!" rief Helene. „Ihre schönen Haare!" Dann sah sie Laura auffordernd an, Laura sollte weitererzählen, aber Laura wußte nichts mehr, und so fragte Helene erneut: „Ist es schlimm?"

„Was ist schlimm?" erklang eine tiefe Stimme.

Laura fuhr herum. Der Zopf. Eine Bavaria. Maria Habicher.

„Margarete", sagte Helene mit einer derartigen Betonung, daß Laura eine Gänsehaut bekam.

„Was ist mit ihr?" fragte Maria.

„Sie ist krank."

„Ernstlich?" fragte Maria, und Laura hatte nicht den Eindruck, es interessierte Maria wirklich.

„Das weiß ich nicht", sagte Helene und wandte sich an Laura. „Entschuldigen Sie bitte, darf ich vorstellen, Frau Habicher, meine Assistentin, Maria, das ist Frau Rose."

Laura schüttelte Marias Hand. Eine Riesenhand. Wie die ganze Frau. Ein Trumm Weib, wie man in Bayern sagt. Und das in knallenger roter Lederhose. Dazu gehörte Mut. Und dann dieser Zopf. Dick und strahlend weiß. Bis zur Taille. In Marias Alter – vermutlich Mitte Vierzig – ein Blickfang.

„Vielleicht sollte ich Margarete anrufen. Vielleicht sollte ich ...", dachte Helene laut. Und das wunderte Laura. Helene hatte nie den Eindruck gemacht, anderen ihre Gedanken zu verraten. Aber anscheinend hatte sie die Nachricht von Margaretes Krankheit wirklich durcheinandergebracht.

„Wieso solltest du sie anrufen, wenn sie dir dauernd Scherereien macht?" fragte Maria unwirsch.

„Scherereien?" hakte Laura ein.

„Diese Anrufe bei Veranstaltern", erklärte Helene, „ich habe Ihnen davon erzählt."

„Erst letzten Monat", ergänzte Maria. „Wir sind in Ingolstadt unterwegs zu der Veranstaltung, da hören wir im Radio, daß Helene Rosenbaum abgesagt hat und die Karten zurückgegeben werden können."

„Wir müssen das in Zukunft mit den Veranstaltern besprechen. Wenn jemand anruft, sollten sie zurückrufen und sich vergewissern, daß wir das waren", sagte Helene.

„Das mache ich schon", erwiderte Maria gereizt.

„Warum hat Margarete Winter solche Wut auf Sie?" fragte Laura mit harmlosem Gesichtsausdruck.

Helene antwortete mit einer Gegenfrage „Halten Sie sie für fähig, mit dem Mord an der Frau mit dem Halstuch zu tun zu haben – halten Sie sie überhaupt für fähig, mir schaden zu wollen?"

„Ja", sagte Laura die Wahrheit.

„Aber sie kannte die Frau mit dem Halstuch doch nicht."

„Sie war ein Fan. Das genügt vielleicht."

„Dann wären alle meine Fans in Gefahr."

Laura nickte.

Helene Rosenbaum blickte erschrocken zu Maria und wieder zu Laura.

„Ist nur so ein Verdacht, Frau Rosenbaum. Nur eine Idee. Kann sein, ich liege völlig falsch."

„Die Polizei war nicht mehr hier", überlegte Helene Rosenbaum. „Wenn die den gleichen Verdacht hätten, müßten sie mich doch noch mal befragen?"

Laura zuckte mit den Schultern.

„Und zu so einer willst du auch noch Kontakt aufnehmen!" ärgerte sich Maria. „Du hast dich doch oft genug über Margarete aufgeregt!"

„Vielleicht wäre es tatsächlich das Beste, es einmal anders zu versuchen. Auf sie zuzugehen", sagte Helene, und Laura glaubte, sie habe schon wieder laut gedacht. Schade, daß sie nicht laut darüber nachdachte, was in der Vergangenheit zwischen ihr und Margarete vorgefallen war.

Helene seufzte, und für einen Moment glaubte Laura, jetzt würde sie etwas sagen. Irgend etwas, das Laura auf eine Fährte bringen könnte. Das Seufzen klang wie eine Pforte zum Inneren der Diva.

Vielleicht griff Maria deshalb so resolut ein. „Und der Ex?" fragte sie Laura. „Was gibt es Neues vom lieben Albert?"

Laura sah Helene an. Sie war ihre Auftraggeberin.

„Ja, was gibt es Neues?" wiederholte Helene, sichtlich noch mit Margarete beschäftigt.

„Er haßt Sie. Er hält Sie für lesbisch", sagte Laura.

Maria brüllte los. Schlug sich auf die Schenkel, warf ihren Oberkörper vor und zurück, daß es den Zopf nur so herumschleuderte, und lachte, lachte, lachte.

Helene lächelte. Ein bißchen. Zu Marias Ausbruch äußerte sie sich nicht. „Sonst noch etwas?" fragte sie.

„Er ist natürlich der, dem Sie alles verdanken", schilderte Laura ihren Eindruck ein wenig überspitzt, doch es gefiel ihr, wie Maria lachte, und natürlich heizte sie das erneut an.

„Seine Frau wirft Ihnen vor, daß Sie Männer heiß machen und dann fallen lassen."

„Das ist die Krönung!" jauchzte Maria.

Helene wurde ungeduldig. Ein Schatten der Mißbilligung huschte über ihr Gesicht.

„Im übrigen bezeichnet Albert Haller Sie als seine Frau", sagte Laura. „Dabei muß ihn seine jetzige Frau berichtigen. Deine Ex-Frau, sagte sie jedesmal."

Helene lächelte, fragte dann: „Und Wassili?"

„Den hast du auch in die engere Wahl genommen?" rief Maria. Täuschte sich Laura oder klang das beunruhigt?

„Natürlich! Du hast doch selbst gelesen, was er mir geschrieben hat."

„Das darfst du doch nicht ernst nehmen."

„Briefe?" fragte Laura.

„Auch. Früher mehr. Heute schickt er E-Mails. Das ist wohl sicherer für ihn. Keine Ahnung, wo er sich rumtreibt."

„Und was schreibt er?"

„Maria, holst du mal bitte etwas für Frau Rose?"

„Gelöscht."

„Wie gelöscht?"

„Gelöscht eben."

„Aber ich habe dich doch ausdrücklich gebeten, das nicht zu tun. Es ist Beweismaterial."

„Ich weiß nicht, was an solchen Spinnereien Beweismaterial sein soll."

„Maria – ich finde ... wir besprechen das später", sagte Helene abrupt.

„Halten Sie ihn denn für gefährlich?" fragte Laura.

„Ich halte Spinner für gefährlich, ja. In früheren Jahren haben mir manche Spinner das Leben zur Hölle gemacht. Ich wurde von einer Handvoll Fans regelrecht verfolgt. Sie drangen in mein Haus in London ein. Verkleideten sich. Gaben sich als Mitarbeiter der Stadt aus, die den Strom- oder Gaszähler ablesen müßten, schreckten auch nicht davor zurück, einen Gasalarm zu verkünden und ein ganzes Haus in Panik zu versetzen, um in die Wohnung der Hausmeisterin zu kommen, bei der ein Schlüssel zu meiner Wohnung deponiert war. Ihnen als Detektivin muß ich sicher nichts über diese Tricks berichten. Es gab damals sogar eine Verurteilung – das war hier in Deutschland wirklich eine kleine

Sensation, denn im Grunde kann man sich nicht gegen solche Fans wehren. Sie tun ja nichts, heißt es. Es muß schon etwas vorliegen. Sachbeschädigung, Hausfriedensbruch – und da ist die Strafe meistens gering. Sie ist auf jeden Fall nicht so hoch, daß ich mich sicher gefühlt hätte. Als sie meinen Hund vergifteten, galt das auch als Sachbeschädigung. Aber ich will mich gar nicht an all das erinnern. Es liegt lange zurück, und so ist es gut. Also, Frau Rose, um Ihre Frage zu beantworten: Es würde mich beruhigen, wenn Sie mir etwas von Wassili Zlatko berichten könnten."

„Halten Sie ihn denn für fähig, einen Mord zu begehen?" fragte Laura.

„Ich halte jeden Menschen für fähig, einen Mord zu begehen", erwiderte Helene.

„Aber das mit Margarete hast du doch angeleiert, um etwas über sie zu erfahren", mischte Maria sich ein.

„Nein", sagte Helene ruhig. Gefährlich ruhig, fand Laura. „Ich habe jetzt etwas über sie erfahren. Mein Motiv war ein anderes."

Laura wollte gern noch ein wenig bei diesem explosiven Thema verweilen und sagte: „Ich habe überlegt, ob ein Mensch, der weiß, daß er nicht mehr lange zu leben hat, nicht zu einem Verhalten neigen kann, das ihm sonst fremd gewesen wäre. Und ich denke dabei nicht an eine Läuterung im positiven Sinn."

„Ich weiß, was Sie meinen", sagte Helene. „Ich werde darüber nachdenken." Sie erhob sich. Die Audienz war beendet. „Sie kümmern sich um Wassili?"

„Ja."

„Ich habe einen Scheck für Sie vorbereitet. Sind zwei Tagessätze für Ihre bisherige Arbeit in Ordnung?"

„Ja", sagte Laura überrascht.

„Bitte warten Sie." Helene ging, Laura blieb mit Maria allein, die ihr vorkam wie ein Wachhund. Keinen Ton sagte Maria. Ging ein bißchen auf und ab und hob kleine Zweige vom Rasen. Vielleicht war sie die Gärtnerin ... Der Mörder ist immer der Gärtner, schoß es Laura durch den Kopf, sie grinste. Da war Helene schon zurück und reichte Laura ein Kuvert.

„Das wäre nicht nötig gewesen. Es hätte Zeit gehabt", sagte Laura höflich.

„Ich bleibe nicht gern etwas schuldig," erwiderte Helene und reichte Laura die Hand.

28

„Ich fasse es nicht. Ich kann es einfach nicht fassen", sagte Margot mindestens schon zum dreißigsten Mal. „Du warst bei Helenchen. Du bist in ihrem Garten gesessen. Du hast sie von nah gesehen. Du hast mit ihr gesprochen."

„Ich habe aus ihrem Becherchen getrunken", fügte Laura hinzu, die es schon nicht mehr hören konnte. Je öfter Margot es sagte, desto schuldiger fühlte sie sich, daß ihr, Laura Rose, diese große Ehre zuteil geworden war – und sie schätzte sie nicht mal.

„Und du meinst wirklich, daß sich Helenchen nicht so gut mit Maria versteht?" fragte Margot zum fünften Mal.

„Ja", seufzte Laura ergeben. Sie kam sich vor wie in der Pubertät, da hatte sie auch stundenlang überlegt, was andere dachten, und Wert auf die Meinung von Fünften über Dritte gelegt. Aber dann überwog doch ihre Zuneigung zu Margot, und sie erzählte alles noch einmal von vorn. Zum dritten Mal.

„Du hast also geläutet", sagte Margot.

„Ja. Ich habe geläutet, und dann ging das rote Licht an der Kamera an ...", begann Laura ihre Erzählung – wie eine Gute-Nacht-Geschichte.

Und endlich schien Margot genug zu haben. „Glaubst du", fragte sie nach einer Pause, „wenn du noch mal hinfährst, könntest du eine Minikamera mitnehmen und für mich fotografieren?"

„Nein, Margot. Ich glaube nicht, daß ich das tun werde."

„Schon gut." Margot zögerte. „Und ich kann auch nicht mitkommen als deine Assistentin?"

„Sie kennt dich doch."

Margots Augen funkelten. „Glaubst du? Glaubst du wirklich, sie kennt mich? Glaubst du, sie erinnert sich an mich?"

„Ja. Die anderen Fans hat sie auch gekannt. Sie wußte sofort, wen ich mit der Handtasche und der Dicken meinte. An die Frau mit dem Halstuch hat sie sich auch erinnert."

„Aber ich sitze doch immer hinten."

„Sie hat dich bestimmt schon gesehen."

„Also kann ich nicht mit."

„Nicht als meine Assistentin. Aber ich kann sie dir vorstellen als diejenige, die mich auf den Fall gebracht hat", sagte Laura.

„Und wann?"

„Wir brauchen einen Grund, zu ihr zu fahren. Und das ist der Pianist. Ich muß Wassili Zlatko finden. Das wäre der nächste Schritt."

„Warum wäre?"

„Weil mir mein Gefühl sagt, ich sollte noch mal zurück zum Anfang."

„Zu welchem Anfang? Wovon redest du?"

„Mein Gefühl sagt mir, ich sollte noch mal zur allerersten Leiche. Denn mit ihr begann alles."

„Mit der Handtasche."

„Genau. Mit Marianne Kintner. Ich denke, ich fahre heute nachmittag zu Kreszenz Knödlseder."

„Was willst du denn mit der noch reden?"

„Ich bin sicher, es wird ein überaus unterhaltsamer Nachmittag für mich und Socke. Ich wollte Kreszenz sowieso mal wieder besuchen."

„Aber danach kümmerst du dich um den Pianisten!"

„Ja. Versprochen, Margot!"

„Vielleicht kriege ich was raus."

„Das wäre mir am liebsten. Ich fahre zu Kreszenz, und du findest was über Wassili Zlatko."

„Schon unterwegs!" Margot schnappte sich ihre Jacke, küßte Laura auf die Wange und sagte nicht mal Socke Ciao.

29

Laura freute sich, Kreszenz wiederzusehen. Vielleicht war sie der eigentliche Grund für den Besuch, nicht die tote Marianne Kintner, denn was sollte sich im Umfeld einer Frau klären, die freiwillig aus dem Leben geschieden war, wenn sie auch einen ungewöhnlichen Weg gewählt hatte: Die Handtasche hatte sich nackt in den Wald gelegt – keine Papiere, keine Klamotten, nur die Handtasche. In der hatte sie wahrscheinlich das Gift aufbewahrt, mit dem sie aus dem Leben geschieden war. Die Klamotten waren noch immer nicht gefunden worden. Nur der Wagen der Handtasche, den sie auf einem Forstweg abgestellt hatte. Ob sie mit dieser Art, aus dem Leben zu scheiden, etwas hatte sagen wollen? Und wem?

Socke freute sich auch sehr, wie Laura an den gespitzten Ohren ablas, als sie von der Straße auf den Feldweg abbog, der zum Hof von Kreszenz führte. Banane sprang vor Begeisterung den Beiwagen an. Mit Mühe balancierte Laura den Ansturm aus, bremste, stieg ab und beeilte sich, Socke zu befreien. Die war so außer Rand und Band, daß sie samt ihrer schicken Cabriomütze davonraste. Ein Pfiff erinnerte sie an die herrschenden Verhältnisse, und sie kehrte um, obwohl Banane sie wild bellend zum Spielen aufforderte.

„Erst ablegen, dann spielen", befahl Laura, knöpfte die Mütze auf und entließ Socke zu ihrer neuen Freundin. Kreszenz schien sich nicht zu freuen. Wie sie da stand mit verschränkten Armen und Laura ohne Regung beim Absteigen beobachtete, mußte Laura den Eindruck haben, sie sei nicht willkommen. Den behielt sie auch, bis sie nahe genug war, in Kreszenz' blaue Ozeane zu schauen, dort blitzte ein winzig kleiner Funken Freude, den zu unterdrücken Kreszenz nicht gelungen war. Laura hoffte, in diesem Funken sei die wahre Kreszenz, und ignorierte alles andere.

„Kaffee?" fragte Kreszenz ohne weitere Begrüßung.

„Gern", sagte Laura.

Die Hunde waren in wilder Verfolgungsjagd schon ein paar Dutzend Mal um den Stall und das Haus gerannt, als Laura hinter Kreszenz, die ihre Gummistiefel auszog und in Birkenstockschlappen schlüpfte, das Haus betrat. Laura hatte erwartet, Kreszenz wäre in bezug auf Marianne Kintner weiterhin wortkarg, und war auf das angenehmste überrascht von ihrem Redefluß. Kreszenz hatte das Herz voll und mußte erzählen. Wie sie Marianne im Internet gefunden – so drückte Kreszenz es aus – habe, wie Marianne das erste Mal auf den Hof gekommen sei – daß Banane, die jeden verbelle, der ohne Hund auftauche, begeistert gewesen sei, Marianne geradezu geliebt habe ... und Laura merkte, daß Kreszenz' Liebe zu Marianne nun, da alles zu spät war, den Weg von ihrem Herzen zu ihrer Stimme gefunden hatte. Aber war es wirklich zu spät? Marianne war tot. Aber Kreszenz wußte jetzt, daß sie Frauen liebte. Zwar lebte Kreszenz in einer Gegend, in der das nicht so einfach war – aber Mut hatte sie. Diese Frau, das fühlte Laura, würde ihren Weg machen. Sie brauchte nicht mehr heimlich an ihre Mieterin hinzulieben. Die Mieterin war fort. Kreszenz konnte ihr neues Leben in die Hand nehmen. Kreszenz wollte wissen, wo eine Frau, die Frauen kennen lernen will, in der Stadt hingeht. Laura erzählte ein bißchen von Frauendisco und Frauencafé und kam dann auf die Idee, daß es vielleicht auch hier in der Gegend Anschluß für Kreszenz gäbe. „Schau doch mal ins Internet", riet sie.

Kreszenz nickte so, daß Laura den Verdacht hatte, das hätte sie schon getan. Und dann sah sie Laura so an, daß Laura merkte, daß Kreszenz ihren Verdacht bemerkt hatte.

Kreszenz wechselte das Thema. „Und du?" fragte sie. „Warum bist do?"

„Ich wollte dich fragen", sagte Laura, „ob ich die Wohnung von der Marianne mal sehen darf."

„Warum?"

„Nur so. Damit ich ein Gefühl dazu kriege."

„D'Bolizei hot do schon alles untersucht."

„Egal. Es gibt ja auch nichts zu finden. Nur so", bat Laura.

„Kimm mit." Kreszenz führte Laura ins Dachgeschoß, wo Marianne eine Zweizimmerwohnung gemietet hatte. Eine Traumwohnung, wie Laura feststellte. Diesen Eindruck minderten auch die Kisten nicht, die überall herumstanden.

Kreszenz war beim Ausräumen. Kreszenz regelte den Nachlaß von Marianne. Für manche eine schöne Art, Abschied zu nehmen.

„Wer hat das denn so toll ausgebaut?"

„Ich", sagte Kreszenz mit einer Selbstverständlichkeit, die Laura erschütterte. „Aber dreimal hob ich Hilfe braucht."

Aber, sagte Kreszenz, nicht nur.

„Tätst vielleicht einziehn wollen?" fragte Kreszenz.

Laura starrte sie an. „Auf die Idee bin ich noch gar nicht gekommen!"

„I scho."

„Das ist lieb von dir, Kreszenz. Aber ich brauch' die Stadt. Wenn du mich in ein paar Jahren noch mal fragst, sag ich vielleicht nicht nein. So schön es hier ist", Laura wies auf die atemberaubende Aussicht. „Auch wie du es ausgebaut hast – aber mir wäre es ein bißchen zu einsam."

„Schtodara", sagte Kreszenz. Sie sagte es nicht abfällig. Eher bedauernd.

„Wie ging es Marianne mit der Einsamkeit?" fragte Laura.

„I glaub ned, daß die sich einsam gfühlt hat. Die hat doch imma ihr Musik anghört. Und außerdem hot's vui garbeitet."

„Was denn?" fragte Laura.

„Lederwarendesignerin hat sie sich geheißen."

Laura schüttelte den Kopf. „Handtaschen auch?"

„Ja, ganz verrückts Zeugsl."

„Daß wir nicht draufgekommen sind", dachte Laura laut.

„Sie hot praktisch in da Wohnung ihr Werkstatt ghabt. Hot vui garbeitet. Oamoi in der Woch is weggfahren, hot Sachan vakafft."

„Und wo kommen die Sachen von der Marianne hin? Holt die jemand ab?"

„Ich stells in Schupfn."

„Und was machst damit?"

„Warten. D'Bolizei hot gsogt, manchmoi daucht no jemand auf. Vielleicht doch a Verwandta. Dem geheart des dann ois."

Während Laura durch Marianne Kintners Wohnung ging, überlegte sie, wie die Handtasche hier gelebt hatte. Wie sie, begleitet von Helene Rosenbaums Stimme, aus dem Fenster geschaut hatte, wie sie auf und ab gegangen war, in die Musik der Diva gebettet. Und irgendwo war Kreszenz hin und her gelaufen, hatte Kühe gemolken und den Stall ausgemistet, war mit dem Traktor herumgefahren und hatte vielleicht Hühner geschlachtet – mit der heimlichen Liebe zu Marianne im Herzen. Zwei Frauen auf einem Hof – und solch eine tragische Geschichte. Ob Mariannes Schicksal anders verlaufen wäre, wenn sie von Kreszenz' Liebe gewußt hätte? Ob sie sie hätte erwidern können? Ob Kreszenz sich mit der Leidenschaft für Helene Rosenbaum hätte abfinden können?

„Mochtest du die Musik von der Helene Rosenbaum?" fragte Laura.

Kreszenz zuckte mit den Schultern. „Egal."

„Hast du mal Bilder von ihr gesehen?"

Kreszenz wies auf eine Wand „War alles voll damit."

„Und du hast sie abgenommen?"

„Freilich! Muß ich doch streichen, wenn ich's neu vermieten will."

„Und wie fandst du sie?"

„Wen?" fragte Kreszenz, als wüßte sie es nicht.

„Helene Rosenbaum?"

„Wenn ich die in die Finger kriegn würd, würd ich ihr den Hals umdrehn", sagte Kreszenz ruhig.

„Meine Oma hat gesagt", sagte Laura, „Mädln, die pfeifn, und Henna, di krähn, dene soi ma beizeiten an Hois umdrähn."

Kreszenz hob den Daumen und blinzelte Laura zu. Cool sah das aus. Dann standen sie noch eine Weile zwischen Tür und Angel, und es gab eigentlich nichts mehr zu reden, obwohl es noch soviel gegeben hätte.

„Ich schicke dir mal was zu", sagte Laura zum Abschied und dachte an das *Was Wann Wo* – ein Veranstaltungskalender mit Tipps und Adressen für Frauen in München.

„Kimmst amoi wieda?" fragte Kreszenz.

„Freilich", sagte Laura.

Socke und Banane hechelten um die Wette. Beide waren tropfnaß. „Vom Weiher druntn", erklärte Kreszenz und beobachtete anerkennend, wie Socke in den Beiwagen sprang. „Motorradl fahrn tät i a gern", gestand sie.

„Nächstes Mal nehm ich dich eine Runde mit", versprach Laura.

Sie startete die BMW und fuhr langsam zum Hof hinaus und den Feldweg entlang. Eine Wohnung auf dem Bauernhof. Vielleicht sollte sie es sich wirklich überlegen. Aber nein. Das würde sie nicht aushalten. Und trotzdem – irgend etwas reizte Laura daran ... Socke wäre glücklich ... wie es Marianne Kintner gefallen hatte ... trauriges Leben ... und als Tote dann noch soviel Liebe ... Laura erschrak. Fast wäre sie in den Graben gefahren. Ein Blick in den Rückspiegel. Der Pick-up! Kreszenz! Die Hupe könnte man in München noch hören. Laura bremste, hielt an. Kreszenz riß die Fahrertür auf, rannte zu Laura, ein Buch in der Hand.

Laura machte den Motor aus. „Hast du mich erschreckt!"

„Hob wos vergessn!" rief Kreszenz, hob das Buch hoch. „Hat mir die Marianne geliehen. Weil i amoi wos über die Tellington-Methode wissen woit."

„Und?" fragte Laura, die nicht wußte, was das sollte. Laura kannte die Tellington-Methode, das Buch hatte sie zu Hause im Regal stehen.

„Hab's erst vorgestern gelesen. Und dann find ich da was." Kreszenz schlug das Buch hinten auf, nahm ein Foto heraus und zeigte es Laura. „Die da mit den Locken", sagte sie, „das war die Marianne. Die daneben, die kenn i ned."

„Aber ich", sagte Laura langsam, und ihr Herz klopfte bis zum Hals.

„Is des wichtig?" fragte Kreszenz prüfend.

„Ich glaub schon", sagte Laura. „Kann ich das behalten?"

„Wennst mir des wiedabringst? I hob sonst koa Buidl von da Marianne."

„Ich versprech's", sagte Laura.

30

Laura hatte es eilig. Der linke Spiegel an ihrem Motorrad, in den sie wesentlich häufiger blickte als in den rechten, vibrierte. Deshalb konnte sie nicht mit Bestimmtheit sagen, seit wann der grüne Ford Escort hinter ihr fuhr. Und sie konnte auch nicht erkennen, wer am Steuer saß. Doch sie hatte das ungute Gefühl, das war kein Zufall. Und außerdem war sie mit dem Motorrad plus Beiwagen und Socke gehandicapt. Da fuhr eine keine Rennen. Da fehlte der Schutz einer Karosserie. Laura versuchte sich zu erinnern, ob der Escort schon auf der Autobahn hinter ihr gewesen war – oder ob er sie vorher, vielleicht in dem Dorf, das man passieren mußte, um zu Kreszenz zu gelangen, abgepaßt hatte. Sie wußte es nicht. Sie war mit ihren Träumereien vom Landleben so beschäftigt gewesen, daß sie nichts um sich mitbekommen hatte. Was für ein grober Fehler. Dennoch versuchte Laura, den Escort abzuhängen. Fuhr am Ring ein paar gewagte Manöver. Der Escort blieb immer in Sichtkontakt. Laura zog von der rechten Spur über die mittlere nach links. Hinter ihr frei. Eine scharfe Bremsung, in Gedanken entschuldigte sie sich bei Socke. Ein schneller Blick – und dann durch die Pfosten am Grünstreifen auf die andere Seite. Selbst wenn der Escort das Manöver mitgemacht hätte – zwischen den Pfosten hätte er hängen bleiben müssen. Da kam kein Auto durch. Ein Motorrad schon. Auch mit Beiwagen. Dafür hatte Laura Augenmaß entwickelt. Laura sah dem Escort nach und erhaschte einen Blick auf den Fahrer. Eine rote Kappe und einen Vollbart glaubte sie zu erkennen. Laura fuhr in die nächste Tankstelle, um sich zu vergewissern, daß Socke das Manöver unbeschadet überstanden hatte.

„Haben Sie nicht mehr alle Tassen im Schrank?" rief jemand. Socke schaute Laura mit schräg geneigtem Kopf an, und es kam Laura vor, als schließe sie sich dem Ruf aus der

Tankstelle an. „Alles okay?" fragte Laura, wartete keine Antwort ab, befahl „festhalten" und bog verbotenerweise rechts ab. Ein paar Schleichwege durch das Westend, dann über die Innenstadt nach Haidhausen. Kein Ford Escort mehr in Sicht. Doch Laura war beunruhigt. Zweimal innerhalb einer Woche. Sie hatte sich bestimmt nicht getäuscht. Zwei verschiedene Fahrzeuge, einmal eine Frau, einmal ein Mann. Das sah nicht gut aus. Laura dachte an das Foto in ihrer Tasche, und ihr wurde heiß.

Helga war nicht zu Hause, und mit Margot wollte Laura nicht über das Foto sprechen. Laura hatte Hunger. Erst was essen, beschloß sie. Der Kühlschrank war leer. Ein Blick in das WG-Buch zeigte ihr, daß sie mit Einkaufen dran war. Laura ließ Socke in der Wohnung und ging zum Bäcker, dann zu Tengelmann und zum Gemüsemarkt. „Wo ist Socke?" fragte die Kassiererin streng.
„Zu Hause."
„Das ist aber nicht nett."
„Wir sind eben von einer Landpartie zurückgekommen. Sie ist müde."
„Morgen ist sie aber wieder mit dabei."
„Ja", versprach Laura.
Seit Socke von der Kassiererin im Gemüsemarkt Frolic bekam, mußte Laura jeden Tag zum Gemüsemarkt. Und weil sie nicht nur ein Frolic für Socke in Empfang nehmen konnte, mußte sie auch etwas kaufen. Einen Apfel nämlich. Das balancierte den Cholesterinspiegel aus. So sorgte Socke für Lauras Gesundheit. Hinten an der Käsetheke, wo es außerdem besonders leckere vegetarische Spezialitäten gab, ertönten plötzlich laute Stimmen. Zwei Männer, vielleicht aus Bosnien, vielleicht aus Albanien, waren sich über irgend etwas uneinig, und dann hörte Laura es. „Dir fehlen sämtliche Tasse in Hirn!" In dem Moment sah Laura die Fensterfläche der Aral-Tankstelle vor sich und dahinter eine sehr dicke Frau. Hatte sie das nicht gesagt, die Schwester der toten Silvia Ringmaier: *Ich arbeite an der Aral-Tankstelle am Ring, und irgendwann darf ich allein an die Kasse?* Wie

viele Aral-Tankstellen gab es am Ring? Bestimmt nicht mehr als fünf, beschloß Laura, so lang war der Ring nicht, und auch andere Mineralölkonzerne wollten ein Stück von ihm abhaben. Und dieses Gefühl, dachte Laura, dieses Gefühl, ich müßte zum Anfang zurück, bedeutete das nicht auch zurück zu Silvia Ringmaier? Sie war immerhin die zweite Tote gewesen.

31

Laura hatte sich Sorgen um Margot gemacht. Seit drei Tagen ging sie nicht ans Telefon, und bei ihr zu Hause paßte kein Brief mehr in den Kasten. Aber bei der üblichen Werbeflut vermittelte das vielleicht einen falschen Eindruck. Laura hatte auch nur einmal bei Margot nachgesehen. Lola war für ein paar Tage nach Italien gefahren, und Laura hatte ihren Unterricht übernommen, so daß sie in zwei Tagen elf Kurse gehalten hatte. Ihr Körper fühlte sich an, als hätte sie auf Kieselsteinen geschlafen. Gleichzeitig war sie topfit und hellwach.

„Wo warst du?" rief Laura, als Margot vor der Tür stand.

„In Prag", sagte Margot. „Ich habe Wassili Zlatko gesucht. Wie verabredet."

„Hast du ihn gefunden?"

„Nein. Aber ich habe einiges in Erfahrung gebracht."

„Jetzt komm doch erst mal rein! Gerade habe ich Kaffee gemacht. Magst du?"

Margot nickte.

Hinter Margot ging Laura ins Wohnzimmer und ließ sich neben Margot aufs Sofa fallen. „Schieß los!"

„Die Adresse, die du mir gegeben hast, ist schon lange nicht mehr aktuell. Er hat die Miete nicht bezahlt. Deshalb ist er vor zwei Jahren rausgeflogen. Er muß ein ziemlicher Alkie sein. Total abgestürzt. Schimpft nur auf Helene. Das scheint sein Lebenselexier zu sein ..."

„... ungefähr wie Albert Haller", unterbrach Laura.

„Das kennt man ja, wenn ein Mann sagt, ohne mich wäre sie nichts! Es bedeutet das Gegenteil, nämlich: Ohne sie wäre ich nichts. Fakt ist, daß es mit Wassili Zlatko steil bergab ging, als Helene ihn entlassen hat. Er hat aber die Tatsache, daß er keine Engagements mehr bekam, nicht auf seinen Alkoholkonsum zurückgeführt, sondern behauptet, Helene intrigierte gegen ihn. Sie hätte anderen gedroht, dies und jenes zu unternehmen, wenn sie ihn engagieren würden. Das sind lächerliche Anwürfe, die nur das Ziel haben, Helene in den Schmutz zu ziehen, in dem er selbst schon lange rumkriecht."

„Meinst du?" fragte Laura skeptisch.

„Ja. Er ist kein Einzelfall. Es ist nicht leicht, sich als Musiker durchzuschlagen. Als Orchestermusiker hat man ein gesichertes Auskommen – den Traum von der Karriere kann man aber begraben. Als Liedbegleiter hat man die Chance auf eine Karriere – leider bedeutet Chance nicht, daß man auch engagiert wird. Das ist kein leichtes Los. Was passiert, wenn man krank wird, wenn ..."

„Das ist bei allen anderen Selbständigen auch so", stellte Laura fest.

„Kann ich 'ne Tasse haben?" fragte Margot

„O Verzeihung, bring ich dir gleich. Apropos Tasse – ich muß dir auch was sagen. Aber erzähl erst mal weiter!" Laura rannte in die Küche, riß die Spülmaschine auf, nahm eine gelbe Tasse und rannte zurück.

„Bitte auch Zucker!"

Laura kehrte um und nahm die Zuckerdose vom Regal.

„Ich habe übrigens was mitgebracht", sagte Margot, „einen ganz tollen Film über die Callas."

„Ich glaube, mein Videorekorder ist kaputt."

„Ich schau ihn mir an." Margot war schon aufgestanden.

„Naja, er ist nicht direkt kaputt. Er ist eher krank."

„Was hat er denn?"

„Eine Opernallergie", kicherte Laura.

„Laura!" rief Margot enttäuscht. „Der Film ist sensationell! Vor allem kannst du da sehen, wie es der Callas ergangen ist, weil sie in die Mühlen der Boulevardpresse kam. Und dann kannst du dir eine kleine Vorstellung davon machen, was Helenchen erdulden mußte."

„Das kann ich auch ohne Film, ehrlich!" sagte Laura und hob zwei Finger zum Schwur.

Helga klopfte an die Tür. „Habt ihr das Klingeln nicht gehört?"

Laura und Margot wechselten einen Blick. „Nein", sagte Laura.

„Da ist jemand für dich an der Tür", sagte Helga mit seltsamer Stimme zu Laura.

Laura stand auf. „Wer?"

„Kenn ich nicht", grinste Helga. Hörte überhaupt nicht mehr auf zu grinsen.

Laura ging zur Tür, erstarrte. „Kreszenz!"

„Servus."

„Was machst du denn hier?"

„Ich war grad in der Gegend."

„Ach so", sagte Laura.

Sie kam aus dem Staunen nicht mehr heraus, denn kaum hatte sie Margot und Kreszenz einander vorgestellt, waren die in einem Gespräch über Helene Rosenbaum. Woher wußte Kreszenz das alles? Hatte sie sich das Wissen angeeignet, um Marianne Kintner zu imponieren?

Als die beiden sich nach einer halben Stunde verabschiedeten, um eine Pizza essen zu gehen, weil sie am Rande ihrer musikalischen Fachsimpelei festgestellt hatten, daß sie vor Hunger schon stotterten – vor Hunger, dachte Laura amüsiert –, blieb Laura noch eine Weile verwundert an der Tür stehen.

„Das also war sie", seufzte Helga, „die berühmte Kreszenz Knödlseder! Wie man nur so heißen kann!"

„Täusch dich nicht. Davon gibt es in München zwei Dutzend."

„Woher weißt du das?"

„Als ich gestern das Telefonbuch abgeholt habe und für die Briefmarken anstehen mußte, habe ich ein bißchen drin rumgeblättert. Das mache ich immer. Schaue, wie die Leute so heißen. Wie viele Mösels es gibt und so."

„Wie pubertär! Das habe ich in der Schulzeit gemacht."

„Von mir aus. Du hast ja auch grad 'ne Affäre. Ich habe keine und halte mich ans Telefonbuch. Und da habe ich eben ein bißchen geblättert."

„Sag bloß, du interessierst dich für Kreszenz Knödlseder."

„Nein. Also nicht so. Ich finde, sie ist eine interessante Frau. Ich wäre gern mit ihr befreundet. Aber erotisch finde ich sie nicht. Das heißt – sie hat tolle Augen. Und ihr Gehabe finde ich zuweilen auch recht sexy. Aber im Grunde – ich steh eher auf die etwas gefühlvollere Ausgabe Frau."

„Wahrscheinlich hat sie viel Gefühl."

„Das mag schon sein. Aber ich möchte danach nicht goldgräbern müssen. Außerdem ist sie mir zu groß. Stell dir vor, du liegst mit der im Bett. Da kannst du gleich mit einem Kerl liegen."

„Du hast bloß ein Problem damit, daß sie stärker ist als du."

„Das sowieso. Chefin bin ich, daß das mal klar ist."

„Das ist klar", grinste Helga. „Zumindest für Socke."

Laura verdrehte die Augen.

„Hast du schon mal überlegt, daß Kreszenz etwas mit der Sache zu tun haben könnte?" fragte Helga.

„Wieso denn?"

„Weil sie wütend auf Helene sein könnte."

„Das ist sie. Wenn ich die in die Finger kriege, hat sie gesagt, dreh ich ihr den Hals um. Oder so ähnlich. Da ist mir der Spruch von meiner Oma eingefallen."

„Mädln, die pfeifn, und Henna, di krähn, dene soi ma beizeiten an Hois umdrähn", fragte Helga.

„Genau." Laura wußte wieder mal nicht, ob sie es schön oder schaurig finden sollte, daß sie und Helga wie ein altes Ehepaar waren.

„Na also!" rief Helga.

„Nein, Helga. Wenn Kreszenz etwas mit Helene zu klären hätte, dann würde sie ihre Wut direkt an Helene austoben. Da bin ich mir sicher."

„Obwohl du sie kaum kennst."

„Ja."

„Und Margot und Kreszenz zusammen?"

„Was soll denn das schon wieder! Die beiden haben sich eben erst kennen gelernt."

„Entschuldige, aber ich hatte den Eindruck, sie kennen sich schon länger."

„So ist das nun mal. Manchmal trifft man eine und ist gleich so – vertraut miteinander."

„Ja", sagte Helga bedächtig. „Das kenne ich. Das habe ich immer, wenn ich mich verliebe."

Laura starrte Helga an. „Nein! Nein, Helga. Das ist absolut unmöglich!"

„Und warum?", fragte Helga.

„Da würde Kreszenz doch vom Regen in die Traufe kommen. Zuerst Marianne und ihr Spleen und dann Margot."

„Immerhin hat sie sich schon in das Thema eingearbeitet."

„Daß du immer und dauernd kuppeln mußt! Das ist fürchterlich!"

„Ich zeige dir bei Gelegenheit die Dankesschreiben meiner Klientinnen. Dann änderst du deine Meinung vielleicht." Helga hatte mal wieder den besten Abgang.

32

Die erste Aral-Tankstelle am Ring erwies sich als Niete. Laura hatte sich also getäuscht, wenn sie eine dicke Frau hinter der Scheibe gesehen hatte. Aber bei der zweiten hatte sie Glück. Eine normalgewichtige ältere Frau nickte, als Laura nach Frau Ringmaier fragte. „Die arbeitet nicht mehr hier."

„Seit wann denn?" fragt Laura überrascht.

„Seit gestern."

„Aber – sie wollte doch die Kasse übernehmen ..."

„Unter den Umständen geht das nicht."

„Was ist passiert?" fragte Laura. „Hat es etwas mit ihrer Schwester zu tun?"

„Wer sind Sie?" fragte die Frau.

„Ich war früher Nachbarin in der Straße, in Ramersdorf. Ich hab' noch ihre Mutti gekannt. Und bin mit ihren Brüdern praktisch aufgewachsen. Der Robert und der Herbert – also die zwei, die waren ein Gespann." Laura schüttelte den Kopf und pausierte, als hinge sie alten Erinnerungen nach.

„Schönes Gespann. Der eine davon sitzt im Gefängnis."

„Nein!" rief Laura.

„Dreimal dürfen Sie raten, wer."

„Das fällt mir nicht schwer. Der Herbert", sagte Laura und hatte mit dieser Vermutung anscheinend die letzten Zweifel aus dem Weg geräumt.

„Ich finde es unmöglich vom Chef, daß er die Moni rausgeschmissen hat. Was kann sie dafür, wenn ihr Bruder ein Schwein ist. Aber der Chef meint, für die Kasse braucht er eine seriöse Person. Wenn Sie mich fragen, war das vorgeschoben. Der hat nämlich seit drei Wochen eine neue Freundin. Die spekuliert drauf, daß sie die Kasse macht. Lang wird's nicht mehr dauern, dann setzt er mich auch an die Luft."

„Und warum ist der Herbert ..."

„Gesagt hat er noch, der Chef, also wenn es bloß was Normales gewesen wäre wie ein Einbruch oder so, dann hätte er das noch durchgehen lassen. Aber so eine Sauerei, damit will er nichts zu tun haben. Als ob die Moni was dafür kann. Die hat sich ja die Augen ausgeweint, wie das mit ihrer Schwester passiert ist. Und jetzt auch noch das. Der eigene Bruder. Ich weiß gar nicht, wie das arme Mädl noch mal auf die Füße kommen soll."

„Aber was ist denn da passiert?"

„Das darf ich nicht sagen. Der Chef hat es ja auch bloß erfahren, weil er einen kennt, der es ihm gesteckt hat. In der Zeitung steht es erst heute abend. Ich weiß also nichts."

Laura sah auf die Uhr. „Na, dann werd' ich mir mal die Zeitung besorgen."

„Wenn Sie die Moni sehen, richten Sie ihr Grüße aus, wenn sie was findet, wo zwei Kassiererinnen in Wechselschicht gebraucht werden, soll sie sich melden! Ich komme dann nach."

Laura wartete am Verlagsgebäude auf die Abendzeitung. Sie hatte vor, die erste Zeitung, die das Gebäude verließ, zu erwerben – etwa fünfzig andere Leute wollten auch die erste Zeitung haben, denn heute wurden die Wohnungsangebote veröffentlicht. Seit Laura denken konnte, war die Wohnungssuche in München ein deprimierendes Kapitel. Ein neuerlicher Höhepunkt hatte sich kürzlich abgezeichnet, als ein Vermieter die Wohnung an die zu vermieten versprach, die ihm die beste Performance böten. So hatte er einen Monat lang kostenlose Abendunterhaltung.

Endlich ergatterte Laura eine Zeitung. Sie wußte es schon, als sie die Überschrift las: *Perverser Sexualmord an einer Münchnerin. War es der eigene Bruder?* Und während sie auf das Wechselgeld wartete, dachte sie über das Wort *eigene* in diesem Zusammenhang nach. Es hätte genügt, *war es der Bruder* zu schreiben, doch der eigene, das drückte die ganze Abscheulichkeit aus. Denn wenn schon jemand es tat, so auf keinen Fall der Bruder. Laura blätterte zu Seite vier und las dort, daß die Wiener Polizei in enger und vorbildlicher Zusammenarbeit mit der Münchner Polizei auf die Spur des Verdächtigen – leiblicher Bruder des Opfers – gekommen sei. Laura überflog den Artikel. Wie jedesmal regte sie sich fürchterlich über die Art und Weise auf, wie so etwas in einer Boulevardzeitung geschildert wurde. Früher hatte sie Leserinnenbriefe geschrieben. Heute las sie die Zeitung nicht mehr, die sie früher gemocht hatte, es war ein Ritual gewesen, Frühstück auf dem Balkon und dazu die Abendzeitung.

Mit der Zeitung in der Hand ging Laura weiter. Menschen kamen ihr entgegen. Alle in Eile. Wie viele hatten schon einen Menschen betrauert? Herbert Ringmaier war Laura vom ersten Augenblick an unangenehm gewesen. Als hätte sie es gewußt. Nichts hatte sie gewußt. Und dennoch. Sie mußte ihm höchst willkommen gewesen sein mit ihrem Verdacht vom Serientäter. Und warum hatte er es getan? Über das Motiv, so stand in der Zeitung, sei noch nichts bekannt. Morgen oder übermorgen würde der Verdächtige nach Wien gebracht, und nach einer Tatortbegehung erwarte man neue Erkenntnisse. Es ging sicher um Geld. Vielleicht wollte Herbert das Haus verkaufen und scheiterte am Widerstand der Schwester. Sie konnte nicht glücklich gewesen sein. In diesem Haus. Mit diesem Bruder. Und mit ihrer unglücklichen Liebe zu Helene Rosenbaum. Die hatte der Bruder auch noch benutzt. Er hatte sich wohl sicher gefühlt, indem er seine Schwester in Wien ermordete. Wien war schließlich Ausland.

Zurück zum Anfang hatte Laura gewollt. Zuerst Marianne Kintner. Selbstmord. Dann Silvia Ringmaier. Mord, aber nicht so, wie Laura es sich gedacht hatte. Und das Halstuch? War das auch Zufall? Drei tote Frauen in Helene Rosenbaums Fangemeinde – und dreimal aus Gründen, die nichts mit Helene Rosenbaum zu tun hatten? Das Halstuch ... Laura versuchte sich das Gesicht der Frau in Erinnerung zu rufen, aber es gelang ihr nicht. Irgendeine Brünette um die Vierzig. Das Halstuch, das sie in Rosenheim getragen hatte, war so auffällig gewesen, daß Laura mehr darauf geachtet hatte. Es war knallrot und leuchtend blau gewesen. Es war förmlich ins Auge gesprungen. Auch dem Mörder.

Laura hatte sich, ohne es bewußt entschieden zu haben, auf den Rückweg zu ihrem Motorrad gemacht. Die BMW parkte in der Herzogspitalstraße. Laura sperrte einen Koffer auf, warf die Zeitung hinein und holte ihren Helm und die Lederjacke heraus. Irgendwo hörte sie einen Motor starten. Das hörte sie aber eigentlich erst später. Als es vorbei war. In diesem Moment zog sie nur die Lederjacke an und steckte den Schlüssel ins Zündschloß. Irgendwo fuhr ein Wagen an. Auch das hörte sie und hörte es gleichzeitig nicht.

Und dann ging alles rasend schnell. Ein Quietschen, das Geräusch irrsinniger Beschleunigung, Laura sich drehend, rot, und schnell, direkt auf sie zu. Vor ihr das Motorrad, hinter ihr die Hauswand, der Blick nach oben, vergittertes Fenster, Reflex, Sprung über die Sitzbank der BMW, Griff um die Gitter, Knie zum Körper, sekundenschnell, rotes Auto, Schiebedach, Spoiler – raste auf die Hauswand zu, bremste nicht, kurz davor das Steuer herumgerissen, streifte die BMW am Koffer, die schlug an die Wand, Laura darüber, am Fenstergitter hängend, der Sturzhelm polternd auf die Straße rollend, Stimmen, Passanten – *Haben Sie die Nummer erkennen können? Das war Absicht! Rufen Sie die Polizei! Der wollte die Frau mit dem Motorrad an die Wand quetschen! Wir brauchen einen Krankenwagen! Die Frau hat bestimmt einen Schock! Schnell! Ich habe ein Funkloch! Das ist nicht möglich, lassen Sie es mich mal versuchen!*

Und Laura oben am Fenster, noch immer wie eingefroren, unter ihr sammelten sich Menschen, eine Frau sagte lächelnd: „Sie können jetzt bestimmt runterkommen." Laura sprang. Die Frau hatte den Sturzhelm aufgehoben. Laura wollte sich bedanken, konnte nicht mal stehen, sank in die Hocke. Ihr war schlecht vor Herzklopfen. Wahrscheinlich würde sie gleich aufwachen. So was gab es nur im Film oder im Traum. Aber die BMW lag am Boden. Sah nicht schlimm aus. Nur umgefallen. Dank Koffer und Sturzbügel, dachte Laura und fing überhaupt wieder zu denken an. Das war auch nötig, denn zwei Polizisten kamen auf sie zu. Laura brauchte nichts zu sagen, die Umstehenden erzählten alles. Ein Aufjaulen und ein rotes Auto. Ein BMW! Nein, ein Ford Fiesta! Quatsch, ein Escort! Niemals ein Escort.

„Aber rot?" fragte ein Beamter.

„Ja."

„Das Kennzeichen?"

Hatte niemand gesehen. Ging alles so schnell. Laura wollte nicht mit auf die Wache. Dann sah sie den Blick, den die Beamten wechselten. Sie waren kurz davor, sie ins Krankenhaus zu bringen. Dann lieber auf die Wache. Das ging schneller. Ein Polizist stellte die BMW auf. Dafür war Laura dankbar, denn sie fühlte sich wirklich ein wenig schwach. Der Schaden am Motorrad war tatsächlich gering, beide Koffer hatten ein paar Kratzer abbekommen. Laura wollte Ruhe. Laura wollte ihre Gedanken sortieren. Sie war sehr durcheinander. Also es schnell hinter sich bringen auf der Wache. Nein, sie wußte nicht, was das sollte, ja, sie halte das für einen Zufall, wahrscheinlich ein Betrunkener, nein, sie habe keine Feinde, nein, sie habe nichts erkennen können. Ja, das Auto sei rot gewesen. Roter Golf. Schiebedach und Spoiler. Ja, da sei sie sicher. Nein, den Fahrer habe sie nicht erkennen können.

Nach einer halben Stunde war Laura entlassen.

„Und Sie sind sicher, Sie kommen klar? Soll jemand Sie abholen?"

„Nein, danke. Alles bestens", log Laura. Und dann war sie draußen und konnte endlich durchatmen und denken – und die zurückgehaltene Wut platzen lassen. Das war kein Zufall gewesen. Das war kein Betrunkener gewesen. Das war ein gezielter Anschlag auf Laura gewesen. Und er hing mit Helene Rosenbaum zusammen. Dafür hätte Laura ihre BMW verwettet. Und jetzt wollte sie es wissen.

33

„Frau Rose!" kam die erstaunte Stimme Helene Rosenbaums durch die Sprechanlage. „Wissen Sie, wie spät es ist?"

„Ungefähr", sagte Laura ungehalten.

„Ich nehme an, es ist wichtig?" fragte Helene Rosenbaum.

„Machen Sie auf", sagte Laura kurzangebunden, und das Tor öffnete sich. Als Laura durch den Garten zum Haus ging, hörte sie eine Uhr schlagen. Zweimal. Es war wahrscheinlich halb elf. Wirklich ein bißchen spät für einen unangemeldeten Besuch bei der Diva. Aber was Laura zu sagen hatte, konnte nicht warten. In der geöffneten Haustür stand Helene Rosenbaum. Sie trug eine schwarze Leggins und ein weites schwarzes T-Shirt, an dem sich Rosen entlangrankten.

„Ich hoffe, Sie haben einen guten Grund, mitten in der Nacht hier zu erscheinen", sagte Helene Rosenbaum statt einer Begrüßung.

„Den habe ich", erwiderte Laura, und ihre Wut, die sich auf der Fahrt beruhigt hatte, kochte erneut hoch.

Helene tat einen Schritt zur Seite und ließ Laura eintreten. Geräumiger Flur, einige Türen. Laura ging hinter Helene in ein Wohnzimmer. Sehr groß. Sehr modern. Sehr exklusiv eingerichtet, nahm Laura mit einem Blick wahr. Für Details hatte sie keinen Nerv. Auf dem Sofa saß Maria Habicher. Der

Fernseher lief. Soeben erschien Anne Will mit den Tagesthemen auf dem Bildschirm. Eine Frau, die Laura so gut gefiel, daß sie sich zu Hause zuweilen nah an den Bildschirm setzte und ihr beim Reden zuschaute. Die Melodie ihrer Sätze. So eigenartig, daß Laura den Inhalt meistens nicht aufnehmen konnte; bei den Nachrichten war das kein Verlust. Anne Will wurde weggezappt. Maria Habicher tat das. Es machte sie nicht sympathischer.

„Also was gibt's?" fragte Helene.

„Ich bin vor knapp drei Stunden fast überfahren worden. Jemand hat einen Anschlag mit dem Auto auf mich unternommen. Wenn ich nicht gesprungen und mich an ein Fenstersims geklammert hätte, wäre ich jetzt vielleicht tot."

Helene Rosenbaum wirkte erschrocken, faßte sich jedoch schnell. „Das tut mir leid, Frau Rose, doch ich weiß beim besten Willen nicht, was das mit mir zu tun haben sollte."

„Ich weiß es auch nicht, aber ich habe das Gefühl, es hat mit Ihnen zu tun, und deshalb bin ich hier."

„Wenn jeder, der ein Gefühl hat, hier auftauchen würde, was glauben Sie, wie es bei uns zuginge", mischte Maria sich ein.

„Mir ist nicht nach Witzen zumute", sagte Laura scharf.

„Frau Rose, beruhigen Sie sich", sagt Helene einlenkend. „Ich weiß wirklich nicht, was dieser Anschlag mit mir zu tun haben könnte. Oder meinen Sie, dahinter steckt mein Ex-Mann oder Margarete oder etwa Wassili Zlatko?"

„Haben Sie schon die Zeitung gelesen?"

„Die von heute?"

„Nein, die von morgen."

„Natürlich nicht", sagte Helene, und Laura ärgerte sich, eine dumme Frage gestellt zu haben, in Garmisch kamen die Zeitungen aus München wahrscheinlich später an.

„In der Münchner Abendzeitung lautet die Schlagzeile: Perverser Sexualmord an einer Münchnerin. War es der eigene Bruder?"

„Und?" war da wieder Maria Habicher.

„Die dicke Frau, Sie erinnern sich", wandte Laura sich an Helene.

„Selbstverständlich."

„Das ist sie. Man verdächtigt ihren Bruder. Ich glaube, zu Recht."

„Das ist ja schrecklich", sagte Helene Rosenbaum ohne große Anteilnahme, zögerte. „Das heißt, es gibt gar keinen Serienmord unter meinen Fans?"

„Die Frau mit dem Halstuch", erinnerte Laura.

„Das ist ein Opfer. Eine einzige Frau."

„Reicht Ihnen das nicht?" fragte Laura provozierend.

„Was für eine Frage, Frau Rose! Jeder Mensch, der auf solch eine Weise stirbt, ist überflüssig!"

Laura nickte. Die Diva merkte nicht, wie verquer sie das formulierte.

„Und Sie, Frau Rose – ist Ihr Verdacht jetzt aus der Welt geschafft, oder gehen Sie noch immer von einer Gefahr für meine Fans aus?"

„Das weiß ich noch nicht", sagte Laura. Sie hatte sich in die Enge treiben lassen.

„Wieso nicht – bei dieser Faktenlage!"

„Sie haben sich eben getäuscht", sagte Maria Habicher.

„Haben Sie in bezug auf Wassili Zlatko etwas Neues herausgefunden?" fragte Helene, die merkte, daß Laura sich gern und heftig an Maria gewandt hätte.

„Ich bin an ihm dran", sagte Laura. Sie fühlte sich zunehmend unwohler.

„Vielleicht sollten Sie ein bißchen konzentrierter für Frau Rosenbaum arbeiten, anstatt sich auf Kletterpartien an Fenstersimsen einzulassen", sagte Maria Habicher und schob eine Salzstange in den Mund, die sie mit schnellen Bewegungen zerschredderte.

Laura hätte ihr die restlichen Salzstangen am liebsten in die Nasennebenhöhlen genagelt. Sie merkte, wie ihre Wut höherstieg. Das war gefährlich. Wenn sie richtig wütend war, machte sie noch mehr Fehler. Sie sollte sich auf die aktuelle Situation besinnen. Jetzt. In Helenes Wohnzimmer. Vor ihr auf dem Sofa die Lebensgefährtin Maria Habicher. Wieder in einer Lederhose, diesmal schwarz. Genau wie auf dem Foto, das Kreszenz Laura überreicht hatte. Marianne Kintner und Maria Habicher auf einer Parkbank. Laura hatte es schwarz auf weiß beziehungsweise in Farbe. Das Foto zeigte, wenn Kreszenz nicht gelogen hatte, Marianne Kintner. Und es zeigte, da brauchte Laura keine Zeugin, Maria Habicher. Die küßte Marianne Kintner. Ob Helene das wußte? Was würde geschehen, wenn Laura sie darauf anspräche? Es konnte eine gute Einlage werden. Es konnte aber auch zu einem Rauswurf führen. Lieber eine andere Strategie.

„Ich habe eine Bitte."

„Ja?" fragte Helene und zog eine Augenbraue hoch.

„Sie erwähnten die Briefe, die Ihre Fans Ihnen schreiben. Ich weiß, daß Silvia Ringmaier – die tote dicke Frau – Ihnen oft geschrieben hat. Haben Sie einen Brief von ihr gelesen?"

„Das kann schon sein. Aber ich erinnere mich nicht daran. Ich öffne selten Briefe, deren Absender mir nicht bekannt sind. Das habe ich früher getan, und oft genug hat es mich fürchterlich aufgeregt."

„Werfen Sie die Post dann weg?"

„Nein, ich stelle sie in den Keller."

„Und dort bleibt sie?"

„Bis kein Platz mehr ist. Im Keller steht eine Reihe von Waschkörben – wenn alle voll sind, werfe ich die hinterste Reihe weg. So halte ich es seit Jahren. Ich spiele immer mal wieder mit dem Gedanken, eine Studentin zu engagieren, die sich um diese Post kümmert – aber bis heute habe ich es nicht geschafft. Und gleichzeitig habe ich es nicht übers Herz gebracht, die Briefe sofort wegzuwerfen."

„Ich würde gerne nach einem Brief von Silvia Ringmaier suchen."

„Wozu?" fragte Maria spöttisch.

„Weil es mich interessiert", erwiderte Laura.

„Sie kriegen wohl zuwenig Post?" stichelte Maria.

„Glauben Sie nicht, das ist Sache der Polizei?" fragte Helene.

„Sie können die Briefe dann ja weitergeben."

„Von mir aus", sagte Helene. „Die Idee ist gar nicht so schlecht. Vielleicht findet sich auch ein Brief von Wassili. Es müßte doch irgendwo ein Brief aus Prag sein?"

„Unsinn!" mischte Maria sich ein. „Zlatko schreibt keine Briefe mehr. Er mailt."

„Aber es könnte doch sein, daß sich einer findet! Er hat früher immer geschrieben", sagte Helene und forderte Laura auf: „Kommen Sie." Laura war es ganz recht, daß Maria im Wohnzimmer blieb.

„Haben Sie noch einmal etwas von Frau Winter gehört?" fragte Helene im Treppenhaus. Sie fragte leise und hastig, als sollte Maria das nicht hören.

„Nein", sagte Laura, besann sich, „das heißt ja. Sie hat mir die Adresse von Wassili Zlatko auf Band gesprochen. Dort wohnt er aber schon zwei Jahre nicht mehr."

„Woher hat sie seine Adresse? Die beiden haben sich nie verstanden. Regelrecht gehaßt haben sie sich. Das war nicht leicht für mich, denn ich stand ja immer dazwischen. Aber Wassili war damals der beste Begleiter für mich. Ich wollte auf ihn nicht verzichten. Wir haben jahrelang erfolgreich zusammengearbeitet, bis ..."

Marias Räuspern oben am Treppenabsatz unterbrach Helenes Rede.

„Ich finde ihn bestimmt", versicherte Laura und ließ sich nicht anmerken, daß sie Helenes Erkundigung nach Margarete Bedeutung zumaß. Sie befanden sich in einem Keller, der nichts mit Kellern, wie Laura sie sich vorstellte – Holzlatten, Gespenstergeschichten, dunkle Ecken, Wasserrohre – zu tun hatte. Kacheln, Heizungsraum, drei verschlossene Türen – vielleicht für Gerümpel, aber das sah man nicht, alles ordentlich und am rechten Platz, und ein Raum voller Regale mit Papier. Zeitungen, Bücher, Programmhefte, Aktenordner – und am Boden vor den Regalen die besagten Waschkörbe, ein gutes Dutzend.

„Helene, Telefon!" rief Maria.

„Ich komme gleich wieder", entschuldigte Helene sich. „Sie können sich gern durch die Post wühlen und von dieser ..."

„Silvia Ringmaier", half Laura.

„Ja. Die meine ich. Vielleicht finden Sie etwas. Am interessantesten wäre natürlich ein Brief von Wassili. Achten Sie einfach auf die Briefmarke!"

„Danke für den Tipp", zischte Laura. Das hörte Helene nicht mehr, sie war schon im Vorraum und an der Treppe.

Als erstes steckte Laura sich wahllos und aus verschiedenen Körben Briefe in die Hose und die Lederjacke. Zum Glück beulten Kuverts nicht. Dann kniete sie sich vor einen Waschkorb und hatte gerade mal fünf Kuverts angeschaut, da hörte sie die schweren Schritte Maria Habichers.

„Ich helfe Ihnen gern beim Suchen", sagte sie mit einer Stimme, die das Gegenteil verhieß.

„Das ist sehr freundlich", erwiderte Laura im selben Tonfall.

Maria half natürlich nicht, sondern blieb, Laura beobachtend, an die Wand gelehnt neben der Tür stehen. Es war Laura immer ein Rätsel gewesen, warum Menschen, auf die sie große Stücke hielt, mit anderen, von denen sie nichts hielt, zusammen waren. Über welche herausragenden Eigenschaften Maria Habicher wohl verfügte? Irgend etwas mußte es geben, was Helene Rosenbaum an sie band. Denn sie machte nicht den Eindruck, aus Bequemlichkeit oder diffusen Ängsten in einer Beziehung zu verharren. Zudem hatte sie die Garantie, jederzeit für Ersatz sorgen zu können. Ein Griff in den Waschkorb – und die nächste Kandidatin stünde vor der Tür. Wieso beunruhigte Maria das nicht? Oder zeigte sie es nur nicht? Stand sie deswegen so aufpasserisch herum? Weil es sie beunruhigte? Oder war sie stolz auf Helene? Stolz auf sich selbst, sie hatte diesen schillernden Fisch an Land gezogen? Aber warum gerade sie? Fragen, die Laura nicht würde klären können. Nicht in dieser Beziehung und nicht bei denen, die sie sonst noch kannte, wo sie es auch nicht verstand. Und nicht zu vergessen: Sie selbst war ja auch schon gefragt worden: Warum sie? Geheimnis der Liebe.

Warum Maria nicht ein bißchen ärgern, dachte Laura. Wenigstens ein bißchen mußte sie ihre Wut füttern, sonst bekäme sie Gallensteine. „Kannten Sie eigentlich eine der ermordeten Frauen?" fragte sie.

„Wie?"

„Silvia Ringmaier, das ist die Dicke, oder Marianne Kintner. Sie trug immer exzentrische Handtaschen."

„Nein."

„Frau Rosenbaum hat sich an beide erinnert."

„Ich interessiere mich nicht für Fans", sagte Maria, verbesserte sich, „wir interessieren uns nicht für Fans."

„Aber Frau Rosenbaum lebt von ihren Fans", sagte Laura und fügte im Geist hinzu: Und du wahrscheinlich auch.

„Na und?"

„Kannten Sie die Frau mit dem Halstuch?"

„Ich glaube, sie ist mir mal aufgefallen. Aber wie gesagt – ich begleite Frau Rosenbaum zwar zu allen Veranstaltungen, aber meist kümmere ich mich hinter der Bühne um Organisatorisches. Ich achte nicht darauf, wer im Zuschauerraum sitzt."

Laura glaubte kein Wort. Alles, was Maria sagte, klang falsch. Vielleicht sollte Laura sie direkt nach dem Foto fragen? Laura zögerte. Sie traute sich an diesem Abend keine kluge Entscheidung zu. Ein Fehler wäre fatal, denn dadurch verlöre ihre beste Waffe an Schlagkraft. Abwarten, beschloß Laura. Leicht fiel es ihr nicht, zu gern hätte sie Marias Gesichtszüge entgleisen sehen.

Da war Helene wieder. „Maria! Das hätte wirklich bis morgen warten können", sagte sie leicht tadelnd, und Laura hatte den Verdacht, der Anruf war fingiert. Vielleicht hatte Maria selbst irgendwo angerufen. Helene Rosenbaum kniete vor einem Waschkorb und ging mit schnellen Bewegungen die Post durch. Nun bequemte sich auch Maria Habicher. Zu dritt durchwühlten sie die Waschkörbe, bis Helene rief: „Hier! Das könnte von Wassili sein!" Sie öffnete das Kuvert, verzog das Gesicht, nickte und reichte Laura den Brief.

Denkst du noch manchmal an die schönen Zeiten? Oder hast du das nicht nötig, weil deine Zeiten immer schön sind? An dich denkt aus harten Zeiten ein armer Wassili.

„Das ist doch kein Drohbrief!" rief Laura.

„Nein, wahrlich nicht. So nennt man wohl den berühmten Vorzeigeeffekt. Er hat auch schon andere Briefe geschrieben. Und trotzdem – auch mit diesem Brief möchte ich nichts zu tun haben. Glauben Sie, es ist angenehm, so etwas auf dem Frühstückstisch zu haben?"

„Nein, sicher nicht", sagte Laura, und zum ersten Mal fand sie die Diva richtig unangenehm. Aber sie hatte genug

Ruhm und Geld, um es sich leisten zu können, in einer Fettblase nach ihren Spielregeln zu leben. Da war kein Platz für gestrandete Existenzen und die Sorgen anderer Leute.

Helene stand resolut auf. „Die Adresse auf dem Kuvert, ist das die, die Sie auch haben?"

Laura las, versuchte sich zu erinnern, schüttelte den Kopf.

„Na, dann werden Sie dort vielleicht fündig. Sie rufen mich an?" leitete Helene Lauras Abgang ein.

„Wieso sind Sie sicher, daß Wassili die richtige Adresse angibt?" fragte Laura.

„Weil ich ihm Geld schicken soll."

„Obwohl er Sie haßt?"

„Das ist doch kein Widerspruch", stellte Helene fest.

„Aha", nickte Laura und wurde von der Diva und Maria zur Tür geleitet. Doch es machte ihr gar nichts aus. Sie hatte Beute gemacht. Wenn sie sich anstrengte, spürte sie es überall auf ihrer Haut knistern und rascheln. Ein Brief, das hatte sie am Absender gesehen, kam von Silvia Ringmaier. Sie hatte beim Suchen mit Helene und Maria noch mindestens zehn Briefe von Silvia Ringmaier in Händen gehalten. Keinen hatte sie einstecken können. Aber sie hatte einen.

34

Laura riß den Brief von Silvia Ringmaier auf.

Meine liebe Helene, heute hatte ich einen recht erfolgreichen Tag, obwohl er mich nicht glücklich gemacht hat, denn ich kann den Erfolg nicht mit dir feiern. Noch nicht. Mein Riecher hat sich bestätigt, es war gut, daß ich die Aktien der schwedischen Firma gestern verkauft habe, wie ich dir ja geschrieben hatte. Mein Konto wächst und wächst, und bald werde ich soviel Geld haben, daß du nicht mehr auftreten mußt. Auch das Darlehen, das ich meinem älteren Bruder gegeben habe, ist bald fällig. Du kannst dich dann endlich zurückziehen, und ich verspreche, ich werde dir jeden Wunsch von den Augen ablesen. Ich küsse dich in Gedanken zart und bin immer die deine: Silvie.

Laura faltete den Brief zusammen, steckte ihn in sein Kuvert und starrte auf die Palme im Erker ihres Wohnzimmers. Silvia Ringmaier hatte also mit Aktien spekuliert. Vielleicht hatte sie deshalb die Computer gebraucht, die Herbert und Robert verladen hatten. Und Herbert hatte noch einen Grund, seine Schwester zu ermorden. Nicht nur seine Modelleisenbahn konnte er unterbringen, er konnte vielleicht ein ganzes Haus um die Modelleisenbahn herumbauen. Silvia war nicht verheiratet gewesen, das bedeutete, ihre drei Geschwister würden ihr Vermögen erben. Selbst wenn Silvia ein Testament zugunsten von Helene Rosenbaum hinterlassen hätte – dies anzufechten würde wohl kaum eine Schwierigkeit darstellen. Sie kannte Helene Rosenbaum ja nicht. Allein der Brief, den Laura eben gelesen hatte, konnte als unzurechnungsfähig im Sinn von nicht geschäftsfähig bewertet werden. Laura durchwühlte die Kuverts und fand noch einen Brief von Silvia Ringmaier.

Meine liebe Helene,

ich war so glücklich, als ich dich gestern abend in Würzburg erleben durfte. Wunderschön hast du ausgesehen. Das habe ich dir ja auch signalisiert, und es ist schön, daß du dich über meine Komplimente so gefreut hast. Ich habe es genau gehört, wie du nur für mich gesprochen hast. Du mußt dir keine Sorgen machen, daß ich dich nicht verstehe. Überhaupt sollst du dir keine Sorgen um mich machen. Ich komme schon zurecht. Und ich arbeite gern soviel – ich mache das ja für uns. Ich hatte zwar einen kleinen Verlust vorgestern, wie ich dir andeutete, aber morgen, glaube ich, mache ich wieder dicke Gewinne, dafür habe ich heute alles in die Wege geleitet. Ich sage nur Öl – du erinnerst dich sicher an den Deal mit Dubai? Der sollte jetzt reif sein zur Ernte. Während ich dir dies schreibe, höre ich dich als Carmen, und obwohl ich es schon tausend Mal gehört habe, bin ich mit Gänsehaut überzogen. Und voller Glück. Ich danke dir, daß du mich auserwählt hast. Deine Liebe gibt mir die Kraft, das enge Leben zu ertragen. Aber es ist ja nicht mehr lange.

Ich tue mein Bestes, Liebling. Bis morgen, stets die deine: Silvia.
Laura ließ den Brief sinken. Jetzt hatte sie auch eine Gänsehaut. Aber nicht vor Glück. Sondern vor Staunen. Daß es so etwas gab. Der Brief klang echt. So tief. So wahr. Silvia Ringmaier mußte das, was sie geschrieben hatte, geglaubt haben. Sie hatte anscheinend jeden Tag geschrieben. Für einen Waschkorb. Es hatte sie nicht gestört, niemals Antwort zu erhalten. Genau wie Brigitte Menschen mit Liebeswahn und Stalker beschrieben hatte. Ein gefährlicher Irrtum. Was, wenn eine wie Silvia Ringmaier eines Tages aus ihren Träumen erwachte und sich ihre Liebe in Haß verwandelte? Eine wie Silvia Ringmaier bot sich geradezu als Täterin an – aber sie konnte das Halstuch nicht ermordet haben, Silvia Ringmaier war tot, als das Halstuch starb. Sollte es mehr solche Fans geben, wäre es geraten, die Ermittlungen auf die Fans zu konzentrieren, dachte Laura und öffnete den nächsten Brief.

Sehr geehrte Frau Rosenbaum, schon lange verfolge ich Ihre Karriere mit großem Interesse. Ich möchte Ihnen nicht zu nahe treten, aber ich habe gehört, Sie sind lesbisch. Ich bin auch lesbisch, dreiundvierzig, schlank, einszweiundsiebzig groß, blond mit grünen Augen, und meine Freundinnen nennen mich eine Schönheit. Ich bin vielseitig interessiert, Reiten, Segeln, Wandern – und natürlich Musikhören. Als Jugendliche habe ich jahrelang in einem Chor gesungen. Ich würde mich sehr freuen, wenn wir uns einmal kennen lernen können, und verbleibe mit freundlichen Grüßen.

Laura prustete los, das tat gut. Verdammt gut. Sie holte sich ein Glas Wasser aus der Küche und merkte, wie müde sie war. Aber sie konnte nicht aufhören. Der nächste Brief:

Liebe Helene Rosenbaum, ich möchte mich bei Ihnen bedanken für die wunderbaren Minuten und Stunden, die mir Ihre Stimme schenkte und schenkt, und Ihnen auf diesem Wege alles nur erdenklich Gute wünschen, Gott segne Sie. Ihre Elisabeth Neumann.

Weniger spektakulär. Weiter. Zwei Bitten um Autogrammkarten. Und dann:

Hallo Helene! Wenn ich es mir mache, dann denke ich dabei an dich. Stelle mir vor, wie ich dich aus einer deiner

Hosen schäle. Am schärfsten finde ich die enge schwarze. Als du dich letztes Mal verbeugt hast, konnte ich deine weiße Haut aufblitzen sehen. Ganz langsam würde ich dich aus deinen Hosen herausblättern. Du solltest zittern vor Lust und es kaum erwarten können, bis ich dich vollständig entblößt habe, meine Göttin. Spürst du meinen heißen Atem an deiner nackten Haut? Spürst du meine Brüste – voll und rund und schön mit festen steifen Knospen – an deinen Schenkeln entlangstreifen und höher, höher? Ich blase dir heiße Luft dorthin, wo du mich sehnsüchtig erwartest, aber du mußt noch eine Weile warten, meine Göttin, denn vorher tanzen meine Knospen über deinen Leib, und du schlängelst und windest dich wild in den Laken und dann ...

Laura legte den Brief beiseite. Sie wollte das nicht lesen. Es erinnerte sie an Dinge, an die sie im Moment nicht erinnert werden wollte. Es berührte sie unangenehm, die Fantasien einer fremden Frau auf solch eine Art kennen zu lernen. Gleichzeitig bewunderte sie diese fremde Frau. Was für ein Mut ... oder erforderte das keinen, weil es schriftlich geschah? Laura suchte nach einem Absender. Auf dem Kuvert stand ein Name, keine Flucht in die Anonymität. Was waren das für Frauen? Und wie dachte Helene Rosenbaum darüber? Allmählich bekam Laura eine Ahnung, warum Helene ihre Fanpost nicht mehr lesen wollte. Die konnte eine ganz schön aus dem Gleichgewicht bringen. Wenn Helene mit ihren Fans fühlte, würde sie nicht mehr arbeiten können. Zuviel Enttäuschung, zuviel Trauer, zuviel Wahnsinn. Also mußte sie sich davor schützen. Laura konnte sich über diesen oder jenen Brief amüsieren. Doch wie würde sie sich fühlen, wenn ihre Haut, ihr Leib öffentlich zu Markt getragen würden? Wie würde sie sich fühlen, wenn sie wüßte, daß eine Reihe Frauen davon träumten, was sie mit ihr machen würden? Ein Gedanke, der Laura nicht gefiel. Ganz und gar nicht. Es gab sicher Menschen, denen so etwas schmeichelte. Laura aber wollte Intimität nur mit Menschen teilen, denen sie es erlaubte. Wahrscheinlich kannte Helene Rosenbaum die Briefe mittlerweile auswendig, wenn sie seit dreißig oder vierzig Jahren Fanpost bekam ...

Geliebte Helene, ich muß Ihnen gestehen, ich habe mich in Sie verliebt. Und nicht erst seit gestern. Eigentlich liebe ich Sie schon lange. Seit acht Jahren. Ich habe nie den Mut gefunden, Ihnen zu schreiben. Ich wache mit Ihnen auf und gehe mit Ihnen schlafen. Was ist sie für ein Mensch, denke ich. Und ich hätte so gern die Chance, das herauszufinden. Aber ich will Sie nicht belästigen. Ich habe viele Fotos von Ihnen. Auch noch von früher. Als Sie noch sangen. Jetzt habe ich mir gedacht, frage ich einmal an. Ob ich Ihnen vielleicht etwas davon schicken soll? Aber ich will Sie wirklich nicht belästigen. Es würde mich überglücklich machen, von Ihnen zu hören. Vielen Dank im voraus, Ihre Marlies Krumeyer.

Acht Jahre Sehnsucht. So viele traurige Frauen. Oder waren sie gar nicht traurig? Wäre ihr Leben ohne die Liebe zu Helene Rosenbaum trauriger? Aber verbauten sie sich ihr Leben nicht gerade durch diese Liebe, eben weil sie sie der Realität vorzogen? Warum aber sollten sie die Realität vorziehen ... Wie viele Frauen schrieben nicht? Träumten nur. Setzten Briefe in der Fantasie auf. Oder schickten sie niemals ab. Margot hatte keinen Brief an Helene geschrieben. Margot unternahm nichts, Helene näher zu kommen. Margot setzte sich immer nach hinten. Wie viele gab es, die hinten saßen, im Schatten und mit leuchtenden Augen ...

Laura schluchzte ein bißchen in ihr Kissen. Das tat gut. Socke tapste zu ihr und legte den Kopf auf Lauras Arm. Laura streichelte Socke. Socke schleckte über Lauras Gesicht. Das konnte Laura nicht ausstehen. Socke tat es meistens nur in Notfällen. Und dann tat es irgendwie gut. Laura weinte noch ein bißchen, wahrscheinlich weinte sie den Schrecken vom Nachmittag ab, und dann stellte sie sich ans offene Fenster und sah hinunter auf die Rosenheimer Straße, wo auch nach Mitternacht die Kolonne der Autos nicht abriß. Rhythmus der Stadt. Früher hätte sie sich jetzt eine Zigarette angezündet. Heute brauchte sie keine Zigarette, um nachts am Fenster zu stehen und sich zu spüren.

Sie sollte schlafen. Langsam ging sie ins Bad, steckte ihre Zahnbürste auf den Aufsatz. Immer die Gesichter der Fans im Kopf. Die Dicke, die Fotoausrüstung, Twiggy, das Halstuch, Babyface, die angezogene Bremse und ihre Freundin, die Fotoausrüstung, die Handtasche, die Fotoausrüstung, die Fotoausrüstung! Laura hatte sie jedesmal gesehen. Auch in Rosenheim. Um welche Uhrzeit wurde die Frau mit dem Halstuch ermordet? Laura spuckte die Zahnpasta aus und ging zu ihrem Schreibtisch. Wo war der Artikel über den Mord in Rosenheim? Keine Uhrzeit! Fotoausrüstung war an der Tankstelle gewesen. Aber sie konnte ohne weiteres davor – Laura wußte nicht, wo sie davor war. Laura hatte sie auf der Autobahn erst eine halbe Stunde vor München entdeckt. Wo war die Fotoausrüstung vorher gewesen? Laura legte den Artikel weg, ging ins Bad, betätigte die Munddusche, dachte nach ... ging zum Schreibtisch, nahm das Foto von Maria Habicher und Marianne Kintner, setzte sich damit aufs Sofa. Es sah nicht nach Familienfoto aus. Auch nicht nach Selbstauslöser. Es sah aus, als hätte es jemand heimlich mit Tele aufgenommen. Fotoausrüstung hatte ein Riesentele.

„Fotoausrüstung", sagte Laura bedächtig, stand auf, sah auf die Uhr, setzte sich wieder. Drei Uhr morgens war keine erfolgversprechende Zeit. Aber morgen. Gleich nach dem Frühstück würde sie Fotoausrüstung besuchen.

35

„Laura, laß mich schlafen!" maulte Helga. „Ich habe Spätschicht und will das genießen!"

„Du sollst aufwachen." Laura blieb hartnäckig und hielt Helga die Kaffeetasse unter die Nase.

Helga schnupperte. „Ein Viertelstündchen!"

„Nein, Helga! Bitte wach auf. Ich muß gleich weg. Ich brauche eine Supervision. Bitte!"

„Um diese Uhrzeit", gähnte Helga, ließ sich aber herab, mit einem Auge zu blinzeln.

„Gestern abend wollte mich jemand umbringen!" lockte Laura und fühlte sich nicht ganz wohl dabei.

„Was?" Helga fuhr hoch, stieß an die Kaffeetasse, der Kaffee schwappte über, die Hälfte landete auf dem Bett. „Mist!"

„Das hört sich schon ganz gut an", lächelte Laura. „Ich glaube, dein Kreislauf ist jetzt in Schwung."

„Okay, okay. Ich steh auf. Holst du Brezen?"

„Hab' ich schon."

„Wie spät ist es?"

„Halb neun."

„Seit wann bist du wach?"

„Seit halb acht warte ich auf dich. Vorher war ich mit Socke joggen und bei der Bäckerin."

„Ja", sagte Helga gutmütig, „dann spring ich mal schnell unter die Dusche."

Laura zog Helgas Bettdecke ab, setzte neuen Kaffee auf, stellte die Sonnenblume, die sie gekauft hatte, auf Helgas Platz – morgens war die so gut wie blind und würde einen blühenden Kastanienbaum übersehen – und wartete ungeduldig. Sie hatte einiges vor und wollte es besprechen. Vor allem wollte sie eine Vertraute einweihen.

Gerührt entnahm Laura den Schreien aus dem Bad, daß Helga kalt duschte. Das war wirklich ein Liebesbeweis. Und als Helga am Frühstückstisch erschien, sah sie tatsächlich wach aus. Sie erkannte die Sonnenblume, bedankte sich, hielt sich an ihrer Kaffeetasse fest und befahl Laura zu erzählen. Als Laura von dem roten Golf erzählte, wurde Helga blaß und legte ihre Hand auf Lauras Arm. „Wer war das?"

„Ich weiß es nicht! Ich habe das Gefühl, es hängt mit Helene Rosenbaum zusammen, und es macht mich rasend, daß ich nicht weiß, wie. Immer wieder bin ich heute Nacht aufgewacht. Diese Sekundenbruchteile, als das Auto auf mich zuraste, wie ich da oben am Fenster hing – ich kann mich nicht erinnern, daß ich schon mal so was erlebt habe. Ich meine – sie hätten auch schießen können."

„Sie?"

„Das habe ich so gesagt. Ich habe niemanden erkannt."

„Glaubst du, es ist dieselbe Person, die dich schon mal verfolgt hat."

„Ich nehme es an. Ich muß es mir direkt wünschen! Von zwei verschiedenen Seiten möchte ich nicht verfolgt werden. Mir reicht ein Feind. Und ich werde verrückt, wenn ich nicht weiß, aus welcher Ecke der kommt."

„Aber das glaubst du doch zu wissen", sagte Helga sanft.

„Schon. Aber wie beweise ich das?"

„Wieso hast du es so eilig?"

„Weil ich eine Idee habe. Ich weiß nicht, ob sie was damit zu tun hat. Aber da gibt es dieses Foto. Warte mal!" Laura holte das Bild aus ihrem Zimmer.

„Wer ist das?" fragte Helga.

„Links Marianne Kintner, die Mieterin von Kreszenz."

„Die Handtasche?"

„Genau."

„Und rechts?"

„Maria Habicher."

„Nein!" rief Helga.

„Doch", sagte Laura.

„Sie küssen sich!"

„Das sehe ich selbst." Laura mußte lachen.

„Wer hat das Foto gemacht?"

„Das weiß ich nicht. Heute Nacht hatte ich eine Idee. Ich habe dir doch von den Fans erzählt."

„Ja, aber an Details kann ich mich ehrlich gesagt nicht erinnern ..."

„Eine von ihnen schleppt immer eine aufwendige Fotoausrüstung mit sich rum. Und sie trägt All Star-Turnschuhe."

„Das ist die, die du verfolgt hast?"

„Genau. Und ich weiß, wo sie wohnt."

„Und du meinst, sie hat das Bild gemacht? Bloß weil sie mit so einer Ausrüstung rumläuft? Da könntest du jeden Japaner verdächtigen."

Laura mußte grinsen. „Ich habe noch zwei Anhaltspunkte. Erstens: Als ich zum ersten Mal mit Margot bei einer Veranstaltung von Helene Rosenbaum war, ist mir was aufgefallen. Es war eine Kleinigkeit und absoluter Zufall. Ich spazierte mit Socke an der Gedächtnisstätte herum und schaute mich ein bißchen um – ich sah zwei Dinge. Erstens einen weißen

Zopf – damals wußte ich nicht, daß Maria Habicher eine solche Frisur trägt. Und zweitens All Star-Turnschuhe. Rosarot."

„Wo war das?"

„In einem Schuppen am Friedhof. Geräteschuppen oder Gärtnerschuppen oder so."

„Ein Bett stand nicht zufällig drin?"

Laura überlegte einen Moment, dann sagte sie bedächtig. „Ein Bett nicht. Aber ein Sofa."

„Na also."

„Was na also?" fragte Laura, schüttelte den Kopf. „Nein, Helga. Das glaube ich nicht."

Helga wollte widersprechen.

„Laß mich erst zu Ende kommen", bat Laura. „Etwas später, ich erinnere mich gar nicht mehr, wann das war, schloß ich von den Turnschuhen auf die Fotoausrüstung, denn sie trug All Stars. Und dann fiel sie mir ein zweites Mal auf. Bei der Veranstaltung in Rosenheim, das war das letzte Mal, als Halstuch Helene Rosenbaum sah. Etwas später an diesem Abend wurde sie erdrosselt. Bei dieser Veranstaltung fragte die Fotoausrüstung Helene Rosenbaum, ob …"

„… sie schon einmal erpreßt worden sei", rief Helga. „Ich erinnere mich."

„Eben!"

„Was eben?"

„Das liegt doch auf der Hand! Die Fotoausrüstung…"

„… wie heißt die eigentlich?"

„Das weiß ich nicht. Vielleicht Weber. Oder Knecht. Also die Fotoausrüstung fotografiert Maria Habicher bei einem Seitensprung und läßt das Foto Helene Rosenbaum zukommen."

„Warum sollte sie das tun?"

„Fans tun solche Dinge."

„Dann solltest du Fotoausrüstung wirklich einen Besuch abstatten."

„Genau das habe ich vor. Nach dem Frühstück."

„Glaubst du, es wird gefährlich?" fragte Helga.

„Ich weiß nicht. Ich habe noch nicht begriffen, wie alles zusammenhängt. Ich habe eine Menge Puzzleteilchen, aber ich weiß nicht, wie das Bild aussehen soll. So frage ich mich, wieso Fotoausrüstung es auf mich abgesehen haben könnte."

„Hat sie gemerkt, daß du sie verfolgst?"

„Bestimmt nicht."

„Kann es vom Ex-Mann oder der Ex-Managerin kommen?"

„Alles ist möglich. Ich weiß eben nur nicht, warum. Das ist das blöde Gefühl, mit dem ich rumlaufe. Ich meine, da gibt es welche, die glauben, ich wüßte etwas, weswegen ich ihnen gefährlich werden könnte, und ich selbst habe keine Ahnung, was das sein sollte."

„Und die Briefe?" fragte Helga. „Neben deinem Bett liegen viele Kuverts."

„Das ist Fanpost von Helene Rosenbaum. Ich habe sie gestern mitgenommen."

„Du warst bei der Diva? Ohne Termin?"

„Jawohl! Aber es hat nichts gebracht. Also nicht direkt. Es ist ein Brief dabei, den die Kripo lesen sollte. Er wird den Bruder von Silvia Ringmaier belasten ..."

„Davon habe ich in der Zeitung gelesen! Gestern nach dem Kino! Ich wußte doch, daß ich dir was erzählen wollte!" Helga war jetzt endgültig wach. Laura erkannte es an der Farbe ihrer Augen. Die wurden dann eine Nuance dunkler.

„Außerdem habe ich festgestellt, daß mir Maria Habicher unsympathisch ist. Ich weiß nicht, was Helene an der findet. Aber ich weiß ja auch nicht, was Margot an Helene findet."

„Margot wird sich freuen, wenn du Maria nicht ausstehen kannst."

„Vielleicht ist das sogar der wirkliche Grund", seufzte Laura. „Meine Solidarität mit Freundinnen geht manchmal weiter als korrekt. Und darüber hinaus habe ich das Gefühl, mit Maria stimmt was nicht."

„Warum hast du ihr das Foto nicht unter die Nase gehalten?" fragte Helga.

„Ich war so wütend, daß ich Angst hatte, einen Fehler zu machen. Ich sollte mehr über die Entstehung des Fotos wissen, meine ich."

„Eine kluge Entscheidung", lobte Helga.

„Ich habe auf meinem Schreibtisch einen Zettel mit der

Adresse der Fotoausrüstung. Wenn ich heute abend nicht zu Hause bin, mußt du dort anfangen, mich zu suchen."

„Ich kann dich wohl nicht davon abhalten?" fragte Helga.

Laura schüttelte den Kopf.

„Warum tust du das alles? Dein Auftrag ist, den Pianisten zu finden."

„Ich bin schon zu tief drin. Ich kann nicht mehr zurück. Und ich muß wissen, wer mich gestern an die Wand quetschen wollte."

„Hast du schon mit Margot gesprochen?"

„Nein."

„Wieso nicht?"

„Weiß nicht. So ein Gefühl."

„Dieses Gefühl habe ich schon lange! Irgendwie habe ich den Eindruck, Margot ist in die Sache verwickelt."

„Nein, das ist sie nicht, Helga", sagte Laura. „Ich weiß nicht, warum du immer auf ihr herumhacken mußt."

„Würdest du deine Hand für sie ins Feuer legen?"

„Was ist denn das für eine blöde Frage? Nein. Ich würde für keinen Fan meine Hand ins Feuer legen. Weil alle Fans spinnen!" sagte Laura entschieden.

„Und Kreszenz?"

„Wollen wir jetzt meinen Bekanntenkreis durchhecheln?"

Helga schüttelte den Kopf. „Es kam mir nur komisch vor, wie vertraut die beiden gleich waren."

„Wenn du nach dem Mörder des Halstuchs suchst", sagte Laura, „denk lieber an die Exen der Diva. Von Zlatko habe ich eine unter Umständen aktuelle Adresse. Vielleicht fahre ich morgen nach Prag. Ich würde Socke gern bei dir lassen."

„Ja. Fährst du allein? Oder mit Margot?"

„Allein", sagte Laura mit einer Sicherheit, die sie wunderte, denn sie hatte noch nicht darüber nachgedacht.

„Darf ich die Fanpost lesen?" fragte Helga neugierig.

„Klar. Ich habe noch gar nicht alles gelesen", antwortete Laura. „Ist zum Teil recht deprimierend." Sie stand auf, holte die Briefe und legte sie neben Helgas Teller.

„Wenn die wüßten, daß sie in Waschkörben landen", sinnierte Helga und schlitzte den ersten Brief mit dem Messer auf.

Laura schaute nachdenklich aus dem Fenster. „Da fällt mir noch was auf", sagte sie langsam. „Helene Rosenbaum hat doch gesagt, sie würde die Post von hinten nach vorn in die Waschkörbe werfen."

„Und?"

„Ich habe bei allen Briefen auf den Poststempel geschaut. Ich wollte die Briefe mitnehmen, die in München aufgegeben worden sind. Ich dachte wohl schon an die Fotoausrüstung und Silvia Ringmaier. Aber es gab keinen einzigen Brief mit einem Stempel von Juli."

„Was schließt du daraus?"

„Wir haben Ende Juli. Hat Helene im Juli keine Fanpost bekommen?"

„Vielleicht bewahrt sie die aktuelle Post woanders auf?"

„Vielleicht habe ich auch etwas übersehen. Es ging alles ziemlich schnell." Laura macht eine Pause. „Oder Maria hat etwas von der Post unterschlagen. Sie hat mich beobachtet. Sie hat mich keine Sekunde aus den Augen gelassen."

„Aber wenn sie etwas unterschlagen hat, dann hätte sie dich doch allein lassen können."

„Stimmt auch wieder", seufzte Laura.

„Du kommst schon noch drauf", sagte Helga tröstend und entfaltete den ersten Brief. In ihren Augen blitzte Neugier. Sie war mehr als wach. Sie war übermütig.

Liebe Helene Rosenbaum, wie nur, wie! Normalerweise ergibt sich etwas. Wir säßen bei einer Gartenparty nebeneinander – eine Katze striche um meine, dann um Ihre Beine, Sie oder ich begännen, von Katzen zu sprechen, dann von Tieren im allgemeinen, und dann würden wir vielleicht persönlicher werden und nach Beruf und Leben fragen. So erführe ich, daß Sie Opernsängerin im Ruhestand sind, und Sie erführen, daß ich eine Künstleragentur leite. So ein Zufall, würden wir vielleicht sagen. Wie das Leben zuweilen spielt. Doch wie das Leben hier spielt, ist nicht das Leben, ist lediglich mein Leben. Wahr ist, daß ich eine Künstleragentur leite. Und Sie, Frau Rosenbaum, haben mich dazu veranlaßt ...

Alles begann vor fünf Jahren, als ich Sie bei einem Meisterkurs erleben durfte. Als Sängerin waren Sie mir schon lange ein Begriff. Ich liebe klassische Musik sehr und habe von jeher viel Zeit in Theatern und Opernhäusern verbracht. Einem Meisterkurs hatte ich noch nie beigewohnt und war um so gespannter, nun auch einmal Sie sehen zu können, denn als Sängerin auf der Bühne hatte ich Sie verpaßt. Der erste Eindruck, den ich damals von Ihnen erhielt, ich will es nicht verheimlichen, war neutral. Sie betraten die Bühne und standen da – diese wenigen Sekunden waren der einzige Moment des Niemandslandes in meiner Beziehung zu Ihnen. Bitte verzeihen Sie dieses Wort, ich möchte Ihnen nicht zu nahe treten. Dann begann Ihr Unterricht. Mit einer Intensität und Wärme, mit einer Begeisterung und Leidenschaft, die ich als unbeteiligte Zuschauerin körperlich spüren konnte, verzauberten Sie mich. Und als die Woche vorüber war, hatte sich mein Leben verändert. Es war nicht nur die Freude, Ihnen zugesehen zu haben. Ich war von einer Frau, die Ihre Stimme schätzte, zum Fan geworden.

Auf normalem Wege, das war mir klar, würde ich Sie nie kennen lernen. Künstlerisch sah ich keine Chance, viel zu alt (40), mit dem Singen zu beginnen, niemals ergatterte ich eine Zulassung zu einem Meisterkurs, das Theater kannte ich nur als Zuschauerin. Doch ich war fit in Betriebswirtschaft, arbeitete als Kontakterin in einer Werbeagentur – und so reifte der Gedanke, eine Künstleragentur zu gründen. Damit im Rücken konnte ich legal an Sie herantreten und Sie kennen lernen. Das einzig und allein wollte ich. Einmal mit Ihnen sprechen. Sie einmal aus der Nähe sehen – und dann eben auch entscheiden, ob ich mich getäuscht habe. Wie leicht könnte ich mich täuschen. Das war mir bewußt, und ich behielt soviel Realitätssinn, mir auszumalen, daß Sie mir gänzlich unsympathisch wären.

Auf meinem Schreibtisch steht ein Bild von Ihnen. Ich schaue es an und entdecke stets aufs neue diesen Hauch von Melancholie. Allein mit Ihrer Melancholie? Und manchmal mehr als dies. Sind Sie in guten Händen, möchte ich fragen. Ich stelle mir vor, ob Sie sich manchmal nach einem normalen Leben sehnen. Denn vieles, was wir ganz einfach tun, ist Ihnen verschlossen, gefangen in Ihren Opernkreisen. Diesen

Brief zum Beispiel ... Ich schreibe ihn in dem Bewußtsein, daß Sie ihn vielleicht nicht erhalten, daß Ihre Post von einer anderen Person gelesen wird, daß diese Person entscheidet, welche Post zu Ihnen vordringt ... Was kann ich schon bieten außer meiner heimlichen, fremden Liebe.
Liebe Helene Rosenbaum, nun sollte es, so denke ich, wohl genug sein. Vielleicht gelingt es mir eines Tages, Sie persönlich kennen zu lernen, vielleicht hilft mir meine Agentur dabei. Ich bedanke mich für Ihre Aufmerksamkeit und grüße Sie mit den allerbesten Wünschen auf das herzlichste:
Ihre Margit Glaser.

Helga ließ den Brief sinken. „Da kann ich nur froh sein", sagte sie nach einer langen Pause, „daß ich nicht zu den Fans von Helene Rosenbaum gehöre."

„Ich denke, was diese Frau beschreibt, ist der Alltag eines jeden Fans", sagte Laura nachdenklich.

„Und soviel Liebe. Das ist spürbar zwischen den Zeilen", sagte Helga leise.

„Daß sie sogar den Job gewechselt hat", setzte Laura hinzu.

„Und wie vorsichtig sie mit Helene umgeht. Ich habe gemerkt, daß es ihr schwer gefallen ist, den Brief zu schreiben."

„Das hat sie ja auch nicht verheimlicht."

„Hat Margot eigentlich schon mal geschrieben?"

„Ich glaube nicht. Ich hoffe bloß, ich finde keinen Brief von Margot in der Fanpost, die ich mitgehen ließ", stöhnte Laura. „Das wäre mir unangenehm!"

„Mir nicht." Helga griff sich das nächste Kuvert.

36

Weber oder Knecht – Laura wußte es noch immer nicht, als sie auf das Haus zusteuerte, in dem Fotoausrüstung damals verschwunden war. Fotoausrüstung war bei jeder Veranstaltung von Helene Rosenbaum gewesen. Im Grunde war sie die erste und einzige Verdächtige, die Laura außer Helenes drei Exen hatte. Laura war dennoch klar, daß auch jeder andere Fan, den sie bei Helenes Veranstaltungen gesehen hatte, an Fotoausrüstungs Stelle verdächtigt werden könnte. Laura wechselte die Straßenseite und blickte an der Fassade des Hauses hoch. Keine Vorhänge und Topfpflanzen zierten die Fenster, die hell geworden waren, nachdem Fotoausrüstung das Haus betreten hatte.

„Excuse me, do you speak English?"

Laura fuhr herum. Die Piepsstimme paßte nicht zu der großen, sportlich wirkenden Frau im karierten Hosenanzug. „Yes."

„Where is Karstadt?"

„Karstadt?" wiederholte Laura, dann verstand sie. Erklärte den Weg, freute sich, daß es so gut klappte, als spreche sie täglich Englisch, bedauerte ein bißchen, daß die Engländerin keine Italienerin war, da hätte sie sich mehr anstrengen müssen, es hätte aber auch mehr Spaß gemacht, und staunte nicht schlecht, als ihr die Engländerin zum Schluß die Hand reichte. Und sie wußte immer noch nicht, ob Weber oder Knecht. Der Postbote nahm ihr die Entscheidung ab. Er sperrte auf, sie ging hinter ihm durch die Tür und die Treppen hoch bis zum obersten Stock. Und dann war es einfach. Zwei Türen. Links Stille, rechts die bekannte Stimme. Helene Rosenbaum jodelte auch in Giesing. Weber stand an dem Türschild. Laura drückte auf die Klingel. Die Musik wurde leiser gestellt. Sonst geschah nichts. Laura klingelte wieder. Eine Frauenstimme: „Ich hab' doch schon leiser gedreht!" Laura klingelte noch mal, anscheinend wurde sie mit einer Nachbarin verwechselt. Die Tür wurde aufgerissen und sofort wieder zugeworfen. Die Musik wurde abgestellt. Laura klopfte und rief: „Frau Weber, bitte machen Sie die Tür auf! Ich muß mit Ihnen reden. Dringend!"

„Ich kenne Sie nicht!" schallte es aus dem Wohnungsinneren.

„Ich Sie auch nicht", rief Laura. „Aber es ist sehr wichtig!"

„Worum geht es?"

„Helene Rosenbaum."

„Nein", rief die Fotoausrüstung.

„Kann ich Sie anrufen?" fragte Laura.

„Sie können ihr sagen, daß ich mit niemandem rede, egal, wen sie mir schickt."

„Wer?" fragte Laura.

Schweigen.

„Hören Sie, Frau Weber, mich schickt niemand. Ich bin allein und möchte Ihnen lediglich einige Fragen stellen."

„Gehen Sie einen Schritt zurück", befahl die Stimme.

Laura trat zurück, die Tür öffnete sich einen Spalt. Oberhalb der Sperrkette erschien der Kopf von Frau Weber. Große braune Augen. Rote Haare, mit einer Spange hochgesteckt, wild toupiert, erinnerte Laura an Fotos aus den Sixties. Laura war gar nicht aufgefallen, daß die Haare so rot ...

„Ja?" fragte Frau Weber.

„Sie haben Angst", stellte Laura fest. „Warum? Wovor?"

Der Blick von Frau Weber veränderte sich. Wurde durchlässig. Sie musterte Laura von Kopf bis Fuß.

„Was wollen Sie?" fragte Frau Weber erneut, da entdeckte Laura das kleine Schild über dem Klingelknopf. Hedwig Weber stand darauf. Eine Hedwig hatte Laura noch nie kennen gelernt, sie hatte aber auch noch nie so lange vor einer Sperrkette gestanden. Und dann fiel ihr ein, daß die Haare der Fotoausrüstung braun gewesen waren. Das Rot war neu. Laura hatte den Verdacht, es hing mit der Angst zusammen, die sie deutlich spüren konnte.

„Mein Name ist Laura Rose. Ich bin Privatdetektivin."

„Also doch!" rief Hedwig und war im Begriff, die Tür wieder zu schließen.

„Bitte!" sagte Laura. Es gelang ihr, soviel Eindringlichkeit in ihre Stimme zu legen, daß die Tür offen blieb. „Im Umkreis von Helene Rosenbaum gibt es drei tote Frauen."

Hedwig schluchzte auf.

„Frau Weber?" fragte Laura irritiert. Warum dieses Geheule? Blufte sie? Wollte sie ablenken? Wovon?

„Ja", sagte die Fotoausrüstung, rieb sich die Augen und sah Laura trotzig an.

„Alle drei waren Fans von Helene Rosenbaum. Ich habe das Gefühl, es gibt eine Verbindung", log Laura ein bißchen.

„Wie kommen Sie auf mich?" fragte Hedwig. Ihre Stimme klang etwas fester.

„Sie waren bei Veranstaltungen von Helene Rosenbaum", sagte Laura. „An der KZ-Gedenkstätte, in Rosenheim und in München. Und in Rosenheim haben Sie ..."

Hedwig Weber riß die Augen auf. „Jetzt weiß ich, woher ich Sie kenne! Sie waren im Gasteig. Helene Rosenbaum hat Sie angesprochen. Bei der Podiumsdiskussion."

„Ja, das bin ich", lächelte Laura, als wäre es eine Unbedenklichkeitsbescheinigung. „Und Sie haben Helene Rosenbaum in Rosenheim angesprochen."

„Okay, das war ein Fehler, ich weiß es. Ich entschuldige mich meinetwegen auch dafür, das können Sie ihr ausrichten. Schriftlich auch. Aber ich will endlich meine Ruhe haben. Jeder macht mal Fehler, oder?"

„Frau Weber, ich will Ihre Ruhe überhaupt nicht stören. Ganz im Gegenteil. Ich will etwas aufklären."

„Für wen arbeiten Sie?"

„Für niemanden. Ich bin zufällig in diesen Fall geschlittert. Eine meiner Freundinnen ist ein Fan von Helene Rosenbaum. So habe ich sie überhaupt kennen gelernt."

Nun geschah Seltsames. Hedwig Weber entfernte die Sperrkette und stand Laura schutzlos gegenüber. Weite Jeans, die sich wunderbar nachlässig um die Hüften schmiegte, enges T-Shirt mit Ausschnitt – das gefiel Laura. Weil Laura auch gefiel, öffnete Hedwig die Tür.

Sympathie beruht auf Gegenseitigkeit – was sich von Verliebtheit nicht behaupten läßt.

„Ich weiß nicht, warum", sagte Hedwig Weber, „aber ich glaube Ihnen jetzt mal einfach. Sie können reinkommen. Aber ich möchte vorher bei einer Freundin anrufen und Bescheid geben, daß Sie da sind. Zur Sicherheit."

Ein Telefon hatte Hedwig schon in der Hand. Vielleicht hatte sie geglaubt, sie brauche es, um die Polizei zu rufen. Sie tippte auf ein paar Tasten, wartete und sagte: „Hallo, hier Hedwig, nur zur Sicherheit, wie abgesprochen. Hier ist eine Frau, sie sagt, sie heißt Laura Rose, zirka einsfünfundsiebzig groß, sehr dunkle Locken, schulterlang, sehr blaue Augen",

Hedwig grinste plötzlich, „sehr attraktiv", fügte sie hinzu, und Laura grinste auch, „sie will ..."

„... wohnhaft Rosenheimer Straße", warf Laura ein.

„Das kann ja wohl nicht stimmen", unterbrach Hedwig. „Rose? Rosenheimer Straße? Rosenbaum? Rosenheim?"

„Das ist der Rosenkrimi", summte Laura.

Hedwig schmunzelte und beendete das Telefonat. „Bitte", sagte sie und ließ Laura herein. Die Stimmung war deutlich entspannter. Als hätte der Duft der Rosen sie eingelullt. Hübsche Zweizimmerwohnung, nein, drei Zimmer. „Da ist die Dunkelkammer", sagte Hedwig, die Lauras Blick bemerkt hatte. Großes Wohnzimmer, die Hälfte Arbeitsbereich, Chromregale, Ordner, Fotobände, pinkes Sofa, Bücher.

Hedwig führte Laura in die Küche. Gewürze und Obst und Gemüse, ein altes Küchenbuffett, eine alte Eckbank paßten gut zu den modernen Glasschränken über Herd und Spüle. Laura nahm auf der Eckbank Platz, Hedwig setzte sich an die Stirnseite neben sie. „Also, worum geht es?"

„Drei tote Frauen", begann Laura erneut mit dem dramatischsten Einstieg. „Zuerst Marianne Kintner ..."

Hedwigs Mundwinkel zuckten.

„Kannten Sie sie?" fragte Laura.

Hedwig schwieg.

„Dann Silvia Ringmaier. Und dann eine Frau mit ..."

„Silvia Ringmaier wurde wahrscheinlich von ihrem Bruder ermordet", unterbrach Hedwig.

„Und Marianne Kintner hat sich selbst getötet", sagte Laura.

Wieder das Zucken um die Mundwinkel. Und dann platzte es aus Hedwig heraus: „Maria hat sie auf dem Gewissen!"

„Maria Habicher?" fragte Laura.

„Ja." Hedwig schluchzte auf. Verzweifelt klang es.

Laura setzte alles auf eine Karte. „Und Sie haben die beiden fotografiert? Maria und Marianne."

Hedwig nickte. Brach nun völlig zusammen. Schluchzte, schluckte, rotzte, weinte.

Ratlos saß Laura eine Weile daneben, dann stand sie auf, holte eine Küchenrolle von der Anrichte, riß ein paar Tücher ab und reichte sie Hedwig. Die beruhigte sich gar nicht mehr. Das Gesicht mit den Händen bedeckt, wiegte sie ihren Oberkörper vor und zurück und weinte, weinte, weinte. So herzzerreißend, daß Laura nicht anders konnte, als sich neben sie zu setzen und den Arm um sie zu legen. Obwohl es ihr sträflich unpassend erschien, registrierte sie dennoch, wie gut sich Hedwig anfühlte. Warm und weich und wunderbar. Aber dann überwog Lauras Mitgefühl, und sie streichelte Hedwigs Rücken mit soviel Mütterlichkeit, wie sie nur aufbringen konnte.

„Entschuldigung", stammelte Hedwig ein paarmal, aber sie konnte nicht aufhören zu weinen, und irgendwann, das merkte Laura in dem Nachgeben ihrer Haltung, wollte sie auch nicht mehr aufhören. Es hatte sich anscheinend eine Menge angestaut bei Hedwig Weber – und Laura war durch Zufall oder Schicksal im rechten Moment aufgetaucht – den Rest hatten wahrscheinlich ihre blauen Augen erledigt, die einfach nicht lügen konnten.

37

Zwei Stunden später stand Hedwig am Herd und kochte Pasta. Laura liebte Pasta. Seit Sophia nichts mehr von Laura wissen wollte, hatte keine mehr für Laura Spaghetti gekocht. Und wie bei Sophia erklang klassische Musik dazu. Die Fenster weit geöffnet. Zweimal schon hatte es an der Tür geklingelt, und Hedwig hatte die Musik kurzzeitig leiser gestellt. Das Lächeln, als sie „Meine Nachbarin" gesagt hatte, hatte Lauras Bauch durchgequirlt. Und jetzt saß sie auf der gemütlichen Eckbank, beobachtete, wie Hedwig Milch für den Kaffee schaumig schlug, den sie noch vor dem Essen trinken wollte, und genoß es, ihr einfach nur zuzusehen. Laura würde vor dem Essen Kaffee trinken statt danach. Obwohl sie das sonst nicht machte.

Laura war ein bißchen von der Rolle. Wie süß Hedwigs Po beim Milchschaumigschlagen wackelte. Laura war sehr von der Rolle. Im Ergebnis war es mit einem Wutanfall zu vergleichen: Sie konnte nicht mehr klar denken.

„Hörst du diese Stelle?" fragte Hedwig.

Laura horchte, sie hörte keine Stelle, sie hörte nur die Stimme von Helene Rosenbaum, sie war schön, war kein Grund, aus dem Fenster zu springen vor Traurigkeit, und wenn Laura es tun würde, könnte sie fliegen.

„Magst du Knoblauch?" fragte Hedwig.

Laura nickte. Anscheinend mochte sie alles, was von Hedwig kam. Mit dem letzten Rest Vernunft stellte Laura fest, daß sie auf dem besten Weg war, sich zu verlieben. Oder war sie es schon? Als Hedwig so geweint hatte und ihr dann noch schlecht geworden war. Als Laura sie in ihr Schlafzimmer begleitet – wunderschöner Raum voller Romantik in Pastell –, zum Bett geführt und weitergestreichelt hatte. Immer nur den Rücken, stundenlang, so war es ihr vorgekommen, und dann hatten ihre Hände, stetig dieselben Stellen streichelnd, plötzlich in die Tiefe gespürt und noch ein bißchen tiefer, und Hedwig hatte sich ganz weich gemacht, so weich, daß Laura immer tiefer in den Rücken hinein streicheln konnte, und irgendwann war es, als berührte ihre Seele die von Hedwig, fremde Frau. Gesprochen hatten sie nichts dabei. Auch nicht danach. Alles, was sichtbar vorgefallen war, war dieser eine schnelle Kuß gewesen. So weiche Lippen! Und der war fast ein Versehen gewesen, und dann waren sie sofort aufgestanden. Erschrocken. Und verlegen. Hedwig versicherte, jetzt fühle sie sich wieder wohl, und Laura hatte gemeint, vielleicht sollte sie was essen. Pasta, hatte Hedwig gesagt.

Hedwig stand also am Herd und kochte Kaffee – für den Kreislauf, wie sie es nannte. Eine Kreislaufanregung brauchte Laura gewiß nicht. Sie war wach bis in die Haarspitzen – aber wie gesagt, sie würde mittrinken. Hedwig servierte den Milchkaffee, Lauras geschäumte Milch zierte ein Herz aus Kakao. Hedwig hatte sich schnell wieder umgedreht und tat sehr beschäftigt mit Sauce Abschmecken. Laura starrte auf das Herz. Seltsamerweise fing sie nun wieder zu denken an. War das echt? Oder wollte Hedwig sie einwickeln? Laura war immerhin mit einem konkreten Ansinnen gekommen. Bis jetzt hatte sie nur eine traurige weinende Frau getröstet. Laura trank das Herz mit einem Schluck weg und rutschte vom siebten in den dritten Himmel. Immer noch rosig, aber der Blick auf die Erde ein bißchen klarer.

Hedwigs Liebe zur klassischen Musik begann bei ihrer Mutter, einer leidenschaftlichen Pianistin, die bei der Geburt ihres dritten Kindes gestorben war. Vor einem Jahr hatte Hedwig eine Radiosendung über Helene Rosenbaum gehört. Vom ersten Hören an war Hedwig von ihrer Stimme fasziniert gewesen. Sie wollte mehr über diese Frau wissen.

„Was hat deine Freundin dazu gesagt?" fragte Laura.

„War gerade Schluß. Es paßte also vortrefflich. Wenn ich mit Simone noch zusammen gewesen wäre, hätte ich mich da nie so reinfallen lassen."

Laura nickte. Völlig zufriedengestellt. Die Pasta schmeckte ebenfalls vortrefflich. Besser als bei Sophia. Aber wahrscheinlich bildete Laura sich das ein. Egal. Es war herrlich. Eingebildet oder nicht.

Hedwig erzählte ohne Aufforderung weiter. Sie war zu einem Workshop gefahren, den Helene in Frankfurt gehalten hatte. Vom ersten Augenblick war sie in Helene verliebt.

„Aber sie ist viel älter als du!" rief Laura, die immer noch nicht verstand, warum so viele Frauen Helene Rosenbaum erlagen.

„Das habe ich nicht mehr gesehen, als sie auf der Bühne stand. Wie sie auf und ab ging. Wie sie den Sängerinnen und Sängern die Texte nahebrachte. Ihre Ausstrahlung, ihre Persönlichkeit – das hat mich schlichtweg umgehauen."

„Schlichtweg umgehauen", wiederholte Laura, und Hedwig lächelte. Ein Grübchen! Links!

Von diesem Workshop an hatte Hedwig kaum eine von Helenes Veranstaltungen versäumt. Als freiberufliche Fotografin konnte sie sich das einteilen. Ihr Traum war es, von Helene engagiert zu werden – darauf arbeitete sie hin, indem sie sie immer wieder fotografierte. „Herrliche Fotos habe ich von Helene! Du kannst sie gern mal anschauen."

„Sehr gern", sagte Laura, besann sich, schüttelte den

Kopf. „Nein danke. Aber ich habe eine Freundin, der würdest du damit eine Riesenfreude machen."

„Eine Freundin?" fragte Hedwig betont beiläufig.

„Eine Freundin", sagte Laura so, daß Hedwig die Gabel voll Nudeln, die in der Luft schwebte, beruhigt zum Mund führen konnte. Und dann erzählte sie weiter. Wie sie sich immer mehr in Helene verknallt hatte. Wie sie geradezu besessen von ihr war. Wie sie angefangen hatte, Helene nachzuspionieren. Sie hatte sich vorgemacht, auf der Jagd nach dem besten Foto zu sein, aber das war sie natürlich nicht gewesen. Sie war auf der Jagd nach Helene. Und dabei war ihr irgendwann aufgefallen, daß Maria Habicher gelegentlich mit Fans sprach. Und zwar heimlich. Beim Einkaufen zum Beispiel. Zuweilen machte es den Eindruck, sie hätte sich verabredet oder verabrede sich.

„Du hast sie verfolgt? In Garmisch?" staunte Laura.

„Das war ein Kinderspiel! Ich habe sie auch im Umfeld einer Veranstaltung beobachtet, wenn Helene in der Garderobe war – vielleicht geschminkt wurde. Und so reifte dann auch mein Plan. Ich wollte versuchen, über Maria an Helene heranzukommen."

„Wie sollte das gehen?"

„Das wußte ich nicht. Meine Intuition sagte, dranbleiben. Ich war überzeugt, eines Tages würde meine Stunde schlagen. Das tat sie dann ja auch. Allerdings anders als erwartet."

„Da hast du aber viel Zeit investiert", unterbrach Laura.

„Ja. Ich habe meine Arbeit sträflich vernachlässigt. Als Freiberuflerin kannst du dir sowas eigentlich nicht leisten, und ich habe mehr Glück als Verstand, daß ich gerade letzte Woche einen lukrativen Auftrag von einer Kundin bekam, die ich schon einige Male vertröstet habe. Aber ich war eben von Sinnen. Auch die zerbrochene Beziehung zu Simone spielte eine Rolle – alles kam zusammen, und ich trieb mich rum, und vor allem trieb es mich zu Helene hin."

„Und dann hast du Maria kennen gelernt?" fragte Laura, nun sehr gespannt.

„Nein. Ich habe sie mit Marianne Kintner gesehen. Dreimal. Ich konnte allerdings nur einmal fotografieren, und das war auch schon riskant. Die anderen beiden Male wären interessanter gewesen. Einmal im Auto von Maria – es hat getönte Scheiben, aber ich kam so nah dran, daß ich hörte, was im Inneren ablief."

„Und was lief da ab?"

„Ich habe Geräusche gehört. Typische Geräusche."

„Von wem?"

„Wahrscheinlich von beiden, das weiß ich aber nicht. Das zweite Mal verschwanden sie in einem Stundenhotel beim Münchner Hauptbahnhof."

„Nein!" staunte Laura.

„Doch. Das kannst du mir ruhig glauben. Ich habe sie danach fotografiert, doch die Bilder geben nichts her, sie gehen einfach nebeneinander durch die Stadt. Aber das Bild, das ich dann geschossen habe, das gibt was her ..."

„Ich kenne es. Maria und Marianne küssend auf einer Parkbank."

„Woher?" fragte Hedwig erschrocken.

„Von der Vermieterin von Marianne."

„O je!" machte Hedwig, und schon wieder zitterten ihre Mundwinkel. Was war zwischen ihr und Marianne Kintner vorgefallen?

„Kanntest du Marianne?" fragte Laura.

„Flüchtig", sagte Hedwig mit vibrierender Stimme. Schluchzte wieder, und schluchzend erzählte sie schließlich weiter. Wie sie über Mariannes Autokennzeichen ihren Namen herausgefunden hatte. Wie sie sie überredet hatte, sich mit ihr zu treffen. Marianne Kintner sei eine sehr leichtgläubige Person gewesen. Äußerst liebenswert und zuvorkommend, aber ein bißchen zu naiv. So naiv, daß sie sich von Maria hatte überreden lassen, sich „erkenntlich zu zeigen", anders hatte sie es nie genannt. Im Gegenzug würde Maria sie Helene vorstellen.

„Das ist nicht möglich!" entfuhr es Laura.

„Doch", sagte Hedwig und fand ihre Fassung wieder. „Maria Habicher hält sich an den Fans von Helene Rosenbaum schadlos."

„Ich glaube es nicht!"

„Ich habe auch eine Weile gebraucht, bis ich es fassen konnte. Und du kannst mir glauben, Marianne Kintner war kein Einzelfall – auch wenn mir weitere Beweise noch fehlen. Für mich war sofort klar, daß Maria niemals im Sinn hatte, Marianne Helene vorzustellen. Wie sollte sie das denn einfädeln? Aber Marianne war so verblendet, euphorisch und fanatisch – darin übertraf sie mich weit –, daß sie das gar nicht hören wollte. Sie glaubte fest, daß Maria sie eines Tages mit Helene bekanntmachen würde."

„Und wie hat sie sich das vorgestellt? Hat sie gedacht, Helene schickt Maria zum Teufel, wenn sie einmal in Mariannes Augen geblickt hat? Hat sie gedacht, das würde Maria auch noch arrangieren?"

„Ich glaube nicht, daß sie so weit gedacht hat. Sie hatte nur ein Ziel vor Augen: Helene Rosenbaum kennen zu lernen. Für alles andere war sie blind. Ich habe sie noch einmal getroffen und ihr klar gemacht, daß sie einer Riesenlüge aufsitzt. Sie sollte bei Maria auf ein Kennenlernen drängen. Das hat sie dann wohl gemacht und ist in einer Art und Weise verhöhnt worden, die so demütigend gewesen sein muß, daß sie sich einen Tag später das Leben genommen hat", schloß Hedwig. Wieder Tränen in den Augen.

Laura begriff. Hedwig glaubte, sie trage Mitschuld am Selbstmord Mariannes, weil sie Marianne aufgestachelt hatte. „Du meinst, du hast etwas damit zu tun?" fragte sie leise.

Hedwig nickte.

„Aber wenn ein Mensch aus dem Leben scheidet, dann ist das ganz allein seine Entscheidung! Seine Verantwortung!"

„Das weiß ich. Das sage ich mir seither auch dauernd. Aber tief in mir drin ist etwas, das klagt mich an. Das wirft mir vor, Marianne da reingezogen zu haben. Ich fand sie nett, aber ehrlich gesagt war sie mir egal. Ich wollte doch nur etwas von ihr erfahren. Ich wußte nicht, daß sie dermaßen sensibel ist."

„Hat sie dir anvertraut, was Maria ihr sagte?" fragte Laura.

„Nicht direkt. Ich habe danach nur noch einmal mit ihr telefoniert. Sie sagte, ich hätte recht gehabt. Und sie sei noch nie im Leben so verletzt worden. Dann legte sie auf. Sie mußte mir gar nicht viel erzählen. Ich konnte mir lebhaft vorstellen, wie Maria mit ihr umgesprungen ist. Die ist ein grober, rücksichtsloser Holzklotz. Ich traue ihr alles zu."

„Auch daß sie über Leichen geht?" fragte Laura, immer erleichterter, daß Hedwig sich aus dem Kreis der Verdächtigen entfernte.

„Das hat sie meiner Meinung nach schon getan", stellte Hedwig fest.

„Woher wußtest du von Mariannes Tod?" fragte Laura.

„Eine Frau, die auch immer bei Veranstaltungen mit Helene ist, sagte es mir. Ich traf sie auf der Toilette bei einem Gesangsabend einer Nachwuchsförderung. Die Frau las gelegentlich die regionalen Zeitungen. Wegen der Kritiken. Ich hatte mich schon mal mit ihr unterhalten. Und da nahm sie mich beiseite und sagte, daß die Frau mit den verrückten Handtaschen nicht mehr kommen würde. Da war Marianne schon begraben."

„Wie sah die Frau aus?" fragte Laura, obwohl sie nicht glaubte, daß Margot es gewesen war. Nur zur Sicherheit.

„Sie hat ziemlich viele Pickel, obwohl sie schon graue Haare hat. Wie sie heißt, weiß ich nicht."

„Ich kenne sie auch nicht", sagte Laura erleichtert und fügte hinzu: „Meine Freundin, also die, die mich zu Helene mitgenommen hat, liest nach Auftritten von Helene auch immer die Zeitungen. Das scheint weit verbreitet zu sein."

„Klar. Die meisten führen eine Art Archiv."

„Du auch?"

„Nein, ich fotografiere bloß."

„Es kann aber sein, daß viele Fans Bescheid wissen?"

„Wenn sie mehr als das Feuilleton der betreffenden Zeitungen lesen."

Laura kam zum Thema zurück. „Wie kam Marianne an das Foto von sich und Maria?"

„Ich habe ihr einen Abzug gegeben. Als Beweis, daß ich wirklich etwas in der Hand habe. Sie wollte mir nämlich nicht glauben. Ich sagte ihr zu, weitere Fotos zu bringen. Von Maria und anderen Fans. Ich weiß, daß es solche Treffen gibt, aber ich habe noch keine Fotos davon. Und so, wie es jetzt aussieht, werde ich auch keine mehr machen, ich will mit der ganzen Geschichte nichts mehr zu tun haben, das ist mir alles zu heiß."

„Wieso?" fragte Laura. „Was ist passiert?"

„Ich hätte niemals im Leben versuchen dürfen, an Maria ranzukommen. Ich habe ihre Handynummer rausgekriegt und angerufen. Gesagt, daß ich sie mit Marianne Kintner fotografiert habe. Ich wollte, daß sie mich zu Helene einlädt."

„Das ist doch derselbe Fehler, den Marianne gemacht hat!" rief Laura entsetzt.

„Ich weiß. Aber ich war ziemlich gaga. Wie es eben so ist, wenn man sich von seinen Gefühlen leiten läßt. Saublöden Gefühlen, möchte ich hinzufügen. Maria wollte das Beweismaterial sehen. Ich habe mich an der KZ-Gedenkstätte mit ihr getroffen."

„Da wußtest du noch nicht, daß Marianne Kintner sich umgebracht hatte?"

„Nein, natürlich nicht! Sonst hätte ich das nie tun können." Hedwig überlegte. „Oder doch. Ich hätte es getan. Aber aus einem anderen Grund. Dann hätte ich es irgendwie auch für Marianne getan. Obwohl ich sie ja kaum kannte. Aber sie war so – so lieb. So ...", Hedwig suchte nach Worten, zuckte dann mit den Schultern, „... irgendwie unschuldig. Sie war wie so manches junge Mädchen in den Liedern, die Helene früher gesungen hat."

„Dort am Friedhof der KZ-Gedenkstätte", sagte Laura bedächtig, „habe ich dich das erste Mal gesehen. An diesem Tag begann der Fall für mich. Ich habe deine Turnschuhe gesehen und den Zopf von Maria."

„Das ist ja verrückt", murmelte Hedwig. „Das heißt, du bist gerade in die Schlüsselszene reingeplatzt!"

„Sieht so aus", lächelte Laura. Hedwig lächelte auch. Dieses Grübchen! „Und du hattest nichts mit Maria?" fragte Laura, der die Bemerkung von Helga einfiel, und immerhin stand ja ein Sofa in diesem Schuppen.

„Quatsch. Ich habe ihr das Bild gezeigt, und als sie es mir aus der Hand reißen wollte, habe ich es fallen lassen. Ist ja nur ein Abzug, habe ich gesagt."

„Du hast Marianne damit übergangen", wandte Laura ein, die es für wahrscheinlich hielt, daß Hedwig Marianne als Komplizin hatte gewinnen wollen. Vielleicht hatte sie Marianne angetragen, Maria in eine verfängliche Situation zu locken, die Hedwig leicht fotografieren konnte – so wäre Hedwig zu bestem Material gekommen. Laura hätte gern gewußt, ob es so gewesen war, aber sie hielt sich zurück. Selbst wenn sie recht hatte – ob Hedwig das zugeben würde, gebeutelt von Schuldgefühlen, wie sie war ...

„Ich fühlte mich ihr gegenüber nicht verpflichtet", verteidigte Hedwig sich und bestätigte Lauras Theorie. „Immerhin hatte ich ihr gesagt, daß Maria sie verarscht. Und wenn Maria behauptet hätte, sie habe etwas mit der Entstehung des Fotos zu tun, hätte sie mit gutem Recht alles von sich weisen können. Sie hatte ja wirklich nichts damit zu tun. Aber anscheinend kam es nie zu diesem Gespräch – als ich Maria das Foto unter die Nase hielt, war Marianne bereits tot."

„Du hast das Foto also erst Marianne gezeigt?"

„Natürlich!"

„Und wie hat Maria später reagiert?"

„Gar nicht. Sie ist wutentbrannt abgehauen, und dann habe ich nichts mehr von ihr gehört. Sie hat sich ein anderes Handy zugelegt, die Nummer habe ich nicht mehr rausgekriegt. Ich habe ihr geschrieben – keine Antwort. Das hat mich so wütend gemacht, daß ich mich in Rosenheim direkt an Helene gewandt habe."

„Warum hast du dich nicht gleich an Helene gewandt?"

„So blauäugig bin ich nicht ..."

„Nein, gar nicht", lächelte Laura.

„... daß ich glaube, durch solch ein Foto fällt mir die Beute in den Schoß." Hedwig kicherte und genoß den Satz, der ihr herausgerutscht war und seine Perlen erst nach dem Verklingen offenbarte. „Ich würde kaum davon profitieren, wenn Helene Maria den Laufpaß gäbe – das hätte null Auswirkung auf mich, denn ich stünde immer noch vor dem Problem: Wie lerne ich sie kennen?"

„Wie alle anderen Fans auch", warf Laura ein und dachte an den Brief, den Helga beim Frühstück gelesen hatte.

„Genau."

„Als du Helene in Rosenheim direkt angesprochen hast, war das der Knüller des Abends", erinnerte Laura sich.

„Ich stellte mir vor, Maria sitzt hinter der Bühne, und wenn ich so eine Frage stelle, geht ihr vielleicht der Arsch auf Grundeis. Das ist wohl auch passiert. Zwei Tage später hat mich ein Wagen angefahren. Ich hatte Glück, alles, was passierte, war eine ausgerenkte Schulter, als ich vom Fahrrad flog. Und eine Schürfwunde am Rücken. Das war schmerzhaft, aber nicht gefährlich. Daß ich in Gefahr war, begriff ich erst allmählich. Am nächsten Tag waren drei Reifen meines Autos aufgeschlitzt. Das habe ich auch noch für einen Zufall gehalten. Ich parke öfter auf dem Gehweg und glaubte, das sei die Strafmaßnahme eines Fußgängers."

Laura schmunzelte, sagte aber nichts.

„Aber dann ist mir zweimal ein Auto nachgefahren. Das habe ich nur bemerkt, weil ich selbst in letzter Zeit Helene oder Maria oder anderen nachgefahren bin."

„Was für ein Auto?" fragte Laura hastig. „Ein Pick-up?" Denn plötzlich und siedend heiß fiel ihr Kreszenz ein. Wenn Kreszenz von Hedwig wußte und Hedwig für schuldig am Tod von Marianne hielt, hatte Hedwig ein ernstes Problem.

„Einmal ein roter Golf und einmal ein dunkler BMW."

„Wirklich kein Pick-up?" fragte Laura aufatmend.

„Nein? Wieso?"

„Ein roter Golf!" rief Laura, die jetzt erst begriff. „Wann war das?"

„Gestern."

„Das gibt's ja wohl nicht", flüsterte Laura betroffen.

„Du siehst aus, als würdest du was wissen", sagte Hedwig.

„Schiebedach? Spoiler?"

„Weiß ich nicht. Wieso fragst du?"

Laura erzählte ihre Geschichte vom Sprung über die BMW zum Fenster und von den beiden Wagen, die sie verfolgt hatten.

„Ich konnte leider nicht erkennen, wer in dem Golf und dem BMW saß. Ich war ehrlich gesagt völlig panisch", gab Hedwig zu. „Es war zudem dunkel, beide Male."

„Und du glaubst", fragte Laura, „daß Maria hinter den Verfolgungen, aufgestochenen Reifen und dem Unfall steckt?"

„Natürlich!" rief Hedwig. „Sie will mich zum Schweigen bringen. Sie hat Angst, daß ich das Foto Helene übermittle."

„Das scheint aber schwierig zu sein, wenn sie die Post von Helene kontrolliert", sagte Laura in Erinnerung an die fehlende Julipost in den Waschkörben.

„Es findet sich immer ein Weg! Und dann ist sie ihren Superposten bei Frau Rosenbaum los! So etwas läßt Helene sich bestimmt nicht gefallen! Da schmeißt sie Maria raus! Und zwar hochkant!"

Laura spürte einen Stich im Magen. Hedwig redete schon wie Margot. Sie glühte förmlich vor Empörung. Was hatte die Diva an sich, daß sie wunderbare Frauen dermaßen verzaubern und in ihren Bann schlagen konnte? Nein, mit der Diva konnte Laura nicht konkurrieren, und es machte sie wütend, daß sie es in Erwägung zog.

„Ich weiß nicht, was Helene an dieser Maria Habicher findet", empörte sich Hedwig weiter. „Sie ist nicht attraktiv. Meiner Ansicht nach ist sie zu dick. Sie ist unhöflich und aufgeblasen. Sie betrügt Helene. Was findet sie nur an ihr?"

„Was findet Maria an Helene?" fragte Laura provozierend.

„Die Frage stellt sich doch gar nicht!" rief Hedwig.

„Wenn nun aber Maria gut für Helene ist! Es könnte doch sein, daß sie Helene abschirmt von alltäglichen Unbillen. Daß sie sie beschützt. Daß Helene durch Marias Fürsorge ihre Kreativität voll entfalten kann." Laura glaubte selbst nicht, was sie sagte. Aber sie wollte Hedwig etwas entgegnen.

„Helene ist wundervoll! Ihre Stimme! Ihre Augen! Ihre ganze Art. Wenn ich mir vorstelle, Maria hört den ganzen Tag diese Stimme ..."

„Helenes Sprechstimme finde ich keineswegs besonders", warf Laura ein.

„Vielleicht singt sie manchmal. In der Öffentlichkeit tut sie es nicht mehr. Aber zu Hause? Maria könnte das hören!"

„Wahrscheinlich liegt das ganze Geheimnis darin, daß Maria eine Kanone im Bett ist", sagte Laura und ärgerte sich im selben Moment über den plumpen Spruch.

„Das muß sie wohl sein, sonst kann ich es mir nicht erklären!" rief Hedwig, und die Stiche in Lauras Magen verwandelten sich in Traurigkeit. Schade. Schade, Hedwig. Auch du eine Verblendete, Geblendete, Verlorene.

„Und wenn Helene es weiß und duldet?" fragte Laura.

„Das würde Helene niemals dulden!" rief Hedwig im Brustton der Überzeugung.

Keine Chance, erkannte Laura und wechselte das Thema. „Hast du irgendwelche Beweise, daß Maria auch andere Fans kontaktiert hat?"

„Keine Fotos. Aber ich habe sie mit einer ziemlich Dünnen gesehen. Wahrscheinlich magersüchtig."

„Ich kenne sie", nickte Laura. „Sonst jemand?"

„Einmal hat sie mit der Frau geredet, die so auffällige Halstücher trägt. Die kennst du vielleicht auch?"

„Ja", sagt Laura vage. „Wie hat sie mit ihr geredet? Ist dir irgend etwas aufgefallen? Meinst du, sie kannten sich schon länger?"

„Natürlich dachte ich mir etwas. Ich habe mir bei jeder Frau, mit der Maria sprach, etwas gedacht, also auch bei der Frau mit den auffälligen Halstüchern."

„Sie ist tot."

„Nein!" rief Hedwig.

„Doch", sagte Laura. „Erdrosselt in Rosenheim."

Hedwig begann am ganzen Körper zu zittern. Sie ließ die Gabel fallen, sprang auf und stürzte ins Bad. Laura stand ebenfalls auf, setzte sich aber wieder. So nahe war sie Hedwig noch nicht, daß sie ihr beim Kotzen assistieren wollte.

38

Laura erreichte Helga nicht und sprach bei sich zu Hause auf Band. Das hatte sie Hedwig abgeschaut. Eine hervorragende Idee. „Helga, hier ist Laura. Der Fall wird interessant und leider auch gefährlich. Die Fotoausrüstung heißt Hedwig

Weber und ist ebenfalls verfolgt und von einem Auto angefahren worden. Ich bin unterwegs zu einer Elfriede Baumann, Gladbacher Straße 46. Das ist die, die Margot Twiggy genannt hat. Die Adresse habe ich von Hedwig Weber. Sie hat Elfriede Baumann observiert. Ich werde Elfriede Baumann fragen, ob sie auch ein Verhältnis mit Maria Habicher hatte. Ich melde mich später noch mal beziehungsweise versuche, dich mobil zu erreichen. Ciao." Laura schwieg, legte noch nicht auf, fügte hinzu „Hedwig ist ...", lächelte und wußte nicht weiter und drückte auf die rote Taste.

Elfriede Baumann war nicht zu Hause. Von einer Nachbarin erfuhr Laura, daß sie selten vor acht Uhr abends heimkam. Wo sie arbeitete, wußte die Nachbarin nicht. Laura rief Kreszenz Knödlseder an und fragte direkt, ob sie den Namen Hedwig Weber schon einmal gehört habe. Kreszenz verneinte, und wenn sie nicht eine überragende Schauspielerin war, sagte sie die Wahrheit. Laura war sehr durcheinander. Sie mußte Ordnung schaffen. Am besten wäre es, eine Runde mit Socke zu laufen. Laura fuhr nach Hause. Als Socke merkte, was bevorstand, raste sie begeistert im Flur auf und ab. Es war viel zu heiß zum Joggen. Trotzdem war Laura nicht die einzige, die an der Isar entlangrannte.

Erste Frage: Waren die Anschläge auf Hedwig und Laura von derselben Person verübt worden? Der Fall Helene Rosenbaum hatte bereits so viele Zufälle hervorgebracht, daß Laura nicht an einen weiteren glauben wollte. Von drei Toten war eine übrig geblieben. Und diese eine, die Frau mit dem Halstuch, hatte Hedwig im Gespräch mit Maria gesehen! Maria Habicher? Welchen Grund könnte sie gehabt haben, die Frau mit dem Halstuch zu ermorden? Vielleicht hatte die sie erfolgreicher erpreßt als Hedwig? Dann mußte Maria Angst haben aufzufliegen. Helene Rosenbaum war bestimmt nicht so tolerant, wie Hedwig sich das vorstellte.

Zweite Frage: Konnte Laura Hedwig trauen? Die Frage war längst beantwortet. Laura traute ihr. War das ein Fehler? Hedwig war vielleicht eifersüchtig auf Maria gewesen. Hedwig war ebenso besessen von der Diva, wie es Marianne Kintner gewesen war, auch wenn sie das abgestritten hatte.

Hedwig war keinen Deut besser als Margot. Und insofern war sie unberechenbar.

Dritte und entscheidende Frage: Wer hatte ein Motiv? Maria Habicher hatte eines. Sie wollte vertuschen. Hedwig vielleicht auch. Albert Haller, Margarete Winter und unter Umständen Wassili Zlatko wollten Helene Rosenbaum schaden. Vielleicht, indem sie sie in die Schlagzeilen brachten. Das war zwar um die Ecke gedacht, aber kranke Hirne neigten zu Loopings. Mit Elfriede Baumann, genannt Twiggy, mußte Laura noch sprechen, wobei sie die körperlich nicht für stark genug hielt, eine Frau zu erdrosseln. Überhaupt noch nicht berücksichtigt hatte Laura das private Umfeld der Frau mit dem Halstuch. Darüber wußte sie nichts. Sie wußte nicht einmal, wie die Frau mit dem Halstuch geheißen hatte, obwohl sie mittlerweile identifiziert war. Sie stammte aus Konstanz und war in einer Zeitung als die Ermordete Barbara F. bezeichnet worden. Wenn Laura sich richtig erinnerte, hatte Margot erwähnt, die Frau mit dem Halstuch würde oft neben der Frau mit dem Dutt sitzen. Vielleicht wußte die Frau mit dem Dutt etwas.

Viele Spekulationen. Wenig Tatsachen: Laura war zweimal verfolgt worden, und einmal hatte jemand versucht, sie zu töten. Hedwig war ebenfalls zweimal verfolgt und einmal fast überfahren worden. Was hatten Hedwig und Laura gemeinsam? Gab es andere Frauen, die Ähnliches erlebt hatten? Laura sollte mit allen Fans sprechen. Es würde ihnen vielleicht mal gut tun, wenn sie ihr konkurrierendes Schweigen brächen ...

„Das kann ich dir schon sagen", sagte Hedwig, „was wir gemeinsam haben. Ich habe auch darüber nachgedacht."

„Und", fragte Laura und preßte das Telefon so fest an ihr Ohr, daß es fast schmerzte, aber sie wollte ganz nah an Hedwigs Stimme sein.

„Wir sind beide aufgefallen. Ich in Rosenheim und du im Gasteig. Wir haben uns beide aus der anonymen Masse der Fans hervorgehoben. Ich habe Helene eine provokative Frage gestellt, du bist von Helene angesprochen worden."

„Korrekt!" rief Laura, dachte nach, fragte: „Und die Frau mit dem Halstuch? Ist sie auch aufgefallen? Erinnerst du dich an irgend etwas?"

„Nein. Aber ich war auch nicht bei jeder Veranstaltung. Wir müßten andere fragen."

„Das hatte ich sowieso vor. Hast du Namen, Adressen?"

„Nein. Nur die Adresse von Elfriede Baumann."

„Die habe ich noch nicht erreicht. Wann ist die nächste Veranstaltung mit Helene?"

„Warte."

Laura preßte ihr Ohr noch fester an den Hörer.

„Morgen abend!" rief Hedwig, und Laura verzog schmerzhaft das Gesicht. Gut, daß Hedwig sie nicht sehen konnte. „Das habe ich nicht in meinen Kalender eingetragen, weil ich morgen einen Fotokurs gebe und ausgeschlossen habe, nach Stuttgart zu fahren. Aber wie die Dinge jetzt liegen ..."

„Wie liegen sie denn?" fragte Laura.

„Anders", sagte Hedwig vielversprechend.

„Stuttgart ist nicht um die Ecke", dachte Laura laut.

„Du fährst hin?" fragte Hedwig.

„Ja." Laura hätte gern gefragt, ob Hedwig mit ihr fahren wollte. Hedwig sagte eine Weile nichts, als warte sie auf diese Frage. Laura strengte sich sehr an, sie nicht zu stellen. Es gab schon genug Verwirrung, und eine Autofahrt mit Hedwig gäbe ihr wahrscheinlich den Rest. Dann sagte Hedwig: „Also sehen wir uns morgen in Stuttgart."

Es klang ein wenig enttäuscht, und darüber freute Laura sich. Solange Hedwig nicht über die Diva sprach, war sie wunderbar.

39

Margot war beleidigt und ließ Laura das deutlich spüren. Margot fand, Laura hätte viel früher mit ihr sprechen müssen, nicht erst zwei Stunden bevor sie nach Stuttgart aufbrachen.

Margot hatte den Verdacht, Laura hätte ohne sie fahren wollen. Überhaupt hatte Margot von dieser Veranstaltung in Stuttgart nichts gewußt, und anstatt sich zu freuen, ärgerte sie sich darüber. Und Margot wollte überhaupt nichts davon hören, wie toll Hedwig war – darin, vermutete Laura, lag der eigentliche Grund für Margots schlechte Laune.

Der Weg, der zu dem Pavillon mitten im Wald führte, in dem Schülerinnen von Helene Rosenbaum deutsches Liedgut unter dem Motto Wald und Wiese vortragen würden, war nur für Autos mit Sondergenehmigung zu befahren, worüber ein Mann im grünen Anzug Laura und Margot aufklärte. Er beschrieb den Weg zu einem Parkplatz am Waldrand. Lauras Volvo war wieder nicht das erste Fahrzeug, obwohl sie fast drei Stunden zu früh waren. Kein Ford Ka, mußte Laura zu ihrem großen Bedauern feststellen.

„Suchst du was Bestimmtes?" fragte Margot argwöhnisch.

„Deine gute Laune", erwiderte Laura, und da mußte Margot dann doch ein bißchen lachen oder wenigstens so tun. Sie stiegen aus und machten sich auf den Weg zum Pavillon. Zehn Minuten zu Fuß, hatte der Mann im grünen Anzug gesagt. Wie kühl es im Wald war und wie golden das Licht in langen Streifen durch die schlanken Stämme der Bäume strahlte. Und dieser Duft. Mild und würzig zugleich.

„Ein wunderbarer Ort für einen solchen Gesangsabend", schwärmte Margot, und Laura stimmte vorbehaltlos zu. Der Weg führte zu einer Lichtung – dort stand der sogenannte Pavillon, ein Haus wie aus einem Traum. Sehr viel Glas inmitten eines Gartens voller Springbrunnen. Alle paar Meter ein Schild, das die Besucher auf eine Besonderheit hinwies: eine seltene Farnart, ein Ameisenhügel, eine Eibe. Erst direkt vor dem Pavillon war zu erkennen, daß der Garten als Labyrinth angelegt war. Ein wahrlich zauberhafter Ort.

„Ob Helenchen schon da ist?" fragte Margot mit dem für Prähelene typischen Vibrato in der Stimme.

„Wahrscheinlich nicht, jedenfalls haben wir den Espace nirgends gesehen", antwortete Laura.

„Sie darf sicher durchfahren. Bestimmt gibt es hier einen Parkplatz für VIPs."

„Ich schaue mir mal die Umgebung an", sagte Laura.

„Ich bleibe hier", erwiderte Margot, und das war Laura ganz recht. Eine Viertelstunde Abwesenheit konnte sie sich erlauben. Ein bißchen Gedanken sortieren. Ein bißchen von der Autofahrt erholen. Ein bißchen auf Hedwig vorbereiten. Es wäre noch immer genügend Zeit, sich unter den Fans umzuhören. Vor allem mit Elfriede Baumann wollte Laura sprechen. Und mit dem Dutt. Laura ging in die Hocke und strich über das Moos. So weich! Und die Vogelstimmen!

Sie hätte Socke mitnehmen sollen. Socke liebte Waldspaziergänge. Allerdings müßte Laura sie dann zurück zum Auto bringen. Ob Hedwig Hunde mochte? Plötzlich ein Schatten an einem Baum, Hände um Lauras Hals, nichts verstehen, aber das Herz so schnell und überall, gebückt, gedreht, ausgewichen, den Feind sehen: Schnauzer, Jeans und graues Sweat-Shirt. Ein Mann. In der Hand ein Messer. Lange Klinge. Blick in die Augen. Kalt und voller Haß.

„Ich kenne Sie nicht", sagte Laura. Sie wollte, daß er redete, damit sie ihn einschätzen konnte.

Er kam näher. Schleichend. Schlangenartig. Umkreiste Laura, die sich mit ihm drehte, das Messer und seine Beine im Blick. Alles, was sie über Messerkampf wußte, raste in Sekundenschnelle durch ihr Gehirn. Natürlich hatte sie Messerkampf trainiert. Aber auf der Matte im WenDo-Übungsraum sah ein Messerkampf anders aus als in einem Wald bei Stuttgart. Arm verlängern. Das Wichtigste. Doch sie wagte kaum, sich nach einem Ast umzusehen, denn der Mann fixierte sie und würde – ein Schritt näher. Laura wich zurück, trat auf einen Ast, riskierte es, bückte sich und griff danach. Glück gehabt. Fast so lang wie ein Degen. Nicht sehr dick, aber besser als nichts.

Ein Grinsen spielte um den Schnauzer. Seltsam weich sah das aus. Und dann rannte der Mann auf sie zu. Laura dachte nichts mehr. Sie schlug mit dem Stock um sich, sprang zurück, verlor ihn, riß die Hände hoch, nur weg von der Klinge, niemals in die Nähe der Klinge kommen, bückte sich nach einem anderen Ast und umkreiste den Mann, wie er sie umkreiste.

„Was wollen Sie von mir?" fragte sie noch einmal.

Keine Antwort. Nur sein Atmen hörte sie. Und dann auch ihr eigenes. Ein Keuchen und Kreiseln. Bis er wieder vorpreschte. Mit einer Rolle rettete Laura sich. Sie war flinker als er. Wie lange würde ihr das helfen? Einmal nur, wenn er sie treffen würde. Sie durfte sich nicht verletzen lassen. „Sie haben mich doch verfolgt?" fragte sie. „Im Auto?"

Keine Antwort. Sie sollte es bleiben lassen. Reden kostete zuviel Luft. Und Laura brauchte alles, sie hätte bis zu den Zehennägeln atmen mögen, so eng war ihre Brust, und soviel Sauerstoff benötigte sie, obwohl sie doch nichts tat, als mit dem Mann um einen imaginären Kreis zu tänzeln. Das Messer führte Regie.

Hätte sie nur Socke mitgenommen! Wieder griff er an, kein Zucken in den Augen, fast kam er angeflogen, und Laura wich zurück, stolperte und fiel, rollte zur Seite, griff in das Moos, irgendeinen Stock, einen Stein, egal was, die Jeansbeine neben ihr ...

Ein Schrei. „Laura!" Dann ein Keuchen und Rennen, ein großer Stein landete dumpf neben Laura im Moos, die Jeansbeine machten einen Satz und – waren verschwunden. Laura rappelte sich hoch.

„Laura! Laura!"

„Hedwig?"

„Laura!" rief Hedwig noch einmal und stürzte zu Laura und umarmte sie und hielt sie so fest, daß Laura fast erstickte. „Laura! Bin ich froh! Ich hatte solche Angst! Ich wußte nicht, was ich tun sollte!"

Am liebsten hätte Laura sich in Hedwig hineinfallen lassen. Doch sie schob sie weg. „Du hast den Stein geworfen?"

„Ich hatte nichts anderes."

„Wir müssen aufpassen! Er ist vielleicht noch da."

„Er ist da hinten im Unterholz verschwunden."

„Wir müssen sofort die Polizei verständigen, daß sich im Wald ein Irrer rumtreibt. Hast du ein Handy dabei?"

Hedwig schüttelte den Kopf.

„Wie hast du mich gefunden?"

„Ich bin so froh, so froh", seufzte Hedwig immer wieder.

171

„Du hast mir das Leben gerettet", flüsterte Laura.

„Das glaube ich zwar nicht, so elegant, wie deine Rolle ausgesehen hat, aber wenn du dich in meine Schuld begibst, nehm' ich das gern an."

Sie lächelten ein bißchen. Tat das gut. Lächeln. Was man in solchen Situationen für einen Quatsch redete. Fast wie im Fernsehen. Laura stand auf und merkte, ihre Knie waren weich und wackelig. Das ärgerte sie. Ihre Knie beeindruckte das überhaupt nicht. Die bemühten sich nicht mal um den Anschein, sie könnten Laura zurück zum Pavillon bringen. Dorthin mußte sie aber. Um die Polizei zu rufen. Und ihr Herz raste noch immer überall, und schlecht war ihr auch.

„Komm", sagte Hedwig und reichte Laura die Hand. Damit ging es dann doch. Unterwegs gab Hedwig Laura eine Zusammenfassung. „Ich bin kurz nach euch eingetroffen, ich sah euch vom Parkplatz weggehen. Als ich am Pavillon war, fragte ich deine Freundin nach dir. Sie zeigte mir die Richtung, in die du gegangen bist – du bist ja zum Glück immer auf dem Pfad hier geblieben – und dann hörte ich es keuchen und knacken – und dann sah ich euch schon."

„Das war genau im richtigen Moment", stöhnte Laura.

„Trägst du keine Waffe?"

„Nein."

„Aber du bist doch Detektivin?"

„Ich habe meine Fälle bisher ohne Waffe gelöst. Ich verabscheue Waffen", sagte Laura. „Und ich lege auch keinen Wert auf Fälle, in denen Waffen eine Rolle spielen."

„Kennst du den Mann?"

„Ich glaube, das ist der, der mich einmal verfolgt hat", sagte Laura. „Obwohl – der hatte einen Vollbart. Mist, ich weiß es nicht."

„Vielleicht hat er mich auch verfolgt?"

„Wenn es derselbe ist."

„Zu dumm, daß ich nichts gesehen habe. Aber wenn wir sofort die Polizei rufen, finden sie ihn vielleicht."

Laura blieb stehen. Eine Idee war aufgeblitzt, heller geworden, hatte ein Feuer entzündet. „Wir sollten noch warten", sagte sie bedächtig.

„Worauf?"

„Ich möchte noch ein Wörtchen mit Helene Rosenbaum und Maria Habicher reden."

Hedwig riß die Augen auf. „Du glaubst, daß der Mann von den beiden geschickt wurde?"

„Vielleicht sollte er mir einen Schrecken einjagen."

„Nach Schrecken einjagen sah das nicht aus."

„Einen nachhaltigen Schrecken", verbesserte Laura sich.

„Aber wieso dir? Du bist von Helene Rosenbaum beauftragt, den Pianisten zu finden!"

„Ich hatte schon öfter das Gefühl, dabei handle es sich um ein Ablenkungsmanöver", sinnierte Laura, die allmählich wieder Kraft in den Knien spürte. Was für eine Wohltat, dieses Beben und Zittern los zu sein.

„Ich kann mir eher vorstellen", sagte Hedwig, „daß mir ein Denkzettel verpaßt werden sollte. Schließlich habe ich die Fotos gemacht."

„Vielleicht ahnt Maria, daß ich von den Fotos weiß."

„Und wenn ..."

Laura unterbrach Hedwig, packte sie am Unterarm. „Jetzt weiß ich, woher ich den kenne! Du hast recht! Das ist ein Angestellter der noblen Helene Rosenbaum. Ihr Bodyguard!"

„Ein Muskelpaket ist er aber nicht gerade", stellte Hedwig skeptisch fest. „Bist du sicher? Bodyguards sehen anders aus! Das sind Schränke mit Sonnenbrillen."

„Wenn er eine Waffe trägt, ersetzt die ein paar Kilo Muskeln. Vielleicht hat er einen schwarzen Karategürtel. Vielleicht duldet Helene keine Schränke um sich. Aus ästhetischen Gründen. Das ist mir im Prinzip gleichgültig. Aber den Mann habe ich bei ihr gesehen. Er bewachte ihr Haus. Und ich habe ihn noch mal gesehen. Bei einer Veranstaltung. Margot, das ist die Freundin, mit der ich hier bin, kennt ihn auch. Er hält sich gern im Hintergrund und beobachtet."

„Also ist er nicht der, der dich verfolgt hat?"

„Das werde ich herausfinden. Ich knöpfe mir jetzt als erstes Maria vor."

„Wie willst du zu ihr kommen?"

„Direkt durch die Mitte", sagte Laura, und so machte sie

es auch, nachdem sie den Espace vor dem Pavillon parken sah. Daneben standen ein Ü-Wagen des SWR und fünf Limousinen, drei BMW, zwei Mercedes.

„Wohin wollen Sie bitte?" wurde Laura am Eingang des Pavillons von einer Frau im blauen Kostüm mit rot-weißem Blüschen aufgehalten.

„Zu Frau Habicher."

„Das geht jetzt leider nicht."

„Es ist dringend. Ich muß sie sofort sprechen."

„Aber ich ..."

„Wenn Sie mich nicht durchlassen, werden Sie ernste Probleme bekommen." Laura ließ offen, von welcher Seite.

Sie mußte es auch nicht präzisieren, die Frau begleitete Laura zu einer Tür, klopfte.

Ein Mann öffnete. „Ja?" fragte er ungehalten.

„Hier ist eine Dame für Frau Habicher."

„Wir sind verabredet", sagte Laura.

„Frau Habicher ist bei Frau Rosenbaum, oder warten Sie, nein, nein, sie kommt gerade – Frau Habicher!"

Maria erschien an der Tür, sah Laura, blickte fragend zu dem schwarz gekleideten Mann, in dem Laura einen Tontechniker vermutete.

„Schön, daß es klappt, Frau Habicher", lächelte Laura, reichte Maria die Hand, die sie reflexartig ergriff, und zog sie nach draußen.

Der Mann schloß die Tür. Die Frau ging wieder auf ihren Posten zum Eingang.

„Was soll das?" zischte Maria Habicher.

„Hören Sie auf, Ihre Hunde auf uns zu hetzen."

„Bitte was?"

„Vor zehn Minuten hat mich Helene Rosenbaums Bodyguard im Wald mit einem Messer angegriffen. Und wenn mir nicht eine Frau zu Hilfe gekommen wäre, würde ich nun nicht mehr vor Ihnen stehen."

„Was? Was sagen Sie da? Was für ein Bodyguard?"

„Der Mann mit dem Schnauzer. Ich weiß Bescheid. Sie brauchen ihn nicht zu decken. Ich habe ihn gesehen. Vor Ihrem Haus in Garmisch. Ich habe ihn auch bei einer Veranstaltung von Frau Rosenbaum gesehen. Ich finde es gut und löblich, wenn Frau Rosenbaum sich schützen läßt. Aber wenn ihr Bodyguard tollwütig wird, hört der Spaß auf. Ich verlange, daß Sie ihn zurückpfeifen. Wenn er noch ein einziges Mal mich oder auch Frau Hedwig Weber belästigt, wird die Polizei von den Anschlägen erfahren."

Maria Habicher riß die Augen auf. „Anschläge? Polizei? Hedwig Weber? Bitte, wovon sprechen Sie?"

„Alles in Ordnung, Frau Habicher?" war da plötzlich die Frau vom Einlaß.

„Ja, danke. Gibt es hier irgendwo ein ruhiges Zimmer?"

„Gleich links bitte. Da ist die Teeküche. Wenn es Ihnen nichts ausmacht ... Ansonsten im Anbau hinter dem Saal im kleinen Konferenzzimmer."

„Danke, wir nehmen die Teeküche", sagte Maria Habicher, und diesmal war sie es, die Laura hinter sich herzog. Sie legte also Wert auf eine Fortsetzung des Gesprächs. Das wunderte Laura nicht im Geringsten.

„Frau Rose! Wir beschäftigen keinen Bodyguard! Ich weiß nicht, wer mit dem Messer auf Sie losgegangen ist. Aber ich würde gern erfahren, woher Sie Hedwig Weber kennen."

„Sie meinen die Fotografin Hedwig Weber, die Sie mit Fans in eindeutigen Situationen abgelichtet hat?" fragte Laura nicht ohne Genugtuung. „Die Fotografin Hedwig Weber, auf die Sie jemanden angesetzt haben?"

„Wovon sprechen Sie?"

„Die aufgestochenen Reifen, die Verfolgungen, der Versuch, sie mit dem Auto umzufahren."

„Ich weiß nicht, wovon Sie sprechen", wiederholte Maria stereotyp.

„Ist das derselbe Jemand, den Sie auch auf mich angesetzt haben?"

Maria schwieg.

„Dann muß ich wohl Frau Rosenbaum fragen. Vielleicht hat sie eine Ahnung, wer es auf Hedwig Weber und mich abgesehen haben könnte. Bei der Gelegenheit kann ich sie auch fragen, ob sie diese aufschlußreichen Fotos von Ihnen und ihren Fans kennt."

„Das tun Sie nicht!" flüsterte Maria Habicher, als könnte das Flüstern irgend etwas verhindern.

„Wieso nicht?"

„Weil ... weil ... es ist ganz anders!"

„Ich kannte Marianne Kintner nicht, aber allem Anschein nach hat sie sich selbst getötet, weil Sie sie gedemütigt haben."

„Das ist doch nicht wahr! Sie war so empfindlich. So naiv! Außerdem hat sie auch ihren Spaß gehabt."

„Was ist mit der Frau mit dem Halstuch? Gehörte die auch zu Ihren Gespielinnen? Hat die Sie ebenfalls erpreßt?"

„Ich kannte die Frau mit den Halstüchern nicht! Ich weiß wirklich nicht, wovon Sie reden! Ich will überhaupt nicht mehr mit Ihnen sprechen!"

„Das müssen Sie auch nicht, meine Auftraggeberin ist Frau Rosenbaum."

„Ja, ja. Immer Frau Rosenbaum. Frau Rosenbaum hinten und vorn, oben und unten." Marias Stimme veränderte sich. Wurde schrill. Paßte überhaupt nicht mehr zu ihrem stämmigen Körper. „Egal, wo wir hinkommen, alles dreht sich um Frau Rosenbaum. Ist es zu Ihrer Zufriedenheit, gnädige Frau? Sie rutschen vor ihr rum und schleimen sich ein, und sie kriegt Geschenke, egal wo wir sind, immer die Bewunderung. Und ich stehe dahinter. Dann sind wir zu Hause, und sie hat Depressionen, und wer kümmert sich – ich! Ich mache die Drecksarbeit. Ich koche für sie und massiere ihr den Nacken. Ich erledige ihren Schreibkram und tippe ihre Memoiren, die sie diktiert. Ich manage ihre Veranstaltungen, rede mit den Anwälten und Theaterleuten. Ich gehe für sie einkaufen und tröste sie, wenn sie glaubt, sie sei schlecht gewesen. Ich kutschiere sie durch die Gegend und warte, wenn sie Termine hat. Ich lasse mich von ihren Scheißfans anfeinden, die glauben, ich hätte das große Los gezogen ..."

„Niemand zwingt Sie, Ihre Beziehung zu Frau Rosenbaum aufrecht zu erhalten", sagte Laura kühl.

„Das sagt sich so einfach, nach all den Jahren! Was wissen Sie denn! Und einmal, einmal falle ich ein bißchen aus dem Rahmen. Gönne mir einen schmalen Streifen Licht. Und dann – wird man gleich fotografiert und erpreßt."

„Zuerst einmal haben Sie wohl erpreßt, indem Sie die Fans mit falschen Versprechungen köderten."

„Wenn sie aber auch so blöd sind!"

„Sie sind nicht blöd, sondern blind. Blind vor Liebe. Das haben Sie schamlos ausgenutzt!"

„Frau Rose, mit Verlaub! Sie haben keine Ahnung! Sie wissen nicht, was für ein eingeschränktes Leben ich an der Seite von Frau Rosenbaum erdulde. Und wer ist daran schuld? Die Fans sind es! Sie sind wie eine Gefängnismauer!"

„Ohne die Fans wären Sie nichts!" erwiderte Laura ärgerlich.

„Ich schon! Ich wäre eine ganz normale Frau und könnte so leben, wie ich früher gelebt habe!"

„Der Weg steht Ihnen offen."

„Nein, das tut er nicht. Nach all den Jahren!"

Laura wußte nicht, was sie damit anfangen sollte, diese Klagen paßten nicht zu dem Bild, das sie von Maria hatte. Wieso blieb Maria bei Helene, wenn ihr der Rummel wirklich so auf die Nerven ging? Wahrscheinlich wollte sie ihre Privilegien nicht verlieren. Die gab es nämlich auch. Erst kürzlich hatte Laura in einer Wartezimmerzeitschrift gelesen, wie tief die Frauen fielen, deren berühmte Partner sie verlassen hatten. Die meisten verkrafteten es nicht, in die Normalität zurückzusinken. Vielleicht war der Platz an der Seite einer berühmten Persönlichkeit mehr wert als das eigene Wohlbefinden. Maria Habicher schien zu jenen Menschen zu gehören, die alles auf einmal wollten und auf keinen Fall bereit waren, Kompromisse einzugehen.

„Ihre Handlungsweise ist mir fremd", sagte Laura. „Ich vermute, Ihr Mißbrauch der Fans hat sich nicht auf Marianne Kintner beschränkt ..."

„Mißbrauch! Ich muß schon sehr bitten!"

„Tut mir leid, ich weiß kein passenderes Wort. Marianne Kintner ist an Ihren Machenschaften zerbrochen."

„Das müssen Sie erst mal beweisen"

„Sie können Gift darauf nehmen, daß mir das gelingen wird! Und wenn ich noch ein einziges Mal irgendwie belästigt werde, das gilt auch für Hedwig Weber – und alle anderen, von denen ich jetzt noch nichts weiß, doch ich werde sie finden, jede einzelne werde ich finden, und dann ..."

„Maria! Maria!" Die Diva riß die Tür auf, starrte Laura an, sah von Laura zu Maria. „Maria! Die Engländerin ist da! Frau Rose! Gut, daß ich Sie treffe! Es ist etwas passiert!"

„Die Engländerin?" wiederholte Maria, und Laura sah, sie wurde noch nervöser.

„Bist du sicher?" fragte Maria, gar nicht mehr kalt, sondern mit soviel Fürsorglichkeit, daß Laura sie einen Moment nur anstarren konnte. Und wie sie Helene ansah. So weich und warm und – liebevoll.

„Ganz sicher!" rief Helene.

Maria bemühte sich, Helene zu beruhigen. „Aber es ist zehn Jahre her! Bestimmt täuscht du dich!"

„Nein, ich bin ganz sicher! Herr von Brachtendorf hat mir eben – eigentlich nur zum Spaß – die Überwachungsanlage vorgeführt. Ich habe sie deutlich erkannt. Ihre Körperhaltung. Der Kopf. Sie ist es! Wir müssen die Polizei verständigen!"

„Und die Veranstaltung?"

„Ich habe Herrn von Brachtendorf erklärt, um was es geht. Noch haben wir Zeit. Wenn es eng wird, werden wir später beginnen. Die Veranstaltung sollte auf jeden Fall laufen. Maria! Sie ist es!"

Helene stand so nah neben Maria, daß kein Zweifel mehr an ihrer Beziehung aufkommen konnte. So dicht beisammen hatte Laura die beiden noch nie gesehen. Langjährige Paare gleichen einander an. Oft sah Laura es schon am Gang. Wenn vier Beine zu einem Körper verschmolzen. Wenn die Haltung des einen Menschen vom anderen aufgenommen und ausbalanciert wurde. Bei Maria und Helene war es die Art, wie sie sich einander zuneigten. Als wäre die Luft um sie herum ein Bett, in dem sie schon viele Jahre schliefen. Sie schmiegte sich an ihre Beziehung an.

Und in diesem Augenblick erkannte Laura, daß Maria Habicher sich einen Panzer zugelegt hatte. Es gab die Maria Habicher im Scheinwerferlicht, die von den Fans haßvoll beneidet wurde. Und es gab eine private Maria Habicher, die Helene Rosenbaum zärtlich zugeneigt war, ihre Privilegien genoß – und dennoch unter ihrem Status litt und so manchen Ausbruchsversuch plante. Der ganz normale Beziehungsalltag.

Helene wandte sich an Laura und sprach hastig drauf los. „Die Engländerin! Vor zehn Jahren hat sie mich Tag und Nacht verfolgt. Sie ist mir nach Deutschland nachgereist. Sie hat meinen Hund vergiftet und ist mehrfach in mein Haus eingedrungen. Sie rief pausenlos an – immer fand sie die Nummern heraus – egal, wo ich hinging, sie war dort – blockierte Türen, belästigte meine Freunde. Dann wurde sie verurteilt. Das war einmalig damals in Deutschland. Seit kurzem gibt es ja ein schärferes Gesetz, aber damals gab es das nicht, man war solchen Verrückten praktisch ausgeliefert. Sie wurde, soviel ich weiß, in eine Klinik eingewiesen."

„Danach stalkte sie eine andere Sängerin", ergänzte Maria.

„Ja!" stellte die Diva fest. „Die Morinsmolieva! Und die ist vor drei Monaten gestorben."

„Die Engländerin", sagte Laura bedächtig. „Ist das ihr Spitzname, oder kommt sie tatsächlich aus England?"

„Sie stammt aus London. Dort fing alles an, bei meinem Engagement in Covent Garden."

„Sie ist um die fünfzig?" fragte Laura.

Helene nickte.

„So groß wie ich, sportlich und durchtrainiert?"

„Ja! Kennen Sie sie etwa?"

„Ich glaube schon. Sie hat mich angesprochen ... sie stand vor einem Haus ... und schüttelte meine Hand ..."

„Das klingt nicht gut", sagte Helene betroffen.

„Wie sieht sie aus?" fragte Laura. „Ich meine, wie sieht sie heute aus? In München trug sie einen karierten Hosenanzug. Haarfarbe dunkel, ich bin aber nicht sicher. Woran haben Sie sie erkannt? Wie sah sie vorhin aus?"

„Sie hat sich als Mann verkleidet", sagte Helene. „Das hat sie damals auch schon gemacht. Immer wechselnde Verkleidungen. Sie hat früher in der Maske von Covent Garden gearbeitet. Sie ist sehr gut darin. Vorhin trug sie einen Schnauzer. Ich habe sie auf dem Bildschirm trotzdem sofort erkannt. Diese Haltung. Die werde ich nie vergessen."

„Ein Schnauzer!" rief Laura aufgeregt. „Manchmal vielleicht auch Vollbart oder eine blonde Perücke?"

Helene nickte. „Was immer Sie sich vorstellen können. Ob Mann oder Frau – egal. Zuweilen war sie so fantasievoll, daß ich sie erst auf den zweiten Blick erkannte. Aber ich habe sie immer erkannt." Helene ging nervös auf und ab.

„Die Engländerin hat vor einer Viertelstunde versucht, mich zu töten. Und sie versucht es vielleicht auch bei anderen Fans. Vielleicht ist es ihr schon einmal gelungen – bei der Frau mit dem Halstuch."

Maria zuckte zusammen, und Laura konnte sich des Verdachts nicht erwehren, Maria hätte die Frau mit dem Halstuch sehr wohl gekannt.

40

„Wo ist Hedwig?" rief Laura.

Margot zuckte mit den Schultern. „Keine Ahnung."

„Hast du sie nicht gesehen? Sie muß hier sein! Sie ist mit mir zurückgekommen! Vorhin stand sie neben dem großen Springbrunnen am Eingang!"

„Nein, ich habe sie nicht gesehen. Findest du ihre Haare nicht ein bißchen zu rot?"

Laura packte Margot bei den Schultern und schüttelte sie.

„Hey!" wehrte Margot sich.

„Hör zu!" rief Laura und erzählte Margot in Schlagzeilen, was vorgefallen war. „Die Polizei ist alarmiert. Irgendwo in diesem Wald befindet sich eine durchgeknallte Engländerin mit einem Messer auf der Jagd nach Hedwig oder einer anderen Frau. Vielleicht ist sie auf der Flucht. Das wissen wir nicht!"

„Ich versuche, die Fans zu mobilisieren", sagte Margot spontan.

„Das ist eine gute Idee!" rief Laura erleichtert. „Ich laufe zurück zur Lichtung, wo Hedwig mich vorhin gerettet hat."

„Laura! Tu das nicht! Du hast keine Waffe!"

„Doch", sagte Laura und zog das Messer hervor, das sie in der Teeküche eingesteckt hatte. Ein beachtliches Werkzeug. Man konnte Schweinehälften damit zerteilen. „Wenn du Hedwig gefunden hast", bat Laura, „pfeif, so laut du kannst."

Margot nickte. Sie war berühmt für ihre schrillen Pfiffe, die sie einige Male schon wirksam als Waffe eingesetzt hatte.

„Hedwig soll in den Pavillon gehen, sich immer unter Menschen aufhalten und nicht von der Stelle rühren!"

„Dich hat's ja ganz schön erwischt", stellte Margot fest.

„Hedwig ist wahrscheinlich das Ziel Nummer eins für die Engländerin. Vor ihrem Haus habe ich sie gesehen, nicht vor einem beliebigen anderen. Also setz dich in Bewegung", befahl Laura barsch.

„Wieso glaubst du, daß Hedwig sich in solche Gefahr begibt?" fragte Margot. „Das wäre doch sträflich dumm!"

„Ich habe Angst, daß sie der Diva imponieren will", antwortete Laura und rannte los.

„Ohne Waffe? Das paßt doch gar nicht zu ihr!"

Laura drehte sich um. „Würdest du dir eine solche Chance entgehen lassen?" fragte sie und wartete die Antwort nicht mehr ab. Warum nur hatte sie Socke zu Hause gelassen. Was für ein verhängnisvoller Fehler! Als sie den letzten Springbrunnen passiert hatte, begegneten ihr zwei Frauen mit weißen Schürzen, die zwei große Töpfe trugen. Laura überlegte nicht lange und riß im Vorbeilaufen einen Deckel vom Topf. „Ich bring ihn zurück!" rief sie und rannte weiter. Diese Aktion würde wahrscheinlich in die Annalen des Catering-Services eingehen.

Als Laura außer Sichtweite des Pavillons war, lehnte sie sich an einen Baum und versuchte zu entscheiden, in welche Richtung sie gehen sollte. Sie hielt es für unwahrscheinlich, daß Hedwig planlos durchs Unterholz streifte. Also auf Wegen bleiben. Aber auf welchen? Alle paar hundert Meter, manchmal schon früher, gabelten sich die Pfade. Es gab zwar Markierungen – farbige Punkte auf Bäumen –, doch um die zu verstehen, mußte man wahrscheinlich eine Wanderkarte haben. Laura schloß die Augen und beschwor Hedwigs Bild herauf. Diese brennend braunen Augen. Ihr Lachen. Das Wackeln ihres Pos beim Milchschaumigschlagen. Und dann rannte sie weiter. Sie bog an der ersten Gabelung links ab und an der zweiten rechts. Sie wunderte sich selbst über ihre Zielsicherheit und hatte ein paarmal Angst, einem Irrtum zu unterliegen. Diese Angst schob sie jedesmal konsequent weg. Sie wollte glauben, daß sie ihre innere Stimme hörte – und nicht eine Einbildung. Das war nämlich das Problem, daß es mindestens ein Dutzend Stimmen gab, die sich als innere Stimme tarnten ... Welche man erhört hatte, wußte man meistens erst danach.

Laura glaubte, ein Geräusch gehört zu haben, blieb stehen, lauschte. Ein Auto! Sie hatte eindeutig ein Auto gehört! Und noch eins! Eine Straße! Hier mußte irgendwo eine Straße sein. Also war der Wald nicht so tief, wie es das Motto Wald und Wiese nahe legte. Wieder hörte Laura etwas. Ein Gurgeln. Sie strengte sich an, die Richtung zu bestimmen, und ging schnell und so leise wie möglich weiter. Und dann sah sie Hedwig. Blut lief aus ihrer Nase, ein Auge war zugeschwollen, aus einer Kopfwunde tropfte ebenfalls Blut. Über ihrem Mund ein Streifen grobes Klebeband. Laura zitterte. Es kam ihr vor, als würden gleich ihre Zähne aufeinanderschlagen. Sie hätte schreien mögen. Vor allem wollte sie Hedwig signalisieren, daß sie nicht mehr allein war.

Die Engländerin stand etwa einen Meter von Hedwig entfernt und murmelte vor sich hin. Laura schlich vorsichtig näher. Hedwigs Hände waren auf den Rücken gefesselt. Mit einer blitzschnellen Bewegung war die Engländerin bei Hedwig und schlug ihr mit dem Handrücken ins Gesicht. „Bad Girl!" zischte sie. „Das solltest du nicht getan haben! Frau Rosenbaum so beleidigen! Bad Girl!"

Hedwig schluchzte auf, und Laura hörte, wie sie krampfhaft versuchte, Luft durch die Nase zu bekommen. Sie atmete schnell wie ein hechelnder Hund. Wenn sie Blut in der Nase hatte, konnte sie mit diesem Klebeband über dem Mund ersticken. Die Engländerin fuchtelte mit ihrem Messer vor Hedwigs Gesicht herum. „Deine Zunge muß weg! Ist zu böse! Frau Rosenbaum ist ein Lady. Kann nicht sich wehren.

Ich muß schützen. Du mußt weg! Bad Girl! Ich muß Frau Rosenbaum schützen. Niemand sich kümmert richtig um sie. Ich war lange verreist. Ich habe sie gelassen allein. Doch jetzt ich bin wieder da. Jetzt ich kann wieder gut schützen Helene!"

Die Engländerin riß den Klebestreifen von Hedwigs Mund. Hedwig schrie. Sie brüllte, gellte, es war ein Schrei, der den Wald durchdrang, ein Schrei, der den Himmel zerriß wie ein greller Blitz – und der abbrach, als die Engländerin erneut zuschlug. Wieder mit dem Handrücken. Hedwig sackte zusammen. Die Engländerin bückte sich nach einem Stück Holz. Laura schwante, sie wollte es Hedwig in den Mund stecken. Laura konnte nicht mehr warten. Sie spurtete los, flog fast – und als sich die Engländerin umdrehte, war sie schon abgesprungen. Sie landete gut auf dem Körper der Frau und spürte sofort, daß sie auf eine ernstzunehmende Gegnerin getroffen war. Der Griff, mit dem die Engländerin versuchte, freizukommen, zeugte von Kraft und Technik. Lauras Vorteil lag darin, daß sie zwanzig Jahre jünger war. Wenn sie überhaupt einen Vorteil hatte.

„Lauf weg!" keuchte sie zu Hedwig und schlug mit dem Deckel auf den Kopf der Engländerin. Das gab ein so komisches Geräusch, daß Laura einen Moment lang die Wahl hatte zu lachen. Der Moment verging schnell.

Hedwig rappelte sich hoch und schrie. Sie hörte gar nicht mehr auf zu schreien, Laura konnte es kaum aushalten. Die Engländerin hatte Bärenkräfte, es gelang ihr, Laura von sich zu schleudern. Laura verlor Messer und Deckel. Schrecksekunden. Während die Engländerin auf die Beine kam, konnte Laura wenigstens den Deckel aufheben. Der nutzte ihr auch mehr, denn sie brauchte etwas, um sich zu verteidigen. Ein Messer war eine Angriffswaffe. Laura wollte nicht angreifen. Und so standen sie sich wieder gegenüber. Wie vor einer Stunde. Tänzelten im Kreis.

Die Engländerin wagte einen Vorstoß. Laura parierte gekonnt. Der Deckel gab ihr Selbstbewußtsein. Sie war nicht mehr ein Reh auf der Flucht, sie war ein Raubtier. Bei der nächsten Gelegenheit würde sie ihr Messer aufheben. Der

Schnauzer der Engländerin war verrutscht, der schiefe Haarstreifen entstellte ihre Züge grotesk.

Auf einmal Knacken wie von zerbrechenden Ästen, Getrampel, Schreien, Johlen. Laura und die Engländerin, gleichermaßen überrascht, standen sich gegenüber und bildeten plötzlich die Mitte eines Kreises. Ein Dutzend Frauen um sie. Laura erkannte Margot, die anscheinend geweint hatte, und Babyface und die Lippe und den Dutt und die Frau mit der angezogenen Bremse, da waren Twiggy und die Hausfrau, alle waren da! Und veränderten ihren Kreis und zogen ihn enger und teilten ihn.

Was sie da trieben, war gefährlich, erkannte Laura, denn immer noch hatte die Engländerin ihr Messer. In dem Moment, als die Engländerin brüllend versuchte, den Kreis zu durchbrechen, griff Laura an. Sprang der Engländerin auf den Rücken, bog ihren Arm nach hinten, bis sich die Faust öffnete und das Messer zu Boden fiel. Mit einem Fuß trat Laura es weg. Margot hob es auf. „Polizei ist unterwegs", sagte sie knapp.

Im selben Moment hörte Laura eine Sirene. Die Engländerin wand sich wild, und Laura merkte, sie sammelte alle ihre Kräfte. Das merkten auch die Frauen, die im Kreis um sie standen, wie auf Kommando traten sie noch einen Schritt näher und bildeten eine undurchdringliche Mauer. Der Dutt und Babyface setzten sich auf die Beine der Engländerin, angezogene Bremse und ihre Freundin blockierten den linken Arm und den Kopf. Laura saß auf dem freien Rest. Die Engländerin konnte nicht mal mehr fluchen, weil die Freundin der angezogenen Bremse ihr Gesicht in die Erde drückte. Laura spürte Wut und Haß aus dem Körper der Engländerin schnellen und war sich sicher, daß hier die Mörderin der Frau mit dem Halstuch lag.

„Gibt es eine Straße in der Nähe?" fragte Laura.

„Ja, gleich da vorn", antwortete Margot. „Von dort sind wir gekommen."

„Wir brauchen einen Krankenwagen!" rief Laura, die am liebsten zu Hedwig gerannt wäre, aber die Engländerin nicht aus den Augen zu lassen wagte.

„Ist schon unterwegs", versicherte eine Frau.

„Bitte treten Sie doch zur Seite", erklangen da plötzlich Männerstimmen. Irgend jemand klärte sie auf – und dann öffnete sich der Ring, und zwei Polizisten wollten die Engländerin übernehmen.

„Sie ist gefährlich", warnte Laura und stand vorsichtig auf.

„Lassen Sie das unsere Sorge sein."

Die Frauen, die die Engländerin am Boden hielten, verständigten sich mit einem Blick und standen auf. So schnell, wie die Engländerin auf die Füße sprang, konnten die Polizisten gar nicht schauen.

„Sie flieht!" rief der eine.

„Verstärkung anfordern!" der andere.

Und dann rannten sie der Engländerin hinterher.

„Weit kommt sie nicht", sagte Margot. „An der Straße parkt ein Auto, wir vermuten, das gehört ihr. Dort ist noch eine Streife."

Endlich konnte Laura sich um Hedwig kümmern. Schluchzend lehnte sie an einem Baum. Mit schnellen Bewegungen untersuchte Laura sie. Platzwunde am Kopf, Schrammen im Gesicht, geschwollenes Lid, Schnitt in der Hand, vielleicht die Nase gebrochen – auf den ersten Blick nichts Lebensgefährliches. „Tut dir innen was weh? Hast du einen Schlag bekommen? Kannst du alles bewegen?" fragte Laura, bei diesem Anblick selbst den Tränen nahe.

Hedwig nickte und wimmerte. Laura setzte sich hinter sie und bettete sie in ihren Schoß, wo sie sie so festhielt, wie sie glaubte, es sei gut.

Wenn nur das Zittern aufhören würde, das Hedwig schüttelte, als läge sie nackt im Schnee.

Die Fans redeten alle durcheinander. Anscheinend war Margot ihre Anführerin, denn als sie etwas sagen wollte, wandten sich alle zu ihr. Doch Margots Stimme erstarb, sie schaute dorthin, wo die Polizisten verschwunden waren. Es war still. Nicht mal Vögel hörte Laura singen. Helene Rosenbaum betrat die Bühne. Sie trug ein anthrazitfarbenes Kostüm aus einem glänzenden Stoff. Rock bis kurz übers Knie. Schwarze Lackschuhe. Blutrote Bluse. Wie passend.

Helene Rosenbaum blieb genau in der Mitte der Fans stehen. Als hätte ihr jemand einen Punkt auf die Bühne gezeichnet. Aber das hatte sie nicht nötig. Helene Rosenbaum fand die Mitte im Schlaf. Sie war eine Diva.

„Danke", begann sie. „Ich danke Ihnen allen sehr. Eben hat die Polizei die Frau festgenommen. Ja, es ist eine Frau. Ein besonders hartnäckiger Fan von mir. Ich möchte mich bedanken ..." Helene Rosenbaum suchte nach Worten. „Ich würde Sie alle miteinander gern einladen. Wenn Sie es einrichten können, besuchen Sie mich am nächsten Samstag in Garmisch-Partenkirchen? Ich würde eine kleine Gartenparty arrangieren."

Mit offenen Mündern starrten die Fans Helene Rosenbaum an. Dann sahen sie sich an. War Helene nicht wunderbar? Ganz große Klasse? Umwerfend. Einmalig. Eine echte Diva eben. XXL!

„Eine Einschränkung muß ich meiner Einladung hinzufügen. Sollte sich unter Ihnen ein Fan befinden, der beabsichtigt, einen ähnlichen Weg einzuschlagen wie die als Herr verkleidete Dame, die Sie eben bestaunen konnten und die zum Glück in Gewahrsam genommen wurde, möchte ich diesen bitten, sich in fachärztliche Behandlung zu begeben. Sollten Sie normale Fans sein, fühlen Sie sich bitte herzlich willkommen."

Applaus.

„Und jetzt möchte ich Sie bitten, in den Pavillon zu gehen. Die Sängerinnen fiebern ihrem Auftritt seit Wochen entgegen, und ich denke, wir sollten ihnen die Ehre erweisen, die ihnen gebührt, es sind ganz wunderbare Persönlichkeiten, die unsere Aufmerksamkeit verdienen."

Erneuter Applaus. Zum Zeichen des Einverständnisses setzten sich die Fans in Bewegung.

„Halt", waren da wieder die zwei Polizisten. „Niemand verläßt den Tatort!"

„Wir gehen alle zum Pavillon", sagte Helene Rosenbaum.

„Wir müssen die Personalien aufnehmen."

„Ich bin sicher, hier läuft Ihnen niemand weg", lächelte Helene Rosenbaum, und das Lächeln war nur eine Tarnung für die Autorität, die sie ausstrahlen konnte. Was für ein Auftritt.

Laura sah Helene bewundernd an. Und dann merkte sie, daß Hedwig sie anschaute. Sie hatte zwar nur ein Auge, aber das lächelte.

„Du siehst aus wie ein Fan", flüsterte Hedwig. Laura hätte weinen mögen vor Erleichterung, weil Hedwig gelächelt hatte. „Willst du nicht mit?"

„Ich bleibe bei dir, bis du sicher verpackt bist. Am liebsten würde ich mit ins Krankenhaus fahren!"

„Das möchte ich nicht, Laura. Aber besuch mich bald!"

„Heute noch!" versprach Laura. „So schnell wirst du mich nicht mehr los!"

Hedwig schmiegte sich an Laura, und so sahen sie den Frauen nach, die hinter Helene Rosenbaum her zum Pavillon strebten. Es fehlten die Handtasche, die Dicke und das Halstuch. Eine Lücke, die auffiel. Eine schmerzliche Lücke. Vielleicht fiel sie allen auf, vielleicht rückten sie deshalb noch ein Stückchen enger zusammen.

Da löste sich eine Gestalt aus der Gruppe, kam zurück. Es war Margot. Mit Tränen in den Augen kniete sie sich neben Laura. „Laura! Ich lerne sie kennen!"

„Ja", lachte Laura. „Und ich stelle dich ihr persönlich vor! Schließlich hast du das alles ins Rollen gebracht, und wenn du nicht gewesen wärst, hätte alles anders ausgesehen."

„Und ich?" fragte Hedwig, die fast nicht mehr zitterte.

„Du kannst dich selber vorstellen", erwiderte Margot. „Du kannst ein Foto als Visitenkarte abgeben."

Hedwig versuchte ein Lächeln und verzog schmerzgepeinigt das Gesicht.

„Tschuldigung", sagte Margot, und Laura spürte, daß Margot Hedwig mochte.

Endlich kamen drei Sanitäter mit einer Tragbahre. Margot drückte Lauras Hand. „Hoffentlich ist Hedwig bis Samstag wieder fit."

„So wie ich den Fall beurteile, erfährt Hedwig bis Samstag eine Spontanheilung", sagte Laura voller Zuversicht.

41

Hedwig war mit dem Notarztwagen davongefahren. Die Fans saßen im Pavillon. Laura wollte allein sein. Langsam sperrte sie ihren Volvo auf und ließ sich auf den Sitz fallen. Ihr gelbes T-Shirt war voller Blutflecken. Auch ihre Hände. Ein Blick in den Rückspiegel zeigte eine blutverschmierte Wange. Hedwigs Blut. Mit dem Wasser aus der Flasche, die Laura für Socke immer dabei hatte, wusch sie sich Gesicht und Hände. Dann öffnete sie das Schiebedach. Der Himmel ein dunkles Blau. Das Motto Wald und Wiese lag ihr eindeutig weniger als Parken am Waldesrand. Laura schob eine Cassette, die Margot ihr vor einigen Tagen aufgenommen hatte, in den Cassettenrekorder. Helene Rosenbaum – was sonst? Was für eine Stimme. Laura genoß. Eine ganze Cassettenseite lang. Es gab einfachere Wege, sich mit klassischer Musik anzufreunden, doch einfache Wege war Laura noch nie gegangen.

Claire McNab

Die Carol-Ashton-Krimis

Operation Pelikan
ISBN 3-88104-359-4

Tödliches Eisen
ISBN 3-88104-353-5

Unter Verdacht
ISBN 3-88104-349-7

Der Trick
ISBN 3-88104-332-2

Überfällig
ISBN 3-88104-321-7

Kettenbrief
ISBN 3-88104-309-8

Geheimer Kreis
ISBN 3-88104-290-3

Marquis läßt grüßen
ISBN 3-88104-277-6

Bodyguard
ISBN 3-88104-264-4

Das Ende vom Lied
ISBN 3-88104-242-3

Ausradiert
ISBN 3-88104-217-2

Tod in Australien
ISBN 3-88104-214-8

Die Denise Cleever-Thriller

Zum Abschuß frei
ISBN 3-88104-364-0

Mord undercover
ISBN3-88104-337-3

Mord inklusive
ISBN 3-88104-343-8

Kate Calloway

Erster Eindruck
ISBN 3-88104-292-X

Zweite Geige
ISBN 3-88104-299-7

Dritter Grad
ISBN 3-88104-304-7

Vierter Anlauf
ISBN 3-88104-315-2

Fünftes Rad
ISBN 3-88104-322-5

Sechster Sinn
ISBN 3-88104-327-6

Siebter Himmel
ISBN 3-88104-338-1

Achter Tag
ISBN 3-88104-354-3

im Verlag Frauenoffensive

Offensive Krimis – eine Auswahl

Angelika Aliti
Die Sau ruft
ISBN 3-88104-297-0

Kein Bock auf Ziegen
ISBN 3-88104-310-1

Heißes Herz
ISBN 3-88104-333-0

Shirley Seul
Kopflos
ISBN 3-88104-311-X

Schwamm drüber
ISBN 3-88104-336-5

Bella Fall
Kein Sonnenaufgang in Afrika
ISBN 3-88104-348-9

Merrilee Moss
Fedora geht
ISBN 3-88104-342-X

Janet McClellan
Kansas City-Bomber
ISBN 3-88104-305-5

Kim Engels
Späte Rache
ISBN 3-88104-316-0

Karen Saum
Mord ist relativ
ISBN 3-88104-209-1

Kitty Fitzgerald
Die Frau gegenüber
ISBN 3-88104-222-9

Verlag Frauenoffensive